이수명

1965년 서울에서 태어났다. 서울대 국문과를 졸업하고
중앙대 대학원 문예창작학과에서 박사학위를 받았다.
1994년 《작가세계》를 통해 등단했다. 2001년 《시와반시》에
「시론」을 발표하면서 평론 활동을 병행하고 있다. 시집
『새로운 오독이 거리를 메웠다』『왜가리는 왜가리 놀이를 한다』
『붉은 담장의 커브』『고양이 비디오를 보는 고양이』
『언제나 너무 많은 비들』『마치』『물류창고』와
연구서『김구용과 한국현대시』, 시론집『표면의 시학』,
비평집『공습의 시대』, 번역서『낭만주의』『라캉』『데리다』
『조이스』등을 펴냈다. 박인환문학상, 현대시작품상,
노작문학상, 이상시문학상, 김춘수시문학상을 수상했다.

횡단

횡단

이수명 시론집

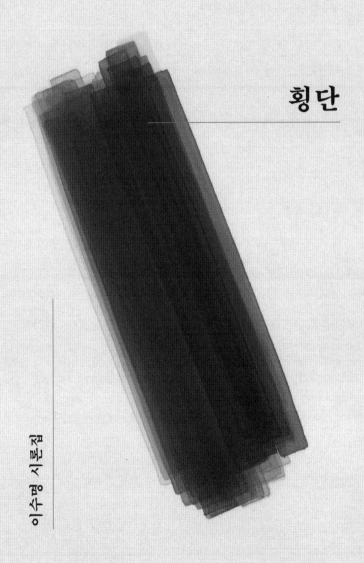

민음사

『횡단』을 다시 펴내며

　　『횡단』이 나온 지 8년 만에 새로운 판이 나오게 되었다. 2011년에 이 책이 시론집으로 처음 나왔을 때, 제기될 법한 여러 가지 시의 문제들을 논하는 시론집으로서의 성격이 뚜렷이 제시되었던 것은 물론 아니다. 여기 모인 글들은 다른 취지와 기획하에, 어떻게 생각하면 다른 관심하에 쓰였음에도 불구하고 한 권으로 묶인 것이었다. 그래서 각각 작동하는 기관 같은 글들의 느슨한 연대에 가까웠다. 여기에 어떤 일정한 성격을 부여할 수 있을까 생각하면서 차이와 넓이가 수용되기를 바라 마지않았던 것이 당시의 마음이었다. 그렇게 원심력에 의해 책이 한 권 만들어지는 것이 가능한지에 대해서도 굳이 생각하지 않고 엮은 책이다.

　　이번에 새로운 판을 내면서 내가 느낀 것은 책의 운명에 대한 것이다. 책에도 운명이 있다는 것을 어렴풋이 실감하면서 말이다. 우선 책도 생명이 있기에 어떤 연유에서든지 시간이 지나면서 애초에 없던 성격이 생기거나 있던 성격이 변하기도 한다. 그 까닭을 명확히 설명할 수는 없는데, 부분적으로 그것은 책을 읽은 사람들의 생각이나 책이 떠 있는 시대의 특성에 의해 책이 변용되는 것과 관련이 있는 것 같다. 책이 진공 상태에 있는 것이 아니라 세계의 흐름 위에서 흘러 다니기 때문일 것이다. 요컨대 책에 대한 반응이나 여건이 책을 특성화시키는 것이다. 그리고 여기에 한 가지를 더 추가할 수 있겠다. 책을 쓴 저자의 다른 책들과의 관련 속에서 그 책의 성격이 조정되는 경우다.

비록 짧을 수는 있지만 내 생각에 『횡단』은 이러한 요인들에 모두 부합하는 시간을 살았다. 처음에는 차이와 다양성으로 묶였다가 시간이 지나면서 글들이 조응을 하는 듯 보였고, 여기에 독자들의 의견이나 반응이 조금씩 책에 부가되기 시작했다. 그리고 작년에 두 번째 시론집 『표면의 시학』이 출간되었는데, 이 시론집은 『횡단』과의 차이나 연속성을 의식하게 했고, 그러면서 『횡단』의 성격이 더 선명해지도록 작용한 측면이 있다. 뒤에 나온 시론집에 의해 앞선 시론집의 윤곽이 그려지게 되는 것도 책의 운명의 일부일 것이다.

시론집이라는 같은 이름을 달고 있으면서도 『표면의 시

학』이 시가 어디서 오는지, 어디에 위치해 있는지 하는 시작(詩作)에 관련된 보다 구체적인 물음을 제기하면서 세계의 표면과 시의 탄생을 추적하고 있다면,『횡단』은 그러한 물음들 이전에 시를 혼돈의 지지로 세울 수 있는지를 직접적으로 문제 삼고 있다. 즉 우리는 시의 가능성과 불가능성의 탐색에서부터 시작해야 하고, 이 탐색이 정신의 강화가 아닌 정신의 약화라는 역설 위에 있는 것이며, 미지라고 하는 일종의 공황 상태를 지나는 것에 다름 아니라는 것이다. 여기서는 무정부주의적 혼돈이 문제이고 전부이기 때문이다. 그리하여『표면의 시학』이 세밀한 지도와 설계를 그리려 했다면,『횡단』은 거의 무장해제된 세계에 가깝다. 굳이 말하자면 들고 다닐 수 없는 암흑과 삽의 세계라 할 수 있을까. 물론 지도와 설계에 의해 암흑과 삽이 드러났을뿐더러, 더 어둡고 날카로워졌다고 할 수도 있을 것이다. 그런 의미에서 내게『횡단』은『표면의 시학』이후 다시 탄생한 느낌이다.

　　『횡단』은 부드럽지 않다. 다시 읽어 보아도 억센 글이다. 무엇을 찾으려 했다기보다 버리려 했던 쪽이고, 시가 무엇인지 생각하기보다는 그 무엇에 대해 생각하지 않으려 한 것이다. 할 수만 있다면 시의 갑옷을 벗어 버리고, 시에 대한 생각에서 멀어져 시를 생각해 보려 한 책이다. 모여 있는 글들이 각각 다른 동작을 하면서도 시의 비무장지대로 나아가려는 시도를 보여 주는 까닭이다. 1부의 시론이나 2부 이하의 시문학사적 결절점들, 문학의 유통 경로에서 빠져나와 돌출된 작품과 시들, 예술가들에 대한 동행에 이러한 움직임들이 스며 있다. 동행과 연대는 어둡고 날카롭게 모색된다. 새로운 무장은 기존의 무장을 해제한 곳에서만 가능하지 않을까 하는 의구심이 내내 이 움직임들을 견인하고 있다.

　　이제 이 책이 8년 전 모습 그대로, 더하거나 빼는 부분 없이 민음사에서 다시 출간되게 되었다. 『횡단』의 다듬어지지 않은 음성, 한곳으로 모아지지 않는 음성이 여전히 날것으로 작용할 수 있을까 자문해 본다. 2000년대 초반에 주로 쓰였고, 2011년에 던져졌으며, 2019년에 다시 출현하는 이 책이 그동안의 달라진 문학적 지형도 안에서 어떻게 움직일까. 나는 새로운 『횡단』이 어디로 흘러갈지 모른다. 단지 매번 다르게, 내가 알 수 없는 곳에, 누군가의 옆에, 시를 쓰는 처음 자리에 함께할수 있다면 더 바랄 것이 없다. 그동안 읽어 주신 독자들, 책이 다시 나오길 기다려 주신 분들께 감사드린다. 절판되었던 책의 재출간을 권유해 준 유희경 님, 책이 나올 수 있게 애쓰고 만들어 주신 서효인 님께 이 자리를 빌려 특별한 감사를 드린다.

2019년 7월

이수명

시를 쓴다는 것은 흔히 생각하는 것과는 달리 시란 무엇인가, 하는 질문을 던지지 않는 것이다. 질문은 행위를 묶게 마련인 까닭이다. 생각하지 않을 때 시는 움직인다. 동시에 생각으로 이루어져 있지 않기에 시에 이를 길이 없어 보인다. 시는 시적 공허에 대한 직면으로 자주 대체된다.

시가 시 아닌 것과 언제나 구분되는 것은 아니다. 시는 태연하게 하찮음과 결탁한다. 정체 모를 껍질, 부유물이 그러한 것처럼 시를 들여다볼 수도 없다. 때때로 시는 텅 빈 전지(電池) 같은 것으로 나타난다. 새것으로 갈아 끼운다고 해서 전류가 흐르는 것도 아니라면, 시는 존재하지 않는 것이 아닐까. 삶과 죽음의 모든 가능성에 자신을 개방하고 있다는 것은 역설적으로 시의 불가능을 지시하는 것이 아닌가.

시의 불가능에도 불구하고 많은 시가 쓰여진다. 현대시는 한편으로 메두사 같기도 하다. 어떠한 접근도 용이치 않게 한다. 현대시는 지금까지의 시의 역사를 통해 조심스럽게 모색해 왔던 외장을 헐어 버리고 단지 어떤 운동, 에너지로 존재하려는 듯하다. 그것은 시와 비시를 넘나든다. 기꺼이, 기존의 시의 영역을 넘어서 나아간다. 이를 개괄적이거나 추론 가능한 구도로 용이하게 이야기할 수 있을 것 같지가 않다.

하지만 생각해 보면, 시는 시대를 불문하고 비결정적인 것이며, 언제나 처리되지 않는 부분이 있다. 그것은 이 세계를 이해하는 인자(因子)가 되기를 요청받은 자리에서 언제나 명료한 태도를 취해 온 것이 아니다. 시는 늘 뭔가 다른 말을 하는 목소리로 존재해 왔던 것이다. 이 '다름'이 껍질이고, 운동이고, 어려움이고, 시이면서 또한 비시일 것이다. 시가 복잡해지는 것은 사유의 결과도 아니고, 시대의 탓만도 아니다. 사실 시는 언제나 난해한 것이다. 바로 이 '다름'을 극복하기가 어려운 까닭이다. 요컨대 시의 어려움과 현대시의 문제성은 교차하고 있다고 해야 한다. 이 교차 지점을 현대적 아이템으로 덮어 버리기보다는 그 자체로서 들여다볼 필요가 있다.

등단 이후로 여러 잡지나 단행본에 발표했던 글들을 모아 한 권의 시론집으로 내놓는다. 1990년대 후반부터 최근에 이르기까지의 대략 10년 남짓한 기간에 쓰인 것들이다. 특히 2000년대의 첫 10년을 경유하면서 나는 문학에 대해 이러저러한 생각들을 해 볼 수 있는 기회를 가질 수 있었다. 그것은 시란 무엇인가, 어떠한 성격이 시를 분기하게 하고, 이해할 수 없는 것으로 만드는가 하는 다소 근본적인 것에서부터, 현금의 시들에 나타나는 다양한 징후들을 조감해 보고 그 위상을 시대적 맥락 속에서 가늠하여 이후의 시들을 전망해 보는 폭넓은 자리였다. 2000년대 초반에는 주로 시 그 자체에 대한 글들을 썼는데, 시집을 세 권 출간하고 났을 무렵의, 시나 시 쓰기에 대한 자각적 성격을 엿볼 수 있다. 후반에 쓰인 것들은 당대적인 읽기와 조망을 시도하였으며 1990년대와 달라진 2000년대의 시적 정황에 대한 탐색으로 이루어져 있다. 이 책은 이와 같은 두 축으로 구성되어 있다.

1부는 그중 전자에 해당하는 것으로 시에 대한 생각들을 묶은 것이다. 시론, 이미지, 상징, 시간과 공간, 시의 언어 등에 대해 탐문해 보고 있다. 시는 언제 어떻게 나타나는가, 시의 순간과 시의 불확정성을 통해 그 미지를 이해하려 시도한 글들이다.

시에 대한 존재론이라고 할 수 있는 1부에 비해 다른 글들은 평문이라 할 수 있다. 2부는 문학사적인 조망을 시도한 것이다. 김구용과 1950년대의 의미라든지, 미래파나 최근 시인들의 시를 통해 2000년대 문학을 진단하고 있다. 또 한국의 아 방가르드 시사를 계보화하여 그 성격을 이해해 보고자 하였다.

3부와 4부는 각각 시인론과 작품론이다. 3부는 시인들의 시집 한 권을 통해 시 세계를 건축하려 한 것이다. 대상이 된 시집들에서 진동하고 있는 시적 계기를 찾아 그것이 시인의 내력 속에서 운동하는 양상을 살펴보았다. 4부는 시 해설이 다. 한 편의 시를 통해 시인의 시 세계를 밝혀 보려 하였다. 무 의식적으로 얽혀 있는 감각과 인지의 불균형한 선회를 좇으면 서 이것이 시의 가능성으로 전환하는 것에 주목하였다.

5부는 예술론이다. 마그리트, 브네, 뒤샹 등 현대 예술에 서 각별한 한 세계를 이루고 있는 예술가들의 작품을 조명하 고 있다. 지난 시대와 날카롭게 단절하고 새로운 지형을 실험 한 이들이 어떻게 예술사의 흐름을 바꾸었는지, 현대성이 이 들에게서 어떻게 활성화되어 나갔는지를 살펴보았다. 예술이 이들에게 빚지고 있는 '현대'란 무엇인가에 대한 탐색이라고 도 볼 수 있다. 서두에 예술가와 예술, 미에 대한 글을 실었다.

이렇게 5부로 구성된 글들은 사실 발표된 지면과 쓰인 정 황의 차이로 인해 분량이나 어조가 다르고 다소 문체의 차이 가 있다. 하지만 제각기의 지점에서 마주친 문학의 곤경이나 가능성들을 품고 있다는 점에서 이 차이는 시의 넓이를 이해 하는 데 유효할 수 있을 것으로 보였다. 또한 한 권의 책이 안고 있는 다양성이라는 것은 아무리 커도 그렇게 충분한 것은 아니라는 것이 평소의 생각이다.

5월이고 초여름으로 들어서고 있다. 시에 대한 사유와 읽기로 이루어진 이 책에서 나는 예측할 수 없는 여러 지대를 횡단했다. 시의 불가능과 현대시의 불가피함 사이를, 첨예화되는 감각과 변전하는 도모 한가운데를, 문학의 발생과 전환을 가로질렀다. 하지만 길이 없는 곳에서 횡단하고 있었다는 고백을 해야만 한다. 이 횡단은 문학의 횡선, 횡보, 선회, 횡렬 등으로 이어졌다. 그리고 이 과정에서 나는 보이지 않는 실마리를 상상하고 그것을 뭉쳐 있는 실타래 속으로 되돌리곤 하였다. 실타래를 건드리게 되는 것, 이것이 횡단의 한 의미일 수 있을 것이다.

첫 시론집을 내면서 많은 감사를 전하고 싶다. 우선은 이 책에서 생존하고 있는 모든 예술가들, 평론가와 작가들, 시인들, 그들의 작품 하나하나에 감사한다. 모두가 나의 사유와 모험에 큰 힘이 되어 주었을 뿐 아니라, 내가 움직일 수 있게 해준 지대였다고 할 수 있다. 그들을 통해 나는 기획하고, 공작하고, 걸음을 내디딜 수 있었다. 그리고 이러한 예술의 동행이 바로 예술의 역사이고 예술의 증거라는 것을 다시 한번 생각한다.

늦었지만 이 글들이 일차적으로 실렸던 지면들, 잡지와

문예지들에도 새삼 감사한다. 생각할 수 있는 계기를 제공받지 않았으면 쉽지 않았을 것이다. 이 자리를 빌려 좋은 특집에 초대받았던 감사의 인사를 전한다.

나는 가족들에게 감사한다. 부실한 며느리의 노동을 떠맡아 집안을 이끄시는 어머니에게 이 책을 바친다. 이 책은 어머니의 오랜 이해와 사랑의 결과물이라 해야 할 것이다. 그리고 언제나 그 존재로서 나를 세워 주는 두 아들 성훈, 성현, 그들의 웃음소리에 손을 얹는다. 여기 실린 글들, 특히 2부에 실린 글들은 나에게 많은 고민을 하게 했다. 나는 작품 속에서 흘러 다니는 시대적인 감각을 변별해 내고 그것을 실제화시키는 데 도움을 주었던 남편에게 감사한다. 그는 내 이야기를 들어 주고 내 문제의식이 성장하고 실질적인 것이 되도록 마주 서 주었다.

마지막으로 구체적이고도 특별한 인사를 문예중앙에 하고 싶다. 시론집이 책으로 출간되는 것은 이후의 나의 글쓰기에 견인차 역할을 할 것으로 생각된다. 오래 붙들고 있던 원고를 출판할 수 있게 해 준 권혁웅 선생님과 《문예중앙》 편집위원 선생님들께 감사드린다. 원고를 읽고 교정하느라 수고해 주신 박성근 님께도 고마움을 전한다.

2011년 5월

이수명

횡단

1부

말한다는 것, 그리고 쓴다는 것

말한다는 것, 그리고 쓴다는 것, 발바닥을 들여다본다.

곤경이 있다. 항상 어떤 곤경이 나타난다. 말해진 곤경이 있고, 말해지지 않은 곤경이 있으며, 물리친 곤경이 있고, 구부러졌다가 완강해지는 곤경이 있다. 너를 곤경에 빠뜨리고 싶다. 너는 곤경 속에서 아마 반대편에 서는 것을 배울 것이다. 누구의 손인지 궁금하지 않을 것이다. 누구의 목소리인지 알지 못하는 목소리가 너에게서 흘러나오는 것을 듣게 될 것이다. 네가 그들을, 혹은 그녀들을 구분하지 못할 때, 곤경은 너를 구분하지 못할 것이다.

어떤 뉘우침도 너를 알아보지 못할 것이다.

네가 없을 때까지 너는 조금 더 전진한다. 말한다는 것은 말하지 않음을 말하는 것이고, 말하는 것을 말하지 않는 것이다. 너는 지금 또 어떤 말을 한다. 너는 말을 뭉쳐 보지만 말은 고칠 수 없는 범벅이 되어 저만치 굴러간다.

너는 줍지 않는다. 식탁 아래의 빵 부스러기 같은 것들을 집어 올리지 않는다. 식탁이 없는 식사를 행할 뿐, 너는 부스러기 옆에 잠시 머문다. 이제 암흑조차도 이렇게 부스러기일 것이다. 거대한 부스러기. 세계의 부스러기들이 부서지면서 혼탁한 열정들을 만들어 낸다. 사유에의 열정, 열거에의 열정, 질서에의 열정, 혼돈에의 열정, 이미지에의 열정, 무에의 열정, 자아에의 열정, 부스러기로의 열정, 열정들. 열정을 좇고 열정을 버리려는 열정을 만들어 낸다. 지금 여기 한 사람 말하는 자가 있다. 그는 '하다'라는 행위에 기대어 있다. 그 행위에 의해 불가피해진다. 그는 그 오래된 행위의 권력을 사랑한다. 그는 죽는 순간까지 말을 한다. 말은 인간의 모든 열정 가운데 오류로 빠지고자 하는 열정을 가지고 있다. 그것은 똑바로 보지 않으려는 것이며 또한 제대로 볼 수 없는 것을 뜻한다. 말은 스스로 자포자기에 빠져 중얼거림의 끝없는 길을 가려는 것이다. 아무도 없는 곳으로 자신을 보존하려는 것이다.

실제적인 것을 피해 실제적인 것으로 오직 실제적인 것으로만 열려 있는 중얼거림.

말은 생각하지 않는다. 말은 해안이 없는 물결의 부서짐이다. 말은 지붕 위로 올라가 눕는다. 말은 생각을 피하는 것이다. 그러기 위해서 우선 말의 운집을 피해서 에둘러 간다. 말이 말과 접촉할 수 없는, 그 불가능에 의해, 말은 숨을 쉰다.

너는 지금 말을 기다린다. 말을 이루는 것들이 무엇인지 알지 못한 채 말의 외곽에서 너 스스로 말을 해치게 되기를 기다린다. 이렇게 해서 너는 영원히 발화 행위를 알지 못하는 말의 현재성, 말의 우둔함, 말의 상처를 편들고 그 멈추지 않는 파동의 고집스러운 실패를 바라본다. 너는 말을 보고 말은 너를 본다. 말은 들리지 않는다. 귓속으로 들어오지 못한다. 말은 문을 알지 못하도록 추방되어 있는 현재이다. 너는 지속적으로 말에 연결되지 않을 것이다. 네가 말을 망가뜨리는 순간에도 너는 말을 단지, 본다.

말이 부서져 있다. 통째로 부서져 있다. 너는 말을 일으키는 자가 되지 않으려 한다. 말 속에는 흰 머리카락이 있다. 여기 그리고 저기.

그것을 쓴다.

그것을 중지시킨다. 중지시킬 수 없는 것을 확인하고, 그 확인을 중지시키고, 다시 그 중지를 중지시킨다. 너는 쓰지 않기 위해 쓴다. 쓰는 행위에 기대지 않기 위해, 쓴다는 것으로 소멸되지 않기 위해 쓴다. 너는 분별의 힘을 잃어버리려 한다. 너는 발견하지만, 그 발견 속으로 몰락하지 않기 위해 쓴다. 흰 머리카락은 계속 자란다.

나타나는 것과 사라지는 것의 봉착이 있다. 나타났지만 사라지는 중이었으며, 사라짐은 나타남을 현시한다. 양자 사이에는 부당한 거래가 있다. 네가 글을 쓰는 것은 그 거래에 끼어드는 것이다. 너는 계기가 아니라 계기를 놓치는 자로 참여한다. 글을 쓴다는 것, 그것은 나타남과 사라짐의 교착을 부적절하게 해소하는 것이다.

소용이 없다. 소용이 없이 이루어지고 다시 소용없는 것으로 회복된다. 너는 이러한 종류의 순수한 타락에 들러붙어 있다. 이 타락을 설명할 길은 존재하지 않는다. 모든 것이 유리되어 있다. 모든 것이 동시적이다. 한 무리의 열렬한 부재가 뚫고 지나가는 벽을 너는 지금 보고 있다. 관통된 벽, 너는 그것을 쓴다. 그것을 만든다. 쓰는 것은 기다리는 것이 아니라 만드는 것이다. 만드는 것으로 이해의 길에서 멀어지는 것이다. 너는 너 자신과 아무 관련도 없는 관련을 만드는 데 너 자신을 남용하고 있다. 어둠인지 빛인지 알 수 없는 세계의 번쩍거림이 네 안에서 번들거리는 파편들을 명령하지만 너는 그 명령을 자극할 뿐 부르지 않는다. 너를 무관하게 만드는, 표현할 수 없는 것들을 위하여 너는 존재하는 것이다. 쓴다는 것, 그것은 볼 수 없는 것이다.

하지만 정녕 무엇이 쓰는가. 무엇이 너의 비존재를 유혹하는가.

무엇이 그 무엇이 되지 않는 곳에서 무엇이 피를 흘린다.

너는 개의치 않는다. 너는 너의 글에서 떨어져, 너의 글이 네게서 떨어져 있는 것을 나타낸다. 네가 그것을 향할 때 너는 그것을 무중력의 공간으로 통과할 뿐이어서, 너는 그 비어 있는 신체에서 거류하지 못한다.

너는 쓴다. 너는 없다.

어떤 부스럭거림이 있을 뿐, 쓴다는 것,

그리고 말한다는 것,

시론 1

1

엄밀하게 말해서 시론은 쓰일 수 없는 것이다. 시는 논하는 것이 아니라 혼자 집으로 가져가는 것이다.

2

시가 어디에서 왔고 어디에서 오고 있는지는 아무도 알지 못하며 그것은 시인의 경우라도 마찬가지다. 설사 그가 안다 해도 그가 아는 것은 극히 부분적인 것에 지나지 않고 별로 중요해 보이지도 않는다. 이야기할 수 있는 것은 단지 시는 혼돈 속에서 태어난다는 것이다.

시가 혼돈 속에서 태어난다는 말은 무슨 뜻일까? 그것은 혼돈을 자신의 존재 근거로 삼는다는 것이다. 물론 어떠한 과정을 거치든 상관없이 그 완성물이 아름답고 정연하여, 혼돈과는 거리가 멀어 보이는 시들도 많이 있다. 하지만 그렇게 잘 짜여 있거나 정연한 아름다움을 지닌 시도 그 미덕은 혼돈을 제압하는 과정에서 얻어진 것이다.

시가 그 위에 서 있는 혼돈이라는 성채는 시의 힘이다. 질서가 아니라 혼돈이 힘이다. 혼돈의 질서가 힘이다. 한 편의 시 속에 담긴 혼돈의 내력이야말로 분명 시를 압도적이게 만드는 힘이 된다. 우리가 시에 빠지는 것은 그 시의 위대한 질서를 만들어 낸 혼돈의 크기인 까닭이다. 우리는 이 혼돈으로부터 예기치 못하게 상승하는 것이다. 영혼은 언제나 자신의 궤도를 벗어나 보다 큰 궤도에 진입하기 바라며, 이 과정은 혼돈을 통해 이루어진다. 그러므로 정신을 교란하지 않는 것은 시가 아니며, 시는 우리들 스스로 거대한 혼돈의 소용돌이가 되게 하는 것이다.

3

예술 작품이 세계를 건립하는 것이라는 소박한 이야기를 한 사람은 하이데거(M. Heidegger)였다. 그는 세계를 자신의 기운데로 끌어들여 묶어 두려는 대지(물질적인 질료)의 은폐성에 맞서 어떠한 폐쇄성도 용납하지 않는 세계의 개시성을 작품의 본질로 보았다. 세계를 건설한다는 것은 대지의 은폐성과의 투쟁이라는 것이다.

하이데거의 생각에서 재미있는 부분은 대지의 은폐성과 세계의 개시성을 대립적인 양자로 파악한 점이다. 이들 간의 투쟁이라는 설정은 흥미진진하고 역동적으로 보인다. 하지만 대지의 은폐성이라는 표현은 대지를 타자의 위치에 고립시켜 놓은 결과이다. 타자로서 대지는 지나치게 완강하거나 일면적으로 읽힌다. 대지는 마치 어떠한 절대적 주체를 향해 은폐되어 있는 것으로 판단되는 것이다. 대지가 오직 그 자체로, 은폐되어 있거나 개시되어 있다고 단언할 수 있을 것인가. 오히려 은폐되어 있다 할지라도 개시된 은폐성이요, 또 개시되어 있다 할지라도 은폐된 개시성은 아닐까. 아니, 대지는 무엇을 은폐하지도, 무엇을 개시하지도 않는다. 은폐한다거나 개시한다는 식의 대칭적 투쟁은 편의적인, 단순한 설정이다. 대지는 차라리 우연적이고, 무관심한 쪽에 가깝다. 자신의 존재를 이해 속으로 해소시키는 일에 관심이 없는 듯 보이는 것이다. 그리고 대지의 이러한 비본질성에 몸을 섞는 것, 그것에 대해 대립한다기보다 그것을 구성하는 것이 세계이다.

4

퐁주(F. Ponge)는 하나의 대상을 아주 오래 들여다보고 몰두하여 그에 대한 존재론이라 할 수 있는 시들을 썼다. 그의 시는 물론 여전히 인간의 관점을 느끼게 하지만, 최소한 그 관점이 대단히 확장되어 있거나, 동등하게 사물화된 인간의 시선이라는 점에서 흥미를 준다.

그러면서도 한편으로 대상의 외부에서, 내부에서 동시에 그 대상을 바라보는 그의 특이한 성찰의 시선은 대상과의 전일적 교감에서 오는 불안을 느끼게 한다. 그의 시에서 사물은 너무 많이 빛을 받은 것처럼 보이는 것이다. 이러한 염려를 불식시키려는 듯 퐁주는, "대상도 물론 충격을 받은 표시를 한다. (그러나) 진리는 다치지 않고 다시 날아간다."라고 말한다. 인간이 시선을 무한히 확장해도 대상이 완전히 포착되는 것은 아니다. 포착되었다고 느끼는 순간에 그것은 다시 날아가 버리는 것이다.

이런 점에서 퐁주가 "우리 자신의 욕망을 무한히 반박하는 진정한 대상들을 선택해야 한다."라고 한 말은 "대상들은 우리 자신의 욕망을 무한히 반박한다는 점에서 진정하다."로 바뀌어야 한다.

5

시를 쓴다는 것은 사물이 최초로 존재한다는 것이다. 사물이 시보다 먼저여야 하고, 시가 시인보다 먼저여야 한다. 다시 말하면, 사물이 시를 주도하고, 시가 시인을 주도하여야 한다. 시인은 이 가운데 가장 늦은 것이다. 시인이 앞설수록 그것은 철학이나 종교에 가까워진다. 시인의 깨달음은 늦게 올수록 좋고, 올 때도 놀라움 뒤에 숨어 있을 때가 더 좋고, 아예 오지 않아도 좋다. 이미지는 선명하고 의미는 희미한 시, 의미 ── 결코 해소되지 않는다 할지라도 ── 자체를 거부하고 이미지로만 남은 시는 얼마나 매력적인가?

물론 시인이라는 항목이 떠다니고 있기에 시는 의미의 그물망을 완전히 벗어날 수는 없다. 따라서 매클리시(A. MacLeish)의 "시는 의미할 것이 아니라 존재해야 한다."라는 말은, 의미냐 존재냐의 이분법으로 읽기에는 무리가 있다. 시가 의미를 부정하는 순수한 존재여야 한다는 것은 극단적인 선택이다. 매클리시의 구절은 의미의 무화라기보다는, 시가 비록 의미에서 자유로울 수 없다 할지라도 이 의미를 제압하고 의미를 무력화시키는 존재의 운동이어야 한다는 포괄적 전언으로 받아들일 필요가 있다.

6

파괴와 전복을 꿈꾸기 전에 먼저 이 세계를 읽어야 한다. 세계를 읽어 내는 것이 세계를 파괴하고 전복하는 것보다 더 파괴적이고 전복적이기 때문이다. 시가 파괴적인 것은 바로 시가 세계를 꿰뚫는 데 있는 것이지 세계의 내용이나 형식을 바꾸려는 데 있는 것은 아니다.

7

마그리트(R. Magritte)의 그림 「새를 먹고 있는 소녀, 쾌락」(1927)은 새들이 앉아 있는 나무 앞에 서서 한 소녀가 새를 산 채로 잡아먹는 광경을 묘사하고 있다. 새에게서 떨어지는 피가 소녀의 손과 옷을 점점이 물들인다.

　이 그림은 마그리트의 다른 작품들에 비해서는 별로 특이할 것이 없는 평범한 소품이다. 다만 눈에 띄는 것은 존재의 형식이라는 측면이다. 산 채로 인간에게 뜯어 먹힘으로서 존재의 형식이 무너지는 새, 혹은 그 존재의 형식을 무너뜨리는 소녀 중에서 쾌락은 어느 편에 있는 것일까? 아니면 형식의 붕괴라는, 형식의 변화 자체가 쾌락일까? 새가 잔인하게 잡아먹히고 있는데도 이 나무에는 많은 새가 날아오고 있다.

8

　도달할 수 없는 것에 도달하고자 할 때 환각을 본다. 바꾸어 말하면 도달된 어떤 유일한 순간이 환각이다. 환각은 무리하게, 아름다움을 팽창시킨 것이다. 이 팽창된 세계는 얼굴이 없기에 시선이 없다. 몸으로만 존재하는 세계이다. 환각은 대개 잠겨져 있다. 쉽게 열리지 않고 명석하다. 시를 읽는 사람들은 각자 자신의 열쇠로 여기에 들어선다. 그리고 그 열쇠에 맞게 환각은 이동한다.

　환각의 풍경을 다룬 시들은 때로 놀라우리만치 명징한 세계를 보여 준다. 그 세계는 너무 정확하게, 우리의 인식이 괄호로 묶였던 것들을 그대로 보여 준다. 그중에서 가장 핵심적인 것은 현실이라는 거대한 환각 상태이다.

9

세계는 비밀스러운 것이다. 하지만 그것은 포장되어 있지 않다. 인간은 비밀을 먹고, 비밀을 소화시키고, 비밀을 버린다. 인간은 비밀의 존재를 의식하지 않는다. 비밀은 인간과 함께 순환한다.

시는 비밀을 폭로하지 않는다. 그것은 비밀을 지배한다. 그렇게 함으로써 세계를 지배한다. 시는 한 편의 시가 쓰일 때, 그 뒤에서 쓰이지 않은 채 항상 연기되는, 그림자 같은 존재가 아니다. 그것은 일상화된 비밀과 함께 있다. 그러나 비밀을 지킴으로써, 시는 항상 비밀만을 말하고 있는 것이다.

10

상상력은 무에서 유를 만드는 것이 아니라 유에서 무를 만드는 것이다. 상상력은 형태를 건조하는 것이 아니라 형태에 낯설어하는 것이다. 상상력은 멀어지려고 하고, 멀어질수록 선명해지는 힘이다.

상상력이 풍부한 시들은 때로 상상력을 불필요한 것으로 보이게 하는 지점까지 나아간다. 샤르(R. Char)는 "매혹적인, 우리는 그 새에 경탄하고 그 새를 죽인다."라고 썼다. 이 단도직입적인 진술은 새에 대한 상상력을 제압함으로써 얻어진 것이다. 이 새는 이를테면, 우리에게 날아온 새가 아니다. 샤르는 새로운 새를 만들어 내지 않고 우리 가운데 있는 새를 불러내고 있다. 불러내 돌려주고 있다. 하지만 이미 우리에게 있는 것을 우리에게 되돌려 주는 것, 이것은 상상력만이 할 수 있는 일이다.

11

시를 쓰는 일은 완벽한 휴식이다.

시론 2

시의 토대

시를 쓰는 일은 무엇을 원하지 않는 상태가 되는 일이다. 혹은 무엇을 원하는지 알지 못하는 상태가 되는 일이다. 시를 쓰기 위해서는 눈앞에 펼쳐지는 시간과 공간, 사물들, 현실의 이름들을 거부하고 그것들로부터 멀어지기를 계속해야 한다. 그들과의 밀착에서 벗어나야 하고, 그들과의 사이에 틈을 만들어야 한다. 일종의 공황 상태다. 의식은 무력증을 드러내고, 두뇌는 기능을 잃는 듯이 여겨진다. 지각, 감각, 기억, 연상 등은 활성화되는 것이 아니라 반대로 급속히 둔화되어야 한다. 정신이 무장해제되는 것, 바로 이것이 시의 토대이다.

무장해제된 정신이란 정신의 약화를 뜻한다. 시는 정신이 거느렸던 기존의 무기를 버리고 무기의 형식으로부터 놓여나는 것이다. 그리고 정신으로부터의 자유로움은 그 자체가 새로운 무기이다. 더 날카롭고 강력한 무기이다. 감각은 새로운 차원의 감각이어서 시각과 청각은 물리적 한계를 넘어서 감지할 수 없었던 것들을 포착하며, 인식은 사물들의 경계를 넘나드는 경지로 나아간다. 투시하고, 침투하며, 스며든다. 이러한 일련의 과정은 교란을 가져온다. 앞에 서서 흔들어 버리는 것, 정신을 앞서는 전위, 이것이 시의 토대이다.

그러나 이와 같은 자유로움을 위해서는 내면에 무엇보다도 황무지를, 개간되지 않은 영토를 확보해야 한다. 거칠고, 황량하며, 무의미한 황무지가 펼쳐져야 한다. 바늘 하나 꽂을 수 없게 가꾸어진 정원의 창백한 충만은 시가 들어서기엔 운위의 폭이 너무 좁다. 무의미한 황무지에서 보내야 하는 맹목적인, 무차별적인 시간은 정신을 소모시키며, 그러므로 들끓는 정신을 소비하는 데 황무지는 필수적이다. 황무지가 넓고 광활할수록 필요 없는 삽질을 깊이 할 수 있으며, 깊이 들어갈수록 수맥을 만날 가능성은 높아진다.

이미지 혹은 말

이미지와 씨름하는 시인이 있고 말과 씨름하는 시인이

있다. 이미지는 묶여 있고, 말은 풀려 있다. 이미지는 사로잡으려 하고, 말은 해방되려 한다. 이미지에 의한 이미지 포획이 더 강력한 이미지로의 전환이라면, 말에 의한 말의 포획은 막을 수 없는, 커 가는 심연에 대한 말들의 동원이다. 이미지를 지향하는 시는 구상에 가까워지고, 말들을 운용하려는 시는 추상에 기울어진다.

언제나 이미지나 말을 찾아 헤매는 시인들은, 이미지나 말들이 침입하는 순간을 기다리고만 있지는 않는다. 이렇게 가까이서 오는 시가 있는가 하면, 아주 멀리서, 뜸을 들여, 힘겹게 오는 시도 있다. 그때 그는 멀리서 오는 시를 손을 내밀어 끌어야 하며, 그 거리를 단축시키려는 노력을 하게 된다. 예컨대 어떠한 한순간 혹은 하나의 말을 폭력적으로 가로막거나 잡아채기도 하고, 이미지들과 말들을 새로운 공간에서 혼합, 배양시키기도 하는 것이다. 그는 멀리서 오는 시를 알아보지 못하기 때문이다. 시가 완성되는 순간까지 그는 자신이 시의 밖에서 헤매고 있다는 생각을 하게 되며, 그 정체를 깨닫지 못한다. 지루한 수작업이 계속될 뿐이다. 멀리서 오는 시는 이러한 미궁 속에서 대체로 완성된다. 그리고 이 과정 자체가 시속에 녹아들어 있다.

이미지나 말과 씨름한다는 것은 말 그대로 그것이 무지의 과정임을 암시한다. 이미지나 말은 대개 정체를 가지고 있지 않다. 눈앞에 놓여 있어도 어딘가 다른 곳에 그들이 존재하는 듯이 여겨진다. 그 다른 곳을 찾아 다가가지만, 그 다른 곳은 또 다른 곳에 있다. 이 겹겹의 없음, 결국 이미지나 말은 여기 있지만 여기 없는 것이다. 그리고 없는 것 속으로 뛰어드는 것, 없기에 붙잡았다고 생각되는 것, 시는 이러한 불가능한 방식으로 '여기 있음'을 만들어 나가는 것이다. 이 이해할 수 없는 소동의 서두에, 터지지 않는 풍선처럼 이미지와 말들이 떠다닌다.

사물들

사물들은 상상 속에 존재한다. 상상되었을 때 사물들은 시로 들어온다. 긍정적이든 부정적이든 이것은 사물이 상상 속에서 구성되는 존재임을 나타내는 것이다. 사물을 구성하는 요소는 여러 가지다. 빛, 색채, 음향, 질감, 냄새, 속도, 움직임 등등. 그리고 이 모든 것이 모여 이루어지는 사물의 이미지는 가장 중요하다. 이미지 너머에는 아무것도 없고, 있다 해도 알 수 없다.

사물들은 눈앞에 현존하고 있지만 현존 속의 부재, 즉 제 육체 속으로 사라지기 때문에 불러내어 대화를 시도하는 것은 불가능에 가깝다. 사물들이 물질 단위가 되어 물질의 감수성으로 운동하는 것을 지켜보기 위해서는 오랜 시간이 필요하고, 여러 방향의 상상이 촘촘히 얽혀야 한다. 상상이 명료할수록 사물의 움직임도 선명하다. 시에서 상상은 사물의 집, 존재의 집이다. 집 속에서는 사물들은 침묵이라는 죽음의 외투를 벗는다. 그들은 분주히 이동하고, 넘나들고, 흩어지고, 모여든다. 불투명한 것은 투명해지고, 투명한 것은 불투명해진다.

시 속으로, 상상 속으로 들어온 사물들은 매혹하는 사물들이다. 매혹적인 존재들이 그러하듯이 그 사물들은 선명하면서도 붙잡을 수 없고 설명할 길이 없다. 시인이 사물들에 충분히 매혹되어 있을수록 사물들은 압도적이면서도 모호하고, 순간적이면서도 다면적인 면모를 지니게 된다. 시인은 사물의 이러한 우월성에 순종해야 한다. 사물의 키가 커지고, 그림자가 길어지고, 색채가 다양해지고, 움직임이 풍부해질 때, 그리하여 시인이 아주 작아지거나 사물 속에서 사라져 버릴 때, 사물들은 부재 속의 현존으로 전환한다. 상상은 사물의 부재를 들여다봄으로써, 상상을 뚫고 사물이 존재하도록 만드는 것이기 때문이다.

운율

운율은 동의와 다툼의 화음이다. 동의하지만 다투고, 다투지만 동의한다. 시가 운에 이끌리는 것은 시에게는 언제나 좋은 일이다. 운율을 벗어났을 때 시는 행복하고, 벗어나 더 포괄적인 운율 체계를 직감했을 때 시는 행복하기 때문이다. 또는 운율에 굴복했을 때 시는 행복하고, 굴복하여 날개를 얻었을 때 시는 행복하기 때문이다.

말과 침묵

한 편의 시에서 말과 침묵은 여러 가지 모습으로 나타날 수 있다. 환유의 화려한 발달이 말의 아름다운 결합을 돋보이게 하는 시가 있고, 말을 하기는 하지만 침묵이 그 우위에 서 있는 시가 있다. 전자는 브르통(A. Breton)의 「자유로운 결합」 같은 시를 들 수 있고, 후자는 본푸아(Y. Bonnefoy)의 「소리」를 들 수 있다. 그리고 세 번째 경우도 있다. 말의 반대편에서 침묵이, 침묵의 반대편에서 말이 오고, 말과 침묵이 서로를 읽는 듯, 읽지 못한 듯, 무심하게 지나치는 경우이다. 이는 시를 읽을 때 말들의 소용돌이와 무관하게, 읽히지 않고 끝내 말해지지 않는, 형체를 알 수 없는 또 하나의 소용돌이가 저변을 관류할 때에 해당한다. 여기에는 미쇼(H. Michaux)의 「문자」 같은 시가 있다.

모든 시는 말과 침묵이 씨실과 날실로 엮여 있는 구조를 하고 있다. 말은 침묵을, 침묵은 말을 잉태한다. 말 속에는 말보다 더 많은 침묵이, 침묵 속에는 침묵보다 더 많은 말이 도사리고 있다. 말은 침묵을 폭파시키려 하고, 침묵은 말을 폭파시키려 한다. 말과 침묵은 언제나 대칭을 벗어나 비대칭을 지향하지만, 다시 말해서 말과 침묵이 하나가 되기를, 침묵으로 말하고, 말로 침묵하기를 원하지만, 이는 관념적인 결합에 지나지 않는다. 사실상 시에서 말이 침묵이 되고 침묵이 말이 되는 것은 극히 드문 일이다. 말은 계속되는 말을 통해서만 침묵을, 침묵은 계속되는 침묵을 통해서만 말을 품을 수 있기 때문이다.

시인

시인은 덫을 만드는 사람이다. 그 덫에는 자신만이 걸려든다. 시를 썼을 때 그는 그 덫에서 빠져나올 수 있다. 펜을 잡고 언어와 씨름하고 있을 때, 그는 자신이 쓰고 있는 시가 완전한 형태로 존재하는 어떤 시에 근접하고 있음을 느낀다. 그 접근이 용이치 않아 불만족스러울 때는 덫이 더 옥죄어들고, 어느 순간 갑자기 폭발하듯 언어들이 쏟아져 나오는 경우, 그는 그 덫에서 해방됨을 느낀다. 한 편의 완성된 시 앞에서 시인이 느끼는 감정은 사실 이 해방감 외에는 없다. 그는 해방되기 위해 쓰고 또 쓰는 것이다.

그러므로 한 편의 시는 억압과 사슬의 문신 같은 것이다. 시를 쓸수록 시인은 더 정교하고 더 강력한 사슬을 만들게 되고, 그것을 탈출한 해방의 강도도 더 높아지게 된다. 이러한 진행은 멈출 수도 없고 퇴행할 수도 없다. 결국, 그는 자신과의 싸움을 확장하는 일에 인생 전부를 쓰게 된다. 그리고 그는 이 싸움에서 이겨야 하는 것이다. 벤(G. Benn)은 이것을 멋지게 요약했다. 그는 이 시대 시인에게는 "강직하고 거대한 두뇌가, 반항이라면 자기 자신의 반항조차도 분쇄해 버리는 두뇌, 송곳니가 달린 두뇌가 필요"하다고 했다.

시적 인식

인식이라는 것은 자립적으로 걸어 다닐 수 있는 것이 아니다. 노에시스(Noesis)는 노에마(Noema)를 필요로 하며 언제나 간접적인 것이다. 인식은 인식 대상에 대한 형상화라는 옷을 필요로 한다. 형상화는 인식에 이르는 길이다. 말이라는 것도 이미 그 자체가 기초적인 단계의 형상화라 할 수 있다. 어떠한 추상적인 본질도 말이라는 매개에 의해서만 모습을 드러내는 까닭이다. 따라서 말에 의하지 않고는 인식이라는 것 자체가 가능하지 않으므로 인식이란 말에 의해 그려지는 구상화라 할 수 있다.

한편으로 말이라는 것은 우연적이고 일시적일지라도 그 말과 관련된 어떤 관념과의 관계 없이는 존재하지 않는다. 말과 함께 떠오르는 이 관념, 포괄적으로 이야기해서 말이 지니고 있는 인식의 측면을 시는 문체, 운율, 형식을 통해 최대한 이용하게 되는데, 하지만 그것은 엄격히 말하면 인식을 제거하기 위한 것이다. 시적 인식이란 통상의 인식의 한계를 넘어서 새로운 인식의 가능성을 포고하는 것이기 때문이다. 인식이라는 것이 본래 인위적인 관계의 설정, 배치, 반복, 교환, 전환 등의 과정을 내포하는 것이라면 이는 시적 인식에 와서는 예측할 수 없을 정도로 그 규모와 규칙이 자유로워진다. 시에서는 아름다움이라는, 미적 이상을 향한 인간 본연의 욕망이, 세계와 사물에 대한 탐구라는 인식의 궁극적인 목적을 자신의 원칙 안에서 조종하고 있기 때문이다.

현대시

현대시라는 말은 현대에 쓰인 시를 가리키는 것이 아니다. 과거에 쓰였어도 결코 나이를 먹지 않으면 현대시이다. 어떤 시가 나이를 먹지 않는 것일까? 기법이나 형식에 있어서, 시적 인식의 방향에 있어서 가장 멀리 나아간 경우가 그렇다. 때로 당대에는 너무나 멀리 나아간 것처럼 보이는 시들, 그래서 불길하고, 당대의 가치를 훼손하는 것처럼 보이는 시들, 하지만 그들로 인해 극지가 있음을 알게 해 준, 스스로 극지가 되어 버린 시들이 현대시다. 이후 그를 따르는 후대의 시들이 그를 발판 삼아 나아가려 해도 더 이상 거기서 나아갈 수 없을 정도로 자신의 세계를 개화시킨 시들이 시대를 막론하고 현대시라 할 수 있다. 현대시는 발전이 아니라 모방을 낳는 시다.

　고전주의, 낭만주의, 사실주의, 상징주의, 초현실주의, 표현주의, 그 어떤 조류에도 현대시는 존재한다. 어느 조류에서든 고독하게 자신의 형식을 실험하고, 정교한 패턴을 구축하려는 노력이 정점에 이르렀다 스러지는 것이다. 그런 의미에서 모든 현대시는 자신의 존재 양식에 대한 철저한 인식에 기반하고 있다고 할 수 있다. 현대시라는, 새로운 지형도를 형성하는 것은 언제나 당대의 상황에서 동떨어진 것이기 때문이다. 그 동떨어짐이 앞선 것이었음을 알게 되는 데는 많은 시간이 필요하지 않다. 그 동떨어진 곳에서 많은 일들이 일어나고, 시 문학사의 줄기가 새로 생성되는 것이다.

시는 미지의 언어

시는 언어이면서, 언어로 무언가를 이야기하기를 포기한 것이다. 시는 현실에 대한 것도, 비현실에 대한 것도, 꿈도 이상도 들려주지 않는다. 그것은 과거나 미래를 이야기하지 않는다. 현재에 대해서 설명하지 않는다. 말하는 행위가 우리에게 가까스로 제공해 주는 이해와 오해의 만남 같은 것들을, 그 시끄러운 욕망을, 욕망의 피로를 시는 알지 못한다. 시는 다른 곳에 존재한다. 시의 언어는 이야기하거나 말하는 것이 아니라 그저 존재하는 것이다. 존재하기 위해서 존재하는 것이다.

그것은 모든 목적으로부터 해방된 기호이다. 이때 목적이라 함은 어떤 이념이나 이상, 가치를 뜻할 수도 있고, 더 소박하게 교류를 의미할 수도 있다. 시는 관념적인 가치는 말할 것도 없고, 누군가와의 소통을 겨냥해서 존재하는 것이 아니다.

시는 무리를 짓지 않는다. 언제나 홀로 있기를 원한다. 그것은 말을 걸기 위해서, 또 한편으로 경험을 공유하기 위해서, 지식과 감각을 전파하기 위해서, 교훈과 도덕과 양심을 충족시키기 위해서 오는 것이 아니다.

시는 자족적인 존재의 언어로 이루어져 있다. 이 자족적인 시와 시의 언어들은 몇 가지의 특징을 가진다. 우선, 역설적이게도 시는 소통하지 않음으로써 소통하는 것이다. 소통으로부터 도피함으로써, 관계 맺고자 하지 않음으로써, 거리를 둠으로써, 그 결과 전 시간적이고 전 방향적인, 우주적인 접촉을 시도한다. 스스로 멀어짐으로써, 타자의 이해를 구하지 않음으로써, 존재하는 모든 피조물들, 인간과 자연, 무생물에 이르기까지 직접적이고 내밀한 소통을 하는 것이 시이다. 이것은 무엇과 비교할 수 없는 압도적인 소통이다. 시가 내면으로 침잠해 들어가지 못하고 외부로의 소통을 겨냥한다면, 사실 그것은 웅변이나 논설보다 지리하고 효과도 떨어진다. 또 소통을 염두에 두고 쓰인다면 그것은 명시적이든 암묵적이든 일정한 그룹이나 소수의 구성원들과의 심리적, 계약적인 관계를 형성할 것이며, 소통의 내용도 기성의 감각이나 가치를 사용할 수밖에 없다.

중요한 것은 단순한 피상적인 소통이 아니라, 소통으로부터 멀어짐으로써 오히려 소통의 어려움을, 그 한계를 일깨우는 것이다. 이렇게 함으로써 오히려 저 깊숙한 곳에서 소통은 열리게 된다. 언어가 지고 있는 의미 전달과 교류의 짐을 내려놓을 때, 언어는 본래의 파동을 되찾을 수 있다. 시는 언어를, 책임으로부터 자유롭고, 지시로 고착되지 않은, 생기 가득한 파고를 지닌 탄생의 순간으로 되돌려 놓는다. 시는 언어에게 불확정성이라는 뜨거운 권리를 부여한다. 언어는 본래 자신의 출현과 함께 시작된 자유의 과잉을 누리게 된다. 언어는 언제나 과잉이 아니었던가. 혜택이었고, 선물이었고, 눈물이었고, 춤이었고, 광기였고, 기적이었고, 헤아릴 수 없는 공기가 아니었던가. 홍수이면서 갈증이 아니었던가. 시가 이러한 모습으로 올 때, 모든 존재와 대상들은 자신들의 언어를 시 속에서 발견하게 될 것이다. 시의 언어는 곧 자신의 언어가 된다. 이것이 소통의 본래적 의미가 아닐까? 시가 그 목적을 외부에 두지 않고 전적으로 자신만을 위해서 존재할 때, 시는 오히려 모든 방향을 지향할 수 있는 보편적인 투시력을 얻을 수 있는 것이다.

소통을 지향하지 않음으로써 시는 무목적적으로 나아가게 된다. 방향도 없고, 탐조등도 없는 채, 걸음만 남게 된다. 그 걸음은 앞으로만 나아가는 것이 아니라, 가야 할 곳이 있어서 가는 것이 아니라, 옆으로, 뒤로 휘청거리고, 또 그렇게 제자리걸음을 반복하기도 한다. 그것이 나아가는 것이다. 시는 아무 생각 없이, 발걸음을 따라 나아간다. 나아간다는 행위 하나만 남고 자신을 둘러싼 모든 추상적인 인식과 관념의 도구들이 부서져 버릴 때까지, 시의 언어들이 지고 있었던 불필요한 짐을 모두 벗어 버릴 때까지 나아간다. 멀리 되도록 멀리, 자신의 출발점으로 되돌아와도 그것이 출발점이었다는 것을 알지 못할 정도로 멀리 나아가는 것이다. 때로는 너무 멀리 나아가서 아무도 그 존재를 보지 못하며, 그를 인식하는 데에 오랜 시간이 걸리기도 한다.

나아감에 있어 시는 가 봤던 곳, 아는 곳이 아니라 낯선 곳, 처음 보는 곳을 향해 본능적으로 움직인다. 우리의 인식과 이해와 질서의 사각지대를 찾아간다. 시는 확실히 대로에 있지 않다. 인적이 드문 곳에, 좁은 길에, 길이 없는 곳에 있다. 두려워하지 않고 그 한가운데로 뛰어든다. 시는 길을 찾아가는 데 관심이 있는 것이 아니라, 길을 만드는 데 그 뜻을 두기 때문이다. 시는 지도를 보지 않는다. 그 자신이 지도가 된다. 한 편의 시는 늘 새로운 지형도를 그린다. 그렇지 않다면, 이미 시가 아니다.

미개척의 새로운 지형을 찾아가는 시의 언어는 발견의 언어이다. 시는 발견하는 것이다. 무엇을? 사물을, 대상을, 존재를, 동시에 그들의 존재 방식, 그들의 거리, 그들의 대화, 그들의 현실을. 또 시는 발견한다. 침묵을, 경계를, 경계를 넘어서는 사물들의 꿈을, 낯선 조우를. 존재들은 서로를 도치하고, 현실과 비현실을 교차하며, 자신이 도달하지 못한 상태를 누리고, 사라져 버린 것들을 뒤섞는다. 존재들은 자신의 현존으로써 모두 어떤 하나의 극점을 보여 준다. 그들 각각은 세계에서 누락되는 방식으로 자신을 형성해 왔으며, 그 지점들은 저마다의 극지가 되어 세계에 첨가되어 온 것이다. 그들은 오래 걸려 익은 열매들이고, 현실의 환각이자 환각의 현실들이다. 존재들은 비밀이다. 비밀리에 반란한다. 탄생한다. 이 모든 것을, 존재들의 이 모든 순수한 악의와 환부를, 찬란한 회로를, 망각을 발견하는 것이 시이다. 시는 매 순간 더 낯선 곳으로, 자신이 발견한 것들 속으로 침잠해 들어가야 한다. 시적 발견이야말로 존재의 발견이라 할 수 있는 것이다.

하지만 이와 같은 모든 발견도 가장 중요한 것은 아니다. 존재들의 발견 이전에, 시가 발견해야 할 것이 있다. 그것은 미지이다. 존재의 미지이고, 세계의 미지이고, 시간과 공간의 미지이다. 미지가 모든 것에 앞선다. 시는 현실의 언어, 세계의 언어가 아니라 미지의 언어이다. 미지란 무엇인가.

사실 동서고금을 통하여 시란 무엇인가 하는 질문에 대해 의미 있는 많은 의견들이 존재해 왔다 하더라도 시는 항상 무엇인지 모르는 채 쓰이는 것이다. 시가 무엇인지는 말할 것도 없고 한 편의 시가 어떻게 전개되고 완성되어 갈 것인지도 알 수 없는 일이다. 시인 자신도 모른다. 알 수 없음, 이것은 정확하게 표현하면 모르고자 하는 욕망이다. 인지되어 왔고, 기성화되었으며, 따라서 예측이 가능한 것을 피하고자 하는 욕망이다. 그것은 놓쳐져 버리고자 한다. 한 편의 시는 이와 같은 인식 저편의 어둠을 자신의 탄생의 근거로 한다. 미지를 필요로 한다. 물론 이 미지는 저절로 주어지는 것이 아니다. 시를 쓰는 순간에, 시를 모르고자 하는 이 이상한 욕망 속에서 시인은 자신이 알고 있는 많은 지식과 경험과 감각들로부터 해방되기 위한 노력을 하게 되는데, 바로 미지를 얻기 위함이다. 미지를 발견하고, 적극적으로 쟁취하기 위함이다. 이것이 시의 출발이다.

시는 시인이 아는 것을 쓰는 것이 아니라 모르는 것을 쓰는 것이다. 시인은 모르되, 시는 알고 있는 것, 그것이 시이다. 시인이 앎으로부터의 도피를 해야 하는 까닭은 그가 한 편의 시 속에서 매번 기성의 것을 배반하고 새로운 발견을 해야 하는 현행범이기 때문이다. 그는 한 편의 시의 현장에서 모르는 것을 앎으로 변화시켜 가는 과정에 역동적으로 참여해야 한다. 그리고 그 앎이라는 것도 모르는 것을 일깨우는 과정이라기보다는, 모름의 한 일부에 지나지 않는다는 것을 깨우치는 것이어야 한다. 결국 그의 앎은 모름을 위한 것이다. 시에서의 인식이라는 것은 질서에 대한 단편적인 확인이 아니라, 카오

스와 코스모스의 길항에 대한 관조와 숙고이기 때문이다.

시가 미지에서 탄생하지만, 도달하는 곳도 결국은 미지이다. 미지라는 출발 지점으로 돌아오는 이 모순된 여로의 반복이 시이다. 아니 그보다는 출발이 곧 귀환이라는 말이 너 적절할 것이다. 그것이 곧 미지가 아닐까? 떠났지만 돌아온 세계, 흐릿하게 비현실적으로 보이지만 바로 눈앞의 현실인 세계, 내가 너가 되는 어느 탐문 속에서야 내가 실재가 되는 세계, 이것이 시인이 탐험하게 되는 미지의 세계가 아닐까? 그는 시를 쓰면서, 움직이면서도 부동하는 듯한 이 미지의 영역 속에서 다름 아닌 자신이 하나의 미지였음을 마침내 깨닫게 되는 것은 아닐까?

결국 우리가 한 편의 시에서 만나게 되는 것은 다른 어떠한 것이 아니라 바로 이 미지라는 것을 알 수 있다. 그 외의 것은 없다. 그리고 한 편의 미지를 얻는 것은 한 편의 우주를 얻는 것과 같다. 그 한 편 한 편의 우주는 시를 통하여 끊임없이 우리의 세계에 편입해 왔다. 이것은 세계를 확장하는 가장 숭고한 일이다. 우리가 살고 있는 세계를 무한한 것으로 만드는 가장 즐거운 일이다. 시는 존재한 이래로 지금까지, 이 특별한 임무를 한시도 잊어 본 적이 없다. 시가 있음으로써 우리는 미지와 우주와 무한의, 동행이 된 것이다.

시는 쓰일 수 없는 시의 징후이다

다소 단정적으로 표현하자면 나는, 시를 쓰는 사람들은 시에 영향을 받는 것이지 시론에 영향을 받는 것은 아니라고 생각한다. 시에 대한 아무리 훌륭하고 창조적인 논의도 그에 부응하는 시의 존재가 없다면 공허하기만 할 것이다. 그런 의미에서 시론은 홀로 멀리 나아가서는 안 되고 어디까지나 시의 자장 위에서 형성되어야 한다. 또 한편으로 좋은 시는 세계관이나 창작의 원리, 시를 구성하는 형식을 날카롭게 자각하고 있기에 관심을 끌 만한 시론을 형성하고 있음은 물론이다.

영향을 받는다는 주관적인 맥락보다는 내게 그 의미를 되새기게 해 주었다는 이유로 내가 좋아하는 시론이 몇 있다. 이를 크게 시인이 쓰는 시론과 비평가가 쓰는 시론으로 나누어 볼 수 있는데 전자는 엘리엇(T. S. Eliot)과 스티븐스(W. Stevens)의 시론이고, 후자는 하이데거와 바슐라르(G. Bachelard)의 시론이다.(이 글에서는 지면 관계상 엘리엇과 하이데거에 대해서만 간략하게 언급하기로 한다.) 먼저, 시인이 쓰는 시론은 비평적인 엄격함을 가지고 있는 것을 좋아한다. 자신의 시 세계를 중언부언 해설하는 것 같은 태도가 아니라 시의 한복판에 발을 딛고 서 있는 자가 그 지층을 꿰뚫는 인식 능력을 보여 주는 글들을 선호한다. 모순적으로 보일지도 모르지만 창조의 능력은 비평에서, 비평의 능력은 창조에서 도드라지게 잘 나타나는 것으로 생각하기 때문이다.

　엘리엇은 여러 논문에서 자신의 시론을 개진했고 많은 사람들이 그에 대해 논의했다. 나는 그 논의 여부와 상관없이 그의 글 가운데 다음의 세 부분에 밑줄을 그었다. 첫째는 시인의 창조의 동기와 관련된 것이다. 엘리엇은 시인은 그것을 완전히 말할 때까지는 자기가 말해야 할 것을 알지 못하며 그것을 말하려고 노력함에 있어서 다른 사람에게 무엇이고 이해시키려는 데에는 관심을 가지지 않는다고 하였다. 시인은 올바른 말을 찾기에만, 그렇지 않으면 될 수 있는 한 틀리지 않은 말을 찾는 데에만 관심을 가지게 되는데, 그가 시를 쓰는 것은 누구에게 의사를 전달하기 위해서가 아니라 절실한 불안에서 안도감을 얻기 위해서이기 때문이다.(「시의 세 가지 음성」 중에서) 그의 이 지적은 비록 시가 전달될지라도 전달을 위해 태어난 것은 아니며, 시인의 철저한 언어 탐색만이 시가 창조되는 순간을 설명해 주는 것이라는 성찰을 담고 있다. 무엇보다도, 시인 자신도 자신이 말해야 할 것을 알고 있지 못하다는 것은 시가 전달과는 관계가 없으며, 따라서 전달에 적절한 기성의 감성이나 인식 체계와도 거리가 있고, 다만 형성, 창조, 발견과 같은 보다 탐구적인 항목들과 연관이 있음을 설파하는 것이다. 그리고 그 근저에는 불안으로부터의 도피라는 보다 내밀한 표현 충동이 자리하고 있다. 엘리엇이 보기에 시인이 시를 쓰는 이유는 다른 무엇보다도 자신을 짓누르는 어떤 상황에서 벗어나기 위해서이다. 한 편의 시를 완성할 때까지는 시인은 자신이 사로잡혀 있는, 형체를 알 수 없는 그 무엇으로부터 벗어날 수 없는 것이다. 바로 '그 무엇'과 대결하고 그것을 탐색하고 형상화하는 것이 시를 쓰는 일이다.

두 번째로 시와 자유에 대한 것이다. 통상적인 생각과는 다르게 루카치(G. Lukács)는 그의 에세이에서 시인은 엄격한 확실성의 법칙 구조 속에 살며, 비평가는 자유의 수많은 소용돌이와 위험 속에서 산다고 하였다.(「플라톤주의, 시와 형식」 중에서) 방향은 약간 다르지만 엘리엇 역시 시인의 자유를 별로 믿지 않았다. 엘리엇은 시가 어떠한 형식, 나아가 정교한 패턴으로 돌아가려는 경향은 영속적인 것이라 하면서 시란 좋은 작품을 쓰려는 사람에게는 자유로울 수가 없는 것이라 말하고 있다.(「시의 음악성」 중에서) 시인에게 자유가 없다는 것은 무슨 말일까? 시인이 취할 수 있는 자유가 질서를 위한 것이라는 엘리엇의 생각은 현대의 자유시라는 것이 죽은 형식과 대결하고 새로운 형식을 탐문하는 것이라는 생각으로 이어진다. 나는 이것을 자유시나, 현대시에서 많이 보이는 산문시 같은 경우들도 이른바 자유로운 것은 아니고, 어떤 식으로든지 새로운 형식을 구축하기 위한 것이라고 내 식으로 이해한다. 시는 지배적인 장르이다. 시는 정신을 압도하려는 속성을 가지고 있으며, 세계를 읽음으로써 세계를 지배한다. 하지만 이 지배는 지배하는 쪽이 먼저 지배되는 양상을 띠고 있다. 다시 말해서 시는 세계를 지배하기 전에 자신의 형식에 스스로 지배된다. 이것이 시가 세계를 지배할 수 있는 길이다. 시가 정교한 패턴으로 돌아가려 한다는 것은, 어떠한 형식으로 말하든지 그 형식의 가장 정교하고 순수한 상태를 지향한다는 것으로 이해해 볼 수 있다. 이 지향은 피할 수 없고, 고단한 것이다. 현대시에서 보여 주는, 기존의 질서를 파괴한다든가 새로운 형식을 실험한다든가 하는 시도들도 외관상으로 보이는 것처럼 그렇게 자유롭지는 않을 것이라고 나는 생각한다.

다음으로 엘리엇이 시의 운명에 관해 이야기하는 것은 참으로 수긍이 가는 부분이다. 그는 현대의 난제가, 종교적 신앙의 쇠퇴로 인해 우리의 조상들이 믿던 것처럼 신과 인간에 관한 어떤 것을 믿을 수 없다고 하는 점뿐 아니라 조상들처럼 신과 인간에 대해서 느낄 수 없는 부분이라 하면서, 이와 마찬가지로 시를 위한 감정이 사라지는 것을 염려하고 있다.(「시의 사회적 기능」 중에서) 시가 쇠퇴하면서 시의 소재가 되는 감정들이 사라지는 것이 문제가 되는 것이다. 나는 엘리엇이 진정으로 우려하는 것이 이와 같은 죽음, 종교나 시가 사라지면서 종교나 시에 인간이 불어넣었던 감정, 느낌의 죽음이라는 것에 진정으로 동의한다. 시가 죽음으로써 인간의 내면은 얼마만큼이나 죽음의 땅이 되는 것일까?

시인이 쓰는 시론의 엄격함을 좋아하듯이 나는 풍부한 감수성으로 쓰인 비평가들의 시론을 좋아하는데 대표적으로 하이데거와 바슐라르를 들 수 있다. 하이데거가 횔덜린(F. Hölderlin)이나 트라클(G. Trakl)의 시를 논하면서 전개한 시에 대한 생각들은 횔덜린이나 트라클의 시 못지않게 영감과 창조성으로 가득 차 있다. 특히 다음과 같은 구절은 내가 좋아하는 부분이다.

"모든 위대한 시인은 오직 단 하나뿐인 유일한 시로부터만 시작(詩作)을 한다. 시인의 위대함은 오직 그가 얼마만큼이 유일한 시에게 자신을 토로해서 자신의 시작적 언어를 그 유일한 것 가운데서 순수하게 보존할 수 있는가에 의해서 측정된다. 한 시인의 유일한 시는 말해질 수 없는 채로 머문다. 개별적인 시들이나 또는 그 시들의 전체 또한 모든 것을 말하고 있지는 않다. 비록 개별적인 시가 이 유일한 시라는 전체로부터 말하고 있고, 또한 언제나 이 유일한 시에 대해 말하고 있을지라도, 유일한 시가 존재하고 있는 장소에는 파도가 일고 있어서, 시작적인 것으로서의 언어를 언제나 일렁이는 채로 있게 한다. 유일한 시가 존재하고 있는 장소에는 파도가 잘 날이 없다. 그럼으로써 오히려 언어의 모든 움직임을 언제나 베일에 싸여 있는 근원에로 역류시키기도 한다. 일렁이는 파도의 진원지로서의 유일한 시가 존재하고 있는 장소는 베일에 싸인 자신의 본질을 감추면서도, 형이상학적, 혹은 미학적으로 생각하는 사람에게만은 우선 리듬으로 나타난다."(「시에 있어서의 언어」 중에서)

개별적인 시들이 상상하는 원형과도 같은, '유일한 시'에 대한 하이데거의 생각은 다소 관념적이기는 하나 창조의 본질의 한 측면을 그려 내고 있다. 그의 생각은 다음과 같은 많은 질문들을 낳는다. 한 시인의 개별적인 시들은 말해질 수 없는 채로 머무는 '유일한 시'를 어떻게 가정하는가? 또는 어떻게 감추고 비추고 있는가? 개별적인 시들이 쌓일수록 시인은 이 '유일한 시'에 얼마만큼 가까워지고 또 멀어졌는가? 파도가 일고 있는, '유일한 시'가 존재하고 있는 이 장소는 그 자체로 존재할 수 있는 것일까? 오직 파도가 이는 것으로만, 바다도, 수평선도, 해안선도 없이, 시인의 관념 속에서 그저 일렁이는 파도로만 존재하는 것은 아닐까? 따라서 그것은 시인의 환상이나 욕망, 예술적 좌절의 다른 이름 아닐까? 아니면 개별적인 시가 존재함으로써, 이 '유일한 시'는 영원히 유보되는 것은 아닐까? 혹은 개별적인 시 속에서만 그것은 존재하는 것일까? 이 모든 것이 아니라면, 존재하지도 않는 '유일한 시'를 창작의 매 순간에 감지하는 것일까?

이러한 질문들은 끝도 없이 이어진다. 하이데거의 '유일한 시'는 근원에의 잠재적 열망을 표현한 것인가. '유일'하다는 것으로 그는 결국 고유한 시적 본질을 상정하려는 것은 아닌가. 나는 그보다는, 시작(詩作) 행위를 풍부하게 사유하도록 하는 그의 진술이, 한 편의 시가 언어화되는 과정에서 '유일한 시'로 언급되는 비밀스러운 순간의 체험과 그로부터의 미끄러짐을 날카롭게 포착한 것이라 생각한다. 모든 시는 그 스스로 '유일한 시'로 태어난다. 모든 시는 태어나는 순간 항상, 최초의 단 한 작품이 되는 것이다. 하지만 태어남과 함께 그것은 어디론가 떠밀려 간다. 태어남 자체가 격랑이기 때문이다. '유일한 시'로서의 비밀은 체험됨과 동시에 사라져 간다. 그것은 시인에게서 빠져나간다. 이것이 언어의 본질이다. 언어들은 일렁이는 상태로 존재함으로써 태어나는 순간을 끝없이 재현해 내지만 '유일한 시'는 끝내 말해지지 못한다. '유일한 시'라고 말해지는 상태조차 파도가 일고 있는, 끝없이 미끄러지는 격랑의 순간에 불과한 것이다.

나는 하이데거가 "언어의 비밀을 말해 줄 언어가 없다. 언어의 본질을 나타낼 언어는 주어지지 않는다."라고 말했을 때, 그 언어로 '유일한 시'는 쓰이지 않는다는 것을 그는 알았으리라 짐작해 본다. 언어는 무엇에 대해 말하지 않는다. 자신에 대해서조차 말할 수 없으며, 언어는 본질이나 '유일'에 대해 아무것도 알지 못한다. 시는 언어의 불가능이 무엇인가를 똑바로 가르쳐 주는 것이다. 하지만 이 절망의 언어들로 시인들은 시를 쓴다. 나는 시인들이 시를 쓰는 것이, 그들의 '시작적 언어를 유일한 것 가운데서 순수하게 보존'하려는 것이기보다는, 단지 '유일한 시'의 징후이기 때문이라 생각한다. '유일한 시'가 있는 것이 아니라 사실은 징후가 존재하는 것이다. 시는 쓰일 수 없는 시의 증거이며, 거센 징후들이다. 그리고 한 편의 시에서 이 쓰일 수 없는 '유일한 시'의 징후를 보는 것, 이것이 진지한 시론의 출발점이라 믿고 있는 바이다.

소통되지 않는 시간과 공간들의 이상한 집합

— 내 시 속의 시공 의식

마그리트의 작품 중에서 「설명(L'Explication)」(1952)과 「발견(La Découverte)」(1927)은 동일한 테마를 오브제를 달리해 표현한 것이다. 「설명」은 빈 포도주 병, 홍당무, 그리고 위쪽의 반이 홍당무로 변해 버린 포도주 병으로 이루어져 있다. 홍당무가 포도주 병으로 변하는 것인지, 포도주 병이 홍당무로 변하는 것인지는 알 수 없지만, 홍당무와 포도주 병이 반씩 결합해 있는 이 그림을 어떻게 '설명'할 수 있을까?

이보다 훨씬 전에 그려진 「발견」이라는 작품도 유사한 구성을 가지고 있다. 「발견」은 비스듬히 앉아 있는 한 나부를 그린 것인데, 나부의 몸의 군데군데 일부가 나무로 변하고 있다. 이 그림 역시 나부가 나무로 변하는 것인지, 나무가 나부로 변하는 것인지 알 수가 없다.

어느 한 대상이 다른 대상으로 옮아가고 있는 과정을 보여 주는 이와 같은 작품에 대해 마그리트 자신은 다음과 같이 말하고 있다. "(사물에 대해) 연구하는 과정 중에, 나는 사물들의 새로운 잠재력을 발견했다. 즉 그들은 점진적으로 어떤 다른 것으로 변할 수 있다는 것이다. 한 사물은 다른 사물과 융합한다. 이것은 두 사물의 만남과는 아주 다른 어떤 것으로 보인다. 왜냐하면 여기에는 두 물질 사이의 틈이나 경계가 없기 때문이다."

마그리트의 말은 시간이라는 것이 무엇인지에 대해서 중요한 통찰을 보여 준다. 한 사물이 다른 사물로 옮아갈 수 있게 하는 것, 옮아가는 과정 중에 자신이 옮아가는 대상인 다른 것과의 틈이나 경계 없이 둘이 융합한 상태로 있을 수 있게 하는 것, 이것이 시간이다. 시간은 존재의 변화를 추인하고 격려하는, 가능하게 하는 모태이다. 시간의 역작이 바로 변화인 것이다.

하지만 마그리트는 자신의 그림 속에서 그러한 시간의 파노라마를 느끼게 하지는 않는다. 우리는 그의 작품에서 시간의 흐름이 아니라 오히려 시간이 숨죽인 어느 한순간에 직면한다. 그 순간은 불꽃과 같은 고요한 순간이다. 「설명」이나 「발견」 같은 작품도 변화의 한순간을 일시에 강렬하게 포착한 것이다. 마그리트는 이렇게 시간을 순간으로 압축한다. 유구한 시간과 시간 속에서의 존재의 변화를 풀어헤치는 것이 아니라, 그것을 단 한순간으로 집결시키는 것이다. 우리들은 그가 압축해 놓은 순간을, 각자의 경험과 운명으로 확장해서 소유한다.

내가 나의 시 속에서 인식하는 사물들의 시간이라는 것도 바로 이와 같은 것이다. 그것은 시간이 사라져 버린, 시간이 숨죽인, 그런 시간이다. 숨을 멈춘 것 같은 이 시간은 시간이라기보다는 한 정점, 한 순간이며, 그것도 비등점의 순간이다. 사물들이 한껏 부풀어 오른 이 순간의 숨결을 기록하는 것을 시라고 나는 생각하고 있다.

이렇게 압축된 한순간은 시에서는 이미지로 나타난다. 이미지는 결코 과정이나 흐름이 아니다. 그것은 명멸하지 않는, 꺼지지 않는 한순간의 환희다. 존재하는 모든 것들은 오로지 이미지로 존재한다. 우리가 다른 존재에 대해서 가지는 이미지, 아마 이것이 그에 대해 알 수 있는 전부일 것이다. 존재는 이미지에 다름 아니다. 나는 이미지가 선명한 시를 선호한다. 시의 구성이 복잡해지고 언어의 의미 지시성이 약화될수록 의미를 해독할 수 없는 이미지들은 더 선명해지기 마련이다. 한 편의 시에서 이미지가 좋은 시는 좋은 시로 기억된다.

이미지는 시간을 순간으로 응축해 줄 뿐 아니라 나아가 시간을 공간으로 전환시키는 역할을 한다. 이미지로 인해 시간이 자신의 처소를 마련하는 것이다. 이제 시간은 시간 속으로 흘러가지 않고, 머무르게 되며, 자리를 잡는다. 이것은 시간이 정지하는 것과는 다르다. 정지하는 것이 아니라 고이게 되는 것이다. 고여 있음, 이것은 곧 공간이 되었음을 알려 주는 신호이다. 시간이 고여 있는 존재, 그럼으로써 공간을 획득한 존재는 그 이미지로서 이제 소멸하지도, 부패하지도 않는다. 하나의 이미지는 오직 다른 이미지에 의해서만 충격을 받고 비틀거릴 뿐, 스스로, 자연적으로 사라지지 않는다. 이미지는 영원하다. 이미지는 존재가 사멸한 후에도 계속되는 것이다.

중요한 것은 이미지에 의해 시간이 공간이 됨으로써 존재는 보다 구체적으로 상황 내 존재가 되고, 시간과 공간의 특수성으로 배합된 특별한 대상으로 태어난다는 점이다. 시간이 공간을 얻게 된다는 것은 시간으로서는 새로운 차원으로의 전환이 아닐 수 없다. 그것은 회화에서 원근법의 발견과 같은 것이다. 이 혁명적인 발견은 대상을 현실화시켰으며, 인식의 차원에 들어설 수 있게 해 주었다. 원근법이 없었다면 대상은 아직도 희미한, 추상적인 형체에 머물고 말았을 것이다. 공간 감각, 공간 의식, 이것은 대상이 생명을 얻는 것과 다를 바 없다. 따라서 시간이 시간이면서 곧 공간이 되게 하는 이미지는 우리가 대상과 사랑에 빠질 수 있게 대상을 시공 속에 물질화하는 것이라 할 수 있다.

나는 시를 쓸 때 특별히 시간이나 공간을 의식하지 않는다. 이미지를 그려 보는 것, 이것으로 충분하기 때문이다. 때로 그림은 하나가 아니라 여러 개가 겹쳐져서 그려지기도 한다. 이 경우, 한 작품 속에는 여러 개의 시간과 공간이 서로 부딪치며 존재한다. 물론 이 시간과 공간들이 전혀 부딪침 없이, 만나지 않고, 상이한 자리를 차지하며 공존하기도 한다. 상호 소통되지 않는 시간과 공간들의 이상한 집합에 대해서 쓰는 것은 나름의 재미가 있다. 시 「포장품」은 간단한 예가 될 수 있다.

물건은 묶여 있다. 나는 줄을 풀고 있다. 누군가 포장된 도로 위를 달린다.

물건은 포장되어 묶여 있다. 나는 포장을 동여맨 줄을 풀고 있다. 누군가 포장된 도로 위를 달린다.

물건은 여러 겹의 비닐로 포장되어 묶여 있다. 나는 비닐을 조르고 있는 줄을 풀고 있다. 누군가 포장된 도로 위를 달린다.

물건은 토막 내져 검은 비닐에 담긴 채 묶여 있다. 나는 풀수록 조여드는 줄을 풀고 있다. 이쪽을 풀면 저쪽이 엉킨다. 이쪽을 풀면 누군가 이쪽을 다시 묶는다. 누군가 포장된 도로 위를 달린다.

물건은 묶여 있다.

—「포장품」『고양이 비디오를 보는 고양이』

이미 묶여 있는 물건의 시간과, 지금 줄을 풀고 있는 손의 시간, 그리고 과거로부터 현재, 미래에 이르기까지 지속될 것으로 보이는 누군가의 달리는 시간은 어지러운 상호 교차를 통해서도 아슬아슬하게 만나지 않는다. 또 포장품이 놓여 있는 이곳과 포장된 도로는 아무 관련 없는 공간들이며, 영원히 만날 것 같지 않은 평행의 구조로 되어 있다. 이러한 시간들과 공간들의 무의미한 공존 속에서 대상들은 어떤 꿈을 꾸고 있을까?

두 개의 비유

1   파리와 유리창

"어떤 것이 우리에 대하여 투명해졌기 때문에 그것은 더이상 아무런 저항도 할 수 없을 것이라고 우리는 생각한다. 그러나 그때 우리는 꿰뚫어 보면서도 관통할 수 없다는 것에 놀란다! 이것은 파리가 모든 유리창 앞에서 빠지는 것과 같은 어리석음이고 똑같은 놀람이다."라고 니체(F. Nietzsche)는 말하고 있다.(『서광』, §444) 꿰뚫어 보면서도 관통할 수 없다는 것은 무슨 뜻일까?

어떤 것이 투명해지고 따라서 그것을 꿰뚫어 보게 된다는 것은 우리의 인식 가능성을 가리키는 것으로 보인다. 우리는 한편에 서서 일정한 거리를 가지고 우리 앞에 놓인 존재와 세계를 탐구한다. 그리고 우리의 방식대로 탐구한 바를 이해하게 된다. 새의 날개의 원리를, 조수의 반복을, 계절의 변화와 시간의 오묘한 이치를 깨닫게 되는 것이다. 철학에 의해, 지식에 의해, 우리의 축적된 경험과 연륜에 의해 점점 더 세계는 투명해졌으며, 우리는 그것을 꿰뚫어 볼 수 있는 인식의 폭을 넓혀 왔다.

하지만 우리는 우리가 알고 있다고 생각하는 존재와 대화하는 것은 아니다. 아니, 대화가 이루어지지 못한다는 것조차 알지 못하며, 그것을 알았을 때 우리는 놀라게 된다. 존재들은 언제나 우리에게는 입을 다물고 있는 듯이 보이기 때문이다. 그들은 그들만의 언어를 지니고 있으며 그 언어는 이해하기 어렵다. 우리는 시간과 대화하는 법을 모른다. 우리는 우리 생활이 안착되어 있는 고유의 공간에게 말을 걸지 못하며, 우리를 둘러싸고 있는 죽음을 읽지 못한다. 그리고 말을 붙여 보려고 해 보았을 때야 비로소 우리는 우리 밖의 세계나 존재의 완강함을 체험하게 된다.

존재들은 완강하다. 눈앞에 집이 있고, 길이 있고, 다양한 사람들이 그 길을 가고 있고, 그들의 주위에는 또 다양한 사물들이 늘어서 있는 오후, 세계는 눈이 부시도록 투명하게 존재하고 있다. 숨어 있는 것도, 숨기는 것도 없는 듯이 보인다. 세계는 열려 있다. 우리는 이 모든 것을 보고 있다. 하지만 우리는 세계에게, 사물들에게 말을 건넬 수가 없다. 그들에게 들어갈 수 없고, 그들을 깨울 수도 없다. 도대체 떨어진 단추, 이리저리 날리는 비닐봉지, 부러지지 않는 나뭇가지, 폐타이어, 신호등, 가위, 달리는 전선, 날아간 모자, 좁아지는 골목길, 우산을 뒤집는 비바람은 무엇일까? 우리는 왜 여기 들어설 수 없는 걸까?

꿰뚫어 본다는 것은, 즉 우리가 어떤 존재를 인식한다는 것은, 그 존재가 우리에게 들어온다는 것이다. 우리의 인식 속으로 들어온 사물은 우리 안에 자리를 차지한다. 투명해진 사물이 진열되어 있는 전시장 같은 것이 우리의 지각, 인식 공간이다. 하지만 사실 본다는 것만큼 보지 못하는 것도 없다. 잘 정돈된 전시장을 가지고 있어도, 그것은 침묵의 향연이다. 우리는 보는 행위를 통해 존재를 그저 존재한다는 것에 파묻는다. 투명하게 파묻는다. 우리의 시선은 일종의 매장 행위다. 존재들은 들어오기는 하되 어딘가 기울어진 모습으로, 우리의 지형에 맞게 변형된 모습으로 들어온다. 들어와서 침묵하고 있다. 봄으로써 우리는 진정 보지 못하는 것이다.

이에 비해 대화한다는 것은 우리가 움직여 직접 존재에게로 들어서는 것이다. 바로 존재를 관통하는 길이다. 하지만 우리는 이것이 가능하지 않다는 것을 알게 된다. 그들은 어딘가 다른 곳에 있거나, 있어도 자신을 은폐시키거나, 혹은 자신에게서 사라지는 듯이 보인다. 우리 눈앞에 실재하고는 있지만 동시에 부재하고 있는 것이다. 현존과 동시에 부재하는 존재들, 그들의 땅에 들어서는 것은 쉽지 않다. 그들을 통해 어딘가로 이를 수도 없다.

세계는 들어설 수 없는 길로 이루어져 있다. 오랜 시간이 흐른 후에야, 돌아보면서, 우리는 더 나아가지 못하고 처음에 서 있던 곳에 그저 그렇게 서 있는 자신을 깨닫게 된다. 그렇게 지나왔지만, 아무것도 통과한 것이 없다. 우리는 날마다 존재들을 가볍게 스쳐 지나칠 뿐이다. 때로 우리의 영역 안으로 끌려 들어오기는 해도, 그들은 어느새 우리를 벗어나 있다. 우리는 그들을 사로잡을 수 없다. 존재들은 우리가 압축할 수 없는 어떠한 저항의 에너지로 숨을 쉬고 있다. 우리의 시선을 그렇게 텅 비게 만드는 것은 그 존재들이고, 존재들의 비밀스러운 저항이다. 파리는 유리를 깨뜨릴 수 없다.

2 그림자의 그림자

쿠에코(H. Cueco)는 개를 주제로 한 연작을 많이 그렸다. 그의 그림 속에서 높이를 알 수 없는 빌딩의 벽이나, 한없이 펼쳐져 있는 계단을 오르고 있는 개 떼들은 언제나 복잡한 여러 인상들을 자아냈다. 한 평론가에 의해 그의 개들이 집행유예된 죽음의 모습, 혹은 도망병, 폭도, 돌연변이체, 순찰대 등으로 해석되었지만, 이러한 다양한 해석들이 무색할 정도로 그 개들은 고독하고 의미 없는 개체나 군중의 모습을 하고 있다. 꼬리를 치켜들거나 늘어뜨린 개들이 높이와 방향을 알 수 없이 위로 오르기만 하는 모습은 불안하고 섬뜩하다. 쿠에코의 개들이 비록 순찰대이면서 도망병이고, 폭도이면서 돌연변이체이며, 단 한 마리이면서 동시에 무수한 개 떼들이라 해도 다음과 같은 질문은 사라지지 않는다. 어떠한 모습을 하든, 그들은 왜, 어디로 가고 있는 것일까?

물론 이 질문은 다분히 목적론적이다. 작가는 그들이 단지 어딘가로 가고 있다는 것에만 주의를 기울였는지도 모른다. 영원히 지속될 것만 같은 그 동작에 집중해서 존재에 대한 질문을 던지고 있는 것일 수도 있다. 하지만 존재에 대한 물음은 그 출발부터 쉽지가 않다. 비록 그 물음이 존재의 정체성을 향해 나아간다 할지라도, 그 각도는 좁아지는 것이 아니라 넓어지기만 한다. 존재에 대한 물음은 존재를 감싸고돌 뿐이다. 결국 이 물음은 한 발자국도 더 나아가지 못한 채 물음에서 끝난다. 존재들이 어딘가로 가고 있다는 것, 그것은 변화하는 것이 아니라 이동하는 것이기 때문이다.

변화라는 것은 추적을 할 수도 있고, 분석을 할 수도 있으며, 예측할 수도 있다. 이러저러한 의미를 부여할 수도 있다. 변화하는 것 자체가 일정한 에너지의 흐름인 것이다. 하지만 존재들은, 존재들의 움직임은 그러한 변화가 아니라 무심한 이동에 가깝다. 그것은 한 계단에서 다음 계단으로, 한 높이에서 다음 높이로 이동하는 것이다. 죽음에서 삶으로, 삶에서 죽음으로 이동하는 것이다. 아이에서 어른으로, 다시 아이로, 꽃에서 열매로 또 꽃으로, 봄에서 여름으로, 가을, 겨울을 지나 다시 봄으로, 피안에서 차안으로, 차안에서 피안으로, 순찰대에서 도망병으로, 폭도로, 새가 하늘로, 나무로, 물고기로 이동하는 것이다.

이 의미 없는 이동, 옮겨 가기가 존재의 방식이다. 때로 순간적이고, 때로 아주 오래 걸리는 이 운동은 존재들을 신비롭게, 자유롭게, 무한하게 한다. 피로하게 한다. 침묵의 부표처럼 떠 있는 기억이라는 것은 그들에게는 이동의 작은 징표들이나 다름없다. 이동에 따른 단절이 존재에 내면화되었을 때, 존재들은 그 부표들 사이를 떠돈다. 존재들은 이동하면서, 부표들 사이로, 심연 속으로 자맥질을 하는 것이다.

이동하는 존재들은 고독한 존재들이다. 완강하고 붙잡을 수 없다. 한 존재가 이동하면서 또 다른 이동을 하는 존재를 볼 때, 돌아서면서 돌아서는 존재를, 새로 옮겨 앉은 비애의 자리에서 배반을 볼 때, 그 둘은 이전의 상태를 서로 맞바

꾼 것이다. 이를 설명할 수는 없다. 도취를, 황홀을, 자유를, 넋두리를, 침묵을, 분노를 설명할 수는 없다. 분노의 끝에서 희열로 옮아간 것을 아무도 설명하지 못한다. 그들은 그저 중단없는 이동을 하고 있다. 계단이 끝나지 않고 있으므로, 계단에서 계단으로 옮겨 가고 있다. 이것은 풀리지 않는 소용돌이다. 존재의 소용돌이.

그리고 이 소용돌이는 무엇을 품고 있는 것일까?

> 네 꿈을 얼마나 꾸었는지 너는 네 실재를 상실한다. …… 네 꿈을 얼마나 꾸었는지 나 깨어 있는 시간이란 없을 것이다. 삶과 사랑의 모든 외양과, 오늘도 나를 생각해 줄 유일한 그대에게 몸을 드러낸 채, 나는 서서 잠들며, 처음으로 받아들였던 그 입술과 이마보다 더 많이 네 입술과 이마를 애무하진 못하리. 네 꿈을 얼마나 꾸었는지, 네 환영과 더불어 얼마를 걷고 이야기하고 잠들었는지, 내게 남은 것 없을 것이나, 네 삶의 해시계 위를 경쾌하게 산책하고 또 산책할 그림자보다 백 번도 더할 그림자, 환영 중의 환영이 되는 일만이 아직 남아 있을 뿐.
>
> — 로베르 데스노스, 「네 꿈을 얼마나 꾸었는지」 부분

데스노스(R. Desnos)는 존재한다는 것이 실체에서 실체로의 변화가 아니라 한 존재의 주변을 떠도는 그림자에서 그

림자로의 이동이라 말하고 있다. 누군가인지 알지 못한 채, 그의 그림자의 그림자로, 또 그 그림자의 그림자로 이동하는 것, 그것은 이동하는 존재를 환영으로 만든다. 네가 아니라 내가 환영이다. 환영에서 환영으로의, 나의 이동이다. 멈출 수 없고 소환될 수 없는 것, 나라는 환영으로 존재는, 너라는 꿈을 꾸는 것이다.

고양이가 나를 훔쳤어요

— 상징과 사물

나에겐 대표적인 시가 없다. 대표적인 시어도, 상징 시어도 없다. 대표하거나 상징한다는 말이 일차적으로 시사하는 것은 '대신한다'는 것이다. 나는 나의 시와 언어들이 무엇인가를 대신하는 재미없는 일을 하지 않기 바란다. 나에게 있어 한 편의 시는 다른 시들을 위해 특정한 의미의 구성물로 남아 있지도, 다른 시와 함께 움직이지도 않는다. 모든 시들은 쓰이는 순간 각자의 갈 길로 가 버려 그 운명을 함께하지 않는다. 대표하거나 대신할 아무런 관계가 없다. 서로 묶거나 묶일 수가 없는 것이다. 시 한 편 한 편이, 시어 하나하나가 친구가 없는 셈이다. 하지만 시를 쓰는 일은 친구를 만드는 일은 아니라고 생각한다.

그러므로 나는 상징을 좋아하지 않는다. 상징이 일어나는 곳이 시어든, 문맥이든, 그 상징의 특성이 원형적이든, 공적이든, 아니면 지극히 개인적인 차원의 것이든, 아무리 다양하고 입체적인 의미의 증폭을 가져오는 것이어도 마찬가지다. 상징은 기본적으로 사물을, 사물 뒤에 있다고 추정하는 관념이나 의미로 종속시키는 것이다. 물론 그 의미는 투명할 수도 불투명할 수도 있다. 하지만 두 경우 모두 사물이 인간의 관념이나 감정을 실현하고 있다고 보는 태도에서는 공통된다. 이것은 시적 대상이 된 사물을 더 잘 이해하려는 것이겠지만 상징은 결국 잠자리채로 날아가는 잠자리를 잡는 것이다. 잠자리채가 아무리 훌륭하고, 성공적으로 그 목적을 완수할 수 있어도 잠자리채 속의 잠자리는 이미 무력해진 상태다. 나는 그물에 걸린 곤충에는 관심이 없다.

　나는 미지 자체를 즐긴다. 그래서 시를 쓴다. 시적 탐구와 발견과 충격으로 경험하게 될 미지의 소용돌이에 휩싸이는 것, 그것이 시다. 사실 사물들은 눈앞에 언제나 미지의 상태로 존재한다. 기존의 관념과 인식이 가닿지 못한 이 미지를 열어 보는 것, 우리의 몸과 삶이 이미 속해 있지만 관습에 젖어 알지 못하는 삶의 미지의 영역을 개척하는 것은 우리의 감각과 현실을 확장시켜 준다. 분명한 것은 내가 나아간 만큼 세계는 확장된다는 것이다. 하지만 이때 이 미지의 사물을 만나기 위해서는, 뜨거운 소용돌이의 가운데 서기 위해서는, 무엇보다도 나 자신이 미지가 되어야 한다. 내가 미지가 되지 않으면 미지의 사물과 통할 수 없다. 내가 최초가 되어 최초의 사물을 바라보는 것, 이 숨 가쁜 순간의 기록이 시로 나타나는 것이다.

나는 지금까지 고양이에 대한 시를 네 편 썼다. 한 대상에 주목해서 쓴 것으로는 가장 많은 편수에 해당될 것이다. 이 말은 다른 의미를 가지고 있지는 않다. 그저 우연히, 고양이가 (현실적으로든, 이미지로든) 많이 보였기 때문이다. 네 편씩 썼다고 해서 고양이를 더 잘 알게 되었다든가, 고양이가 내 관념의 한 축을 형성하는 대상이 되었다든가 하는 것은 아니다.

고양이 요리가 나왔다.
고양이가 접시 위에 앉아 있었다.
나사못처럼 고양이의 두 눈이 핑그르 돌았다.
사람들의 손이
정신없이 빨라졌다.
수저 부딪치는 소리들이 함박눈처럼 쏟아졌다.
그 틈새로 내가 기어코
고양이의 두 눈에 각도를 맞추었을 때
그 순간, 고양이는 날아올라
나를 덮쳤다.

　　　　　　　　　　　　　—「가든파티」, 『붉은 담장의 커브』

나는 고양이와 회의를 한다. 회의를 거듭할수록 고양이는 늘어난다. 오늘은 방 안에 가득한 고양이와 몹시 시끄러운 회의를 한다. 고양이들의 울부짖는 소리, 그러나 고양이들은 내 머리 위를 소리 없이 걸어 다닌다.

　　　　　　　　　　─「나는 고양이와 회의를 한다」 부분, 『붉은 담장의 커브』

고양이가 또 쓰레기를 뒤졌어요. 쓰레기 봉지가 여기저기 터져 있어요. 막아도 봉해도 소용없어요. 이젠 집에까지 들어오고 있어요. 빵이나 과자, 장바구니에 담긴 생선들이 자꾸 없어져요. 나도 자꾸 사라지고 있어요. 고양이가 나를 훔쳤어요.

　　　　　　　　　　─「도둑고양이」 부분, 『고양이 비디오를 보는 고양이』

어느 날 귀갓길에 나는 차 밖으로 고양이를 내던졌다. 이후 고양이는 나타나지 않았다. 다시 나는 눈이 침침해지도록 교정을 보았다. 그리고 그 침침해진 시야 안에 침침한 눈을 부비고 있는 고양이의 모습이 보였다.

　　　　　　　　　　─「검은 고양이」 부분, 『고양이 비디오를 보는 고양이』

　각각의 시 속에서 고양이는 다양한 모습으로 나타난다. 이 고양이들은 이미 알려진 본능과 경험을 벗어난다. 더불어 고양이에 대한 나의 관념으로부터도 해방된다. 나는 고양이들을 잘 알지 못할뿐더러, 고양이에 대한 무지를 강화하는 방향으로 움직이고 있다. 그것이 내가 시 속에서 사물과 교류하는 방식이다. 사물의 미지에 눈뜨기 위해, 나는 나를 벗어나 고양이에 주목하고, 고양이의 움직임을 뒤쫓고, 고양이에 의해 사라진다. 내가 사라지기를 바라는 마음, 고양이가 나를 차지하는 것, 시적 대상이 시인을 삼켜 버리는 형식이 내가 생각하는 시의 형식이다. 사물은 비로소 자신의 언어로 말하기 시작한다.

우리에겐 더 많은 분산과 상극, 고립이 필요하다

얼마 전 한 출판사에서 '나를 매혹시킨 한 편의 시'를 뽑아 그에 얽힌 사연을 적어 달라는 청탁이 온 적이 있다. 30여 명의 시인들에게 청탁하여, 책으로 묶을 예정이라고 했다. 몇 개월 지나 책이 도착했는데, "원로·중견·신진 시인 30인이 밝힌 애송시 이야기"라는 부제를 달고 출간된 이 책에서 인상적이었던 것은 애송시의 선택이 한두 명의 시인의 작품에 집중된 것이었다. 무엇보다도 그들이 그만큼 좋은 시인이라는 이야기겠지만 지금 활발히 활동하고 있는 시인들이 이렇게 한두 시인을 공통적으로 지지하고 있다는 사실이 긍정적인 것일까? 시인들의 정서가 한편에 치우쳐 있고 그 공감대도 이미 기성적인 것은 아닐까? 하는 생각이 들었다. 30인이 모두 다른 시인을 선택했다면 이 책은 분명 훨씬 흥미로웠을 것이다.

우리 사회가 다분히 그러하지만 시인들 역시 (의식적, 무의식적으로) 어떤 공감대를 형성하려 하고, 이미 (전통적, 권위적으로) 형성되어 있는 친밀감에 쉽게 합류하는 경향이 있다. 언어적, 종교적, 인종적 차이가 두드러지지 않은 우리 사회는 기본적으로 차이를 잘 키워 내지 못한다. 차이와 함께 살아가는 법을 배우지 못한 까닭이다. 이질적인 것들은 배척받기 쉽다. 사람들은 만나면 밤늦게까지 술을 마시고 노래를 부르며 그 자리에서 성급하게 어떤 정서를 공유하려 든다. 동질화하려는 보이지 않는 거대한 힘, 이것이야말로 상상력이 부족한 사회의 흉기라 할 수 있다. 이질감은 동질감을 파괴하지 않지만, 동질감은 이질감을 파괴한다. 동질감이란 구속적이다. 그러면서도 개성을 견디지 못하는 사회란 얼마나 허약한가?

시는 동질감을 위해서가 아니라 이질감을 위해서 존재한다. 시는 지속적으로 동류화되는 우리 삶에 날아드는 이물질이다. 그것은 우리의 맞은편에 섬으로써 우리들 스스로 우리들 맞은편에 서게 한다. 우리는 자신에게 마주함으로써 묻혀 있던 우리들을 볼 수 있게 되고, 세계를 인식하게 된다. 세계는 비로소 돌출한다. 세계는 함몰에 있지 않다. 그것은 갈라지는, 튀어나오는 어떤 것이다. 시는 세계를 세계로 만들어 준다.

물론 그렇다고 하여 차이를 만들어 내는 것만이 시적이

라는 것은 아니다. 동의한다는 것은 반대한다는 것보다 더 미묘한 일이라는 것을 말하려는 것이다. 동의가 동의되는 대상에 플러스알파적 요소를 보태지 않는다면, 다시 말해서 이물질을 전제한 동의가 아니라면, 그 동의는 그룹을 만드는 일에 지나지 않는다. 동의는 빈손으로 하는 것이 아니다. 동의가 아름다운 것은 동의하면서 확장시키기 때문이다. 물론 이 확장이 위험할수록 그것은 더 아름답다. 동의함으로써 애초의 단계를 파괴해 버리고 새로운 상태로 나아가도록 하는 것, 예기치 못한 이러한 전환이야말로 동의가 의미 있는 유일한 길일 것이다. 그리고 이러한 의미에서라면 시는 한편으로 세계에 대한 진정한 동의라 할 수 있다.

결국 문제는 얼마나 이 세계를 생명력이 넘치는 것으로 만드는가이다. 우리에겐 더 많은 분산과 상극, 고립이 필요하다. 이러한 필요성을 직감하고 있던 박인환은 「목마와 숙녀」의 가장 아름다운 구절에서 "고립을 피하여 시들어 가고"라고 경고한 바 있다. 우리가 시들어 가지 않기 위해서는 더 많은 다양한 지점들이 필요하다. 무수한 분기들이 필요하다. 그리고 그것은 자유 외에도 풍요도 가져다줄 것이 틀림없다.

우리는 영원히 미끄러진다
— 인터넷과 문학

우리가 살고 있는 우주가 거대한 도서관이며, 도서관에는 모든 책이 소장되어 있다는 생각을 한 사람은 보르헤스(J. L. Borges)였다. 무한한 책들을 소장하고 있는 이 도서관은 개인적인 문제이건, 세계의 문제이건 명쾌한 해답을 갖고 있었고, 우주는 그로써 존재 이유를 찾았다. 보르헤스가 생각한 바벨의 도서관은 현실 세계에서 인터넷을 떠올리게 한다. 거기엔 우리가 필요로 하는 정보들이 있다. 우리가 직, 간접으로 관련을 맺고 있는 각종 현안이나 주요 관심사뿐만 아니라 너무 사소해서 정보나 지식이라고 이야기할 수조차 없는, 백과사전이나 신문에 실리지 못할 정도로 일시적이고 재빨리 소진해 버리는 일들까지 당당히 정보의 자격을 얻어 자리를 차지한다. 인터넷 자체가 우리가 살고 있는 우주가 된 것이다.

모든 것이 있는 보르헤스의 도서관은 모든 것이 연결되어 있는 네트워크와 같다. 그 도서관에서는 책 A를 찾기 위해서 A의 위치를 지적해 주는 책 B를 참고하고, B를 찾기 위해서 책 C를 참조하고 하며 무한히 이런 방식을 계속해야 한다. 인터넷도 이와 유사하지 않은가? 인터넷에서 우리는 꼬리에 꼬리를 물고 돌아다니는 여행을 한다. 클릭을 해 보라. 우리는 멈출 수가 없다. 우리는 영원히 미끄러진다.

링크에서 링크로, 링크 속으로.

때로 모든 링크들이 한꺼번에 열려 있는 이 세계의 한복판에 서 보면 그 열렬한 소음에 감탄할 때가 있다. 시끄러움, 그것은 아직도, 무엇인가가 진행 중이라는 것이다.

2001년 7월 3일자 인터넷 《슈피겔》은 흥미로운 보도를 하고 있다. "파티는 끝났다"라는 제목으로 온라인 문학 프로젝트 풀(ampool.de)이 간판을 내렸다는 기사이다. 소설가 엘케 나터스(E. Naters)와 스벤 라거(S. Lager)는 독일어권에서 가장 포괄적이고도 출중했던 인터넷 문학 프로젝트를 다음과 같은 말로써 종료를 선언했다. 그것은 "아름다웠고 좋았으며 전적으로 사소했다."

기사에 따르면 2년 전에 이 두 사람은 풀을 시작했다. 여기에는 작가들과 언론인들, 사진작가와 다른 예술가들이 내용상의 제한 없이 자유롭게 글을 발표했고, 오직 한 가지 기저에 흐르던 고려가 있었다면 풀은 책이나 신문 같은 다른 매체에서 쉽게 찾아볼 수 없는 짧고 빠르며 경묘한 사색들을 발견할 수 있는 장이어야 한다는 것이었다. 그 사색들은 사실 풍부하게 흘러넘쳤다. 거의 매일 몇 명의 사람들이, 끝에 가서는 30여 명이 넘는 참여자들이 항상 변화하는 텍스트에 참여했는데 대화, 독백, 토론, 단상, 시, 스케치, 사진, 콩트들로 풀은 채워졌고 그것은 나중에 거의 일기 비슷하게 되어 갔다. 평범하고 피상적이고 사소한 것들이었지만 한편으로는 진정하고 역동적이며 새로운 형식의 커뮤니케이션이라고 많은 사람들이 평가하기도 했다.

하지만 문학, 실제로 새로운 하나의 인터넷 문학이 형성되었는가에 대해서 풀의 창립자이며 공동 필자이기도 했던 스벤 라거는 의심한다. "풀은 문학 프로젝트가 아니었다. 이제까지 존재했던 문학을 넷상에서 만들어 내기를 원한다는 것은 공명심을 노리는 행동이다. 인터넷이란, 사실을 본다면 실패의 학교다. 거기서는 오히려 문학과 미술과 영화와 음악의 혼합 작용이 존재하는 것 같다."

인터넷 문학 프로젝트의 실패를 선언하는 이 기사는 인

터넷과 문학이 다른 순환을 하고 있음을 시사한다. 인터넷이 정보에 대한 갈망과 그 갈망의 연쇄로 이루어졌다면, 문학은 사실상 정보의 제공에 목적이 있는 것이 아니다. 물론 문학 작품 속에서 한 시대에 대한 정보를 얻을 수는 있지만 오히려 정보와 무관해 보이는 작품일수록 초시대적인 가치를 가지고 있는 것처럼 보이기도 한다. 인터넷이 즉흥적, 가변적, 휘발적인 형식으로 떠다니는 모습을 하고 있다면, 문학의 떠돎은 어떤 숨겨진 기의를 향해 침몰하거나 솟구치는 것이라 할 수 있다. 문학은 아무리 멀리 떨어져 나와도 어떠한 형태로든 자신을 비춰 볼 수 있기를 바라며, 자신과의 만남을 궁극의 목적으로 갖는다. 그리고 무엇보다도 인터넷은 전격적으로 아름다운 공유이다. 무엇이든 사람들은 함께하길 바란다. 하지만 문학은 참여자들이 공평하게 나누어 가질 수 있는 물건이 아니다. 진부하게도 그것은 각자가 체험한 만큼만 가져갈 수 있다. 그 체험은 은밀하고 느리고 교환할 수 없으며 확고한 것이다.

그렇다면 인터넷 시대와 현실의 질서 속에서 문학은 어떠한 것인가?

A를 위해서 B를, B를 위해서 C를 찾아다녀야 하는 그의 도서관에서 보르헤스는 어느 서가엔가 이러한 수고를 하지 않

아도 좋을 총체적인 '한 권의 책'이 있으리라는 생각을 했다. 하지만 물론 그는 이 한 권의 책을 찾지 못했다. 분명 우리 중의 누구도 이 책을 찾지 못할 것이다. 그러하기에 그는 인간의 절멸이 임박해 와도 도서관은 영속할 것으로 생각했다. "불 밝힌 채, 끝없이 외롭게, 전혀 미동도 없이, 귀중본들을 소장한 채, 쓸모없이, 부패하지 않고, 은밀하게."

보르헤스는 어떤 사람이 이미 이 한 권의 책을 검토하고 읽었기를 바랐지만 만약 그랬다면, 아마도, ABC를 순환하던 도서관의 모든 책들이 일순 사라지고 우주라는 도서관은 텅 빈 것이 되고 말았을 것이다. 아니 그 책이 읽히는 순간, 이 우주는 사라질 것이다. 해독된 우주는 진행을 멈추고, 소음을 멈추고, 고요히 풀어져 버릴 것이기 때문이다.

우리는 찾지 못했고 읽지 못했다. 그래서 우리는 모두 이 우주라는 도서관에 일생을 바쳐 자신만의 '한 권의 책'을 꽂으려 한다. 이것이 문학이다. 하지만 꽂는 순간, 또 꽂았다고 생각하는 순간, 혹은 꽂히기를 바라는 순간, 자신의 책은 원래의 우주의 질서대로 A와 B와 C를 순환하는 것이 되고 만다. 우리는 영원히 미끄러진다.

2부

횡선

1950년대 초현실주의의 운명

─ 김구용의 시와 그 위상

소나타라는 양식 자체가 이 곡에서 끝났으며, 자신의 운명을 다
채웠고 목적지에 다다랐으며, 그 너머로는 더 이상 나아갈 수 없
으므로 폐지되고 해체되었으며 작별을 고했다는 것이다.

─토마스 만, 『파우스트 박사』

1   김구용의 초현실주의

김구용의 작업은 1949년 10월에 산문시 「산중야」를 발
표하면서부터 시작해 2000년에 전집이 출간되기까지 50년에
달하는 긴 역사를 가지고 있다. 이 기나긴 시력은 주제나 기
법 면에서, 내용과 형식 면에서 커다란 변화를 동반하는 역동

적인 것이었는데, 1950년대에 쓰인 자유시와 산문시, 그리고 1960년대에 들어서부터 계속해서 작업한 연작 장시의 세계로 크게 양분된다. 산문시에서 연작 장시로의 전환은 김구용 시의 큰 분수령이라 할 수 있다. 그것은 산문시에서 보여 주는 형태 파괴적, 해체적, 초현실주의의 경향과 연작 장시의 형태 복원적, 질서의 세계의 대립이기 때문이며, 또한 내용 면에서도 전자의 실험적, 초현실적 세계와 후자의 찬미적, 서정적 세계의 대립이 이루어지기 때문이다. 연작 장시인「송백팔」에 남아 있는 초현실주의적 기법은 1950년대 산문시에서의 과격한 파괴적 경향의 잔재이며 이는 이후 급격하게 수그러든다. 따라서 산문시와 연작 장시의 이원화가 그의 전체 시 세계의 구조라 할 수 있다.

여기서 몇 가지로 생각을 압축해 보면 다음과 같다. 김구용은 1960년대 들어 연작 장시를 시도했기 때문에 그의 1950년대적 의미는 전적으로 초현실주의적 산문시가 갖는 의미로 국한된다. 나아가 우리 시문학사에서 거의 전무후무한 과격한 실험성을 보여 주는 그의 산문시가 1950년대의 모더니즘을 어떻게 운명 짓는가가 논의의 중심에 들어오게 된다. 1950년대의 시문학사는 그로 인해 독특한 성격을 부여받게 되는 것이다. 그것은 후반기 동인이나 당대의 모더니스트들과는 다른 역할이며 무게이다. 이러한 논의들을 위해서 먼저 김구용의 1950년대 실험적, 초현실주의적 산문시를 살펴보려 한다.

하지만 김구용 본인은 정작 초현실주의에 대해 좋게 말한 적이 없음을 우선 상기할 필요가 있다. 김구용이 자신의 창작 방법에 대해 언급한 「눈은 자아의 창이다─시를 위한 노트」에는 다음과 같은 비판적인 구절이 있다. "잠재의식과 몽환으로 인상적 효과를 노린 초현실주의자들의 현란한 손재주가 얼마나 위대한 낭비였던가를 알 수 있다." 이것은 초현실주의의 시도를 현란한 손재주로 치부함으로써 그 실현 가능성을 부정한 것이다. 의식의 저변에서 아직 정형화되지 않고 있는 현상들을 도출해 내기 위하여 의식을 제압한다는 초현실주의의 목표는 완전한 타당성 위에 세워질 수 없음을 선언한 것이라 할 수 있다. 그러나 초현실주의의 이러한 불가능한 목표 때문에 그들의 시도가 무의미해지는 것은 아니다. 초현실주의의 역사는 어떻게 생각하면 이 불가능과의 대결의 역사인지도 모른다. 김구용의 완강해 보이는 비판은 한편으로 피상적 수준의 초현실주의를 겨냥한 가벼운 차원의 것으로 보이며, 그는 실제로는 같은 글에서 초현실주의적 발상과 태도로 생각되는 보다 중요한 언급들을 하고 있다.

① 부동(浮動)하는 자기 위치의 설정, 즉 극난(極難)한 시 정신

의 탐구에서 방법론은 자연 발생적으로 동시에 요청된다.

② 현대시는 예측을 할 수가 없다. 모든 사태는 있을 수 있는 사실로서 지침은 회전하며 출몰하고 있을 뿐 일정한 방향을 보여 주지 않는다.

③ 예술은 완전한 자유정신 위에 성립할 수 있을 뿐이다.

—「눈은 자아의 창이다—시를 위한 노트」부분

①의 "부동하는 위치"나, "극난한 시정신"이란 시를 형성하는 안정된 구조나 기왕의 표현을 근저에서부터 부정하고 시의 정형의 원리로부터 멀어지는 것을 시사하는 것으로 보인다. 이것은 스스로 '극난한' 세계 속으로 들어서는 것이며, 김구용의 시와 시어를 난해하게 만드는 주된 원인이다. 그의 독특한 표현인 '부동(浮動)'이나 '극난(極難)'이 초래하는 것은 예측할 수 없는 위태로운 상태의 언어이다. ②에서 부연되는 그러한 언어의 "지침은 회전하며 출몰하고 있을 뿐 일정한 방향을 보여 주지 않는다." 지침이 기능하지 않는 시의 위태로움을 일찍이 브르통은 『쉬르레알리슴 선언』에서 다음과 같이 초현실주의 시의 특징으로 삼고 있다.

결국 쉬르레알리슴이란 보다 일반적이며 심각한 이를테면, 일종의 의식의 위기를 유발함을 무엇보다도 그 목적으로 삼고 있다는 것을, 또한 역사적으로 봐서 그러한 결과가 얻어졌는지 아닌지 그것에 의해서만 쉬르레알리슴 성공의 여부를 결정하고자 하는 것을 끝내는 인정하게 될 것이다.

초현실주의가 위기를 유발하는 언어라면 김구용의 '극난한' 시 세계는 비로소 적절한 표현을 얻은 것인지도 모른다. 지침을 잃고 부동하는 김구용의 시어는 언어의 위기에서 의식의 위기를 초래하는 1950년대의 고립된 모험 지대이기 때문이다.

또한 김구용이 ③의 '완전한 자유정신'을 생각할 때, 그것은 완전한 자유정신의 실현이라기보다는 완전한 자유정신에의 호소로 읽힌다. 마찬가지로 브르통의 '심리적 자동성'도 이성에 의한 일체의 통제를 배제한 완전한 자유의 쟁취라기보다는 이성에 의해 질서화하지 않으려는 지난한 시도를 의미하는 것이다. 심리적 자동성을 가리키는 듯한 김구용 식의 표현으로 다음과 같은 것이 있다.

④ 나의 발상은 끊임없이 완전히 나의 것으로서, 그러나 무수히 기복하며 불규칙하며 난잡하며 혼란하며 명멸한다.

———「내 시의 발상과 방법」부분

김구용이 말하는 기복, 불규칙, 난잡, 혼란, 명멸은 규정될 수 없는, 판단 이전의 이미지나 상태에 대한 진술이다. 이것은 "해부대 위에서의 우산과 재봉틀의 만남"이라는 초현실주의의 직접적인 테제를 공유하고 있는 듯이 보인다. 여기서 문제시되는 것은 무관계한 이미지들의 공존이다. 즉 의문이나 갈등을 끌어들이지 않고, 명백하게 규명되지 않은 채 혼돈을 유지할 수 있는 공존을 의미하는 것이다. 이것을 브르통은 다음과 같이 표현한다.

　　결국 모든 점으로 미루어 보아 삶과 죽음, 현실과 상상, 과거와 미래, 전달 가능한 것과 불가능한 것, 높은 곳과 낮은 곳, 이러한 것들이 서로 모순된 것으로 느껴지지 않게끔 되는, 이를테면 정신의 어떠한 점(point)이 존재하는 것으로 확신되는 것이다. 이러한 점을 확정하고자 하는 욕망 이외의 동기를 쉬르레알리슴의 활동에서 찾으려 해도, 그것은 헛된 일이다.

　　초현실주의라는 것이 이렇게 상반된 것들이나 무관계한 것들이 이성적인 구획에 의해 공멸하지 않을 수 있는 어떤 지점의 확보를 의미하는 것이라면 김구용의 무수한 기복과 불규칙과 혼란의 언어는 이 지점에서 생존하는 언어일 것이다. 초현실주의의 혼돈의 지점이야말로 김구용의 언어들이 모순되지 않을 수 있는 생래적 터전일 수 있는 것이다. 이로써 김구용이 산문에서 밝힌 창작론은 초현실주의에 대한 비판에도 불구하고 내밀하게는 초현실주의의 정신과 태도에 부합하는 것으로 보인다. 그리고 1950년대에 쓰인 그의 많은 시 작품들은 이의 실제적 양상으로 나타난다.

예를 들어 김구용의 작품 중 가장 난해한 것으로 알려진 40페이지에 달하는 중편 산문시들인 「꿈의 이상」과 「소인」은 초현실주의의 주요 테마인 환각과 무의식, 꿈을 핵심적 장치로 삼고 있는 작품들이다.

「꿈의 이상」은 대학 시간 강사인 그가 현실적으로는 여의사, 여교사, 여대생과 교제를 하지만 무의식 속에는 언젠가 굶주림에 시달릴 때 오렌지를 집어 주었던 흰옷 입은 여인이 자리하고 있는 이중구조의 서사를 지니고 있다. 그가 흰옷 입은 여인의 출몰을 접하는 계기는 작품에서 총 6회인데, 모두 환상적이고 초현실적으로 처리되어 있다.

① 꿈. 폭격으로 부서져 버린 건물들 사이로 오렌지 여인이 나타난다. 그가 누구냐 물었더니, "그동안 잊으시다니! 굶은 당신에게 오렌지를 드린 건 나예요." 하고 여인은 뒷걸음치며 어느 성으로 들어가 버린다.

② 꿈. 군용 트럭의 헤드라이트 속에 연횟빛 양복의 청년

과 오렌지 여인이 걸어오고 있다. 청년은 어깨에 무언가를 둘러메고 있는데, 그것은 다름 아닌 그이다. 청년에게 둘러메어진 그의 손은 오렌지 하나를 쥐고 있다. 이 장면을 그 자신이 지켜보고 있다.

③ 백일몽. 그가 번역하던 소설 속 인물들 중 늙은 박사는 모든 사생활이 노출되는 미래의 기계를 만든 발명가이다. 연횟빛 양복의 청년은 박사의 딸을 사랑하는 청년으로 둔갑한다. 딸은 오렌지 여인의 환영이다.

④ 백일몽. 같은 소설, "연횟빛 양복의 팔이 뱀처럼 박사의 하얀 딸을 휘감고 능금을 먹는 장면."

⑤ 꿈. 여인이 오렌지를 들고 나타난다. 그녀는 거울을 보며 온화한 미소를 띠더니 관음으로 변한다. "난 늘 당신을 생각했습니다." 하고 그가 말하지만 그녀는 "난 원래부터 이유가 없어요."라며 생소한 말을 한다. 그리고 어느 틈엔가 나타난 연횟빛 양복의 청년과 함께 손을 잡고 나가는데 그녀는 관음이 아니라 흰 옷차림의 여인이다.

⑥ 연상. 그가 여의사와 과자점에서 케이크를 들고 있다. 여의사의 어깨 너머로 유리벽 밖에 한 거지 아이가 힘없이 돌아서 있다. "난 본래부터 이유가 없어요." 하며 흰 옷차림의 여자는 어디론지 사라진다.

그에게 나타나는 여인의 환상은 꿈이 3회, 백일몽이 2회, 연상이 1회로서 꿈이 높은 비중을 차지한다. 현실을 떠받들고 있는 비정형화된 무의식은 꿈이나 백일몽의 형태로 그의 심리적 상태를 구술해 준다. 나아가 복잡한 심리가 형성되는 어떤 자명한 지점을 노출해 준다. 오렌지와 여인의 그의 무의식에로의 침투는 인용한 장면에 나타난 바와 같이 기이하게 착종된 장면들을 만들어 낸다. ②, ③, ⑥을 비롯하여 대부분의 예에서 쓰이고 있는 것은, 데페이즈망이나 콜라주, 편집광적 비판 분석법 같은 초현실주의 기법들이다. 초현실적 분위기 속에서 시, 공간과 인과의 탈골이 서슴없이 이루어지고 있는 것이다. 이것이 그의 무의식의 풍경들이다.(「꿈의 이상」의 구조에 대한 자세한 분석은 졸저, 『김구용과 한국 현대시』를 참조할 것)

「소인」에서는 이러한 기법들이 총동원되어 마치 「꿈의 이상」의 여러 장면들이 하나의 화면으로 압축된 파일 같은 형태로서 나타난다.

취조실을 나온 뒤로 명백한 침묵이었다. 강간범이 개처럼 웅크리고 잠든 감방에서 한밤중의 꿈은 무차별로 나타났다. 동양무역 주식회사란 문자가 차례차례로 집합한 그들 위에 걸려 있었다. 녹빛 외투 여자는 부활하였다. 그녀는 웃음의 가면을 쓴 범인과 손을 서로 맞잡고 춤을 추었다. 나는 "그들은 둘이 아니라"고 속삭이었다. 운전수는 반수신(半獸神)처럼 고장 난 전차를 열심히 연구하고 있었다. 바다가 한편으로 보이는 그늘에 여자의 고무신들이 하숙집 소년에 의해서 어떤 것은 꽃잎으로, 신라 곡옥(曲玉)으로, 나비로, 반달로, 거미로 흩어져 있었다. 그러나 소년은 수목 뒤에 숨었는지 보이지 않았다. 흩어진 것들은 '착각'이 아니었다. 한 여인의 나체가 문득 불 속에서 실내로 들어왔다. "나는 당신만을 사랑해요." '나의 인형'은 한 번도 말한 일이 없는 소리를 비로소 하였다. "내가 바로 너다." 하고 대답하자 눈물이 웬일인지 흘러내렸다. 녹빛 외투 여자와 운전수와 '나의 인형'과 살인범이 종렬로 직립하여, 보기에는 한 몸 같으나 각각 얼굴을 좌우로 내놓고 '동(同)', '이(異)'를 일시에 구성하였다. 취조관의 지휘를 받고 경관과 의사와 중절모와 간호부와 택시 운전수와 다방 레지들이 겹겹으로 둘러앉아 나에 대한 '찬송'을 준비하고 있었다. '고오', '스톱'의 삼색 신호등이 비치자 그들은 나를 축복하는 천사로 화하였다.

—「소인」부분

인용한 부분은 「소인」에서 살인을 하지 않았음에도 살인자로 몰리게 된 '나'가 감방에서 꾸는 꿈의 내용이다. 동창의 환송회에 갔다가 엉망으로 취해 마지막 전차를 타게 되고, 우연히 전차표를 대신 내주게 되는 녹빛 외투 여자가 살해되어, 매춘부인 '나의 인형' 집에서 하룻밤을 묵고 나온 '나'가 이튿날 살인의 누명을 쓰고 갇히기까지의 모든 정황과 등장인물들이 일종의 오브제들로 한꺼번에 무차별적으로 등장하는 꿈의 장면이다.

이 장면은 그야말로 사건 그 자체를 추론할 수 없을 정도로 내면화되어 있는데, 인물과 장면과 이미지가 현실의 구획을 무화시키고 무의식 속에서부터 자동적으로 쏟아지고 있기 때문이다. 작품을 구성하는 요소들이 의미를 찾지 못하는 기표들의 흘러넘침으로 확장되고, 압축, 치환, 대치와 같은 무의식의 여러 작용들에 의해 "'동(同)', '이(異)'를 일시에 구성"하면서 자동 기술적으로 흘러나온다. 작품 속에서 쉴 새 없이 밀어닥치는 모든 이미지들은 환각적 오브제들로 절차나 형식 없이 등가를 이룬다. 이것은 초현실주의의 중요한 이미지 처리 방식이다. 레몽(M. Raymond)은 『프랑스 현대시사』에서 이를 다음과 같이 설명한다.

발레리는 1919년 그의 첫 번째 『레오나르도 다빈치 방법 서설』에 붙인 주에서, 정신의 특성은 "어떤(quelconque)" 물체들과 형태들을 서로 접근시키는 데 있는 것이고 보면 모든 것은 서로 대치될 수 있다.("모든 것은 등가다.")라고 잘라 말했다. 초현실주의자들이 볼 때 무의식은 그러한 대치 능력을 자연 발생적으로 행사한다고 생각된다. 그러나 무의식은 추상적인 관계를 만들어 내는 데 그치지 않는다. 무의식은 오브제들을 서로서로에 관여하게 만들어서 그것들을 신비스럽게 동화시킨다. 바로 이렇게 하여 꿈에 있어서 모순 원칙의 틀은 부서져 버린다. 모든 것은 그것의 구체적인 힘을 조금도 잃지 않고 여전히 존재하면서도 다른 그 어떤 것으로 대치될 가능성을 갖는다. 오브제들 상호간의 상이는 순전히 겉모습일 뿐이고 따지고 보면 이성과 습관의 산물에 지나지 않는 것이리라.

합리적 가능성에 대한 고려로부터 자유로워져서, 그야말로 모든 것을 손상시키지 않고 자연 발생적으로 대치시킬 수 있는 무의식의 작용에 초현실주의자들이 몰두한 것을 상기하면, 김구용의 장면들을 이에 관련시킬 수 있을 것이다. 김구용은 매 순간들이, 그리고 주체로 보이는 상황의 담지자들이 조건 없이 순수한 기호들로서 대치되는 찰나를 포착하려 하였고, 「소인」은 이 찰나들의 무한한 카니발이다. 피살자도, 살인자도, 누명을 쓴 자도, 매춘부 애인도, 매개가 된 운전사나 형사도 모두 상호 대치되어 순간순간 모순 없이 "'동(同)', '이(異)'를 일시에 구성"하는 오브제들일 뿐이다. 이들 사이에 긴장이 존재한다면 그것은 현실 원칙의 함몰에서 비롯되는 반증적 심리에 지나지 않을 것이다.

김구용의 텍스트 하나하나는 혼돈을 두려워하지 않고 혼

돈을 끝까지 탐사하려 하며, 오히려 혼돈을 유발하는 창조물이다. 대립과의 대면을 즐기고, 예기치 않은 순간을 놓치지 않으며, 어쩌면 일찌감치 괄호에 넣었을 법한 모순을 찾아내고 또 발생시킴으로써 "모순 원칙의 틀은 부서져 버리"게 된다. 살해된 여인과 범인이 손을 잡고 춤을 추며 하나가 되어 그 앞에 나타나는 이 본질의 탈피 속에는 김구용이 결코 합리주의로 타개해 나가지 않는, 현실 너머에서 벌어지는 어떤 불균형이 있다. 합리주의 쪽에서 보면 불편하게 보이기만 하는 이 기이한 불균형을 그는 편안해하고 열어 둔다. 그럼으로써, 다시 이 불균형을 창조해 나간다.

현실의 그림자는 내 외로운 시각 안에서 결정한다. 눈은 헛된 꿈의 각도를 통하여 내다본다. 바람에 흩어지는 매연이 내 칠색(七色)의 애정을 지워 버린 지 오래였다. 저기에는 비애도 없이 독사가 똬리를 튼다. 아니, 방심한 톱니바퀴가 돌아간다. 얼마나 매혹적으로 흘러내리는 피가 꽃처럼 만발하느뇨. 몸은 비를 노박 맞는다. 더러운 절벽(切壁)에 침투한 내 골육의 그림자는 관념의 환광(幻光)으로 나타났을까. 나의 안계(眼界)는 짜디짠 눈물에서 암흑으로 용해한다. 거기에는 하나의 태양과 수면(睡眠)도 없다.

———「시각(視覺)의 결정(結晶)」

독사가 똬리를 트는 것과 톱니바퀴가 돌아가는 것이, 흘러내리는 피와 더불어 비를 맞고 있는 몸에 동화되는 이 장면은 각각의 요소가 구체적 존재성을 유지하는 가운데 이루어지는 대치와 탈바꿈의 현장이다. 이 공존은 신비하고 해독되지 않는다. 김구용은 모순 없는 이 불균형의 세계를 "헛된 꿈의 각도"라 명한다. 꿈속에서는 모든 것이 자명하다. 의문에 빠지지 않는다. 의문이라는 것은 논리적 세계의 산물이기 때문이다. 초현실주의가 현실을 넘어선 어떤 꿈의 각도를 소환하는 것이라면, 그것은 분명 미지의 세계의 이러한 자명성에 스스로 참여하고자 하기 때문일 것이다.

2 김구용의 시사적 위상, 초현실주의의 극한과 파괴

김구용의 초현실주의는 이전 세대인 이상의 초현실주의와 비교해 볼 때 그 특색이 더 잘 드러난다. 물론 김구용의 자의식의 과잉이나 분열적 주체의 징후는 이상 시의 맥을 잇는 듯이 보인다. 하지만 이상의 시는 다분히 유희적, 폐쇄적, 순환적이어서 입구와 출구를 찾을 수 없는 미로와 같은 구조를 가지고 있다. 세계와의 접촉면을 생략하고 자아만으로 이루어진 거대한 환각, 무의식의 장면이 「오감도」나 「꽃나무」, 「절벽」인 것이다. 이 자아만의 세계는 순수한 '심리적 자동성'으로 보이는 완결된 구조를 가지고 있다. 이 구조 속에서 최후의 비약은 최초의 발성을 옹호하고 그 거리를 예감하며 자유롭게 한다.

김구용은 이상 시의 이러한 완결성의 예후적 결과인지도 모른다. 내향화된 이상 시의 각도가 김구용에게서 압력을 못 이겨 밖으로 튕겨져 나갔을 때 우선 나타난 것은 세계와의 충격적 접촉이다. 이 충격의 강도는 압도적인 난해성과 가공할 폭발력으로 나타난다. 곳곳에서 교섭이 끊어진 문장의 호응, 돌발적인 추상의 덩어리들, 탈문법, 통사 구조의 뒤틀림, 장르의 충돌과 해체라는 과격하기 이를 데 없는 양상들이 돌출하는 것이다. 이 파괴적 국면을 어떻게 이해해야 할까.

「소인」과 「꿈의 이상」은 "근처에는 꽃나무가 하나도 없"는 이상의 몽환적 초현실주의에서 더 나아간 것이다. 이제 세계는 주체의 무의식에 의해 생략되는 것이 아니라 주체를 무의식 속으로 소멸시켜 버리는 강력한 것이다. 이상의 시가 주체에 의한, 무의식의 완성/미완성이라면, 김구용의 시는 무의식에 의한, 주체의 해소라 할 수 있다. 김구용의 「소인」과 「꿈의 이상」이 문제적인 것은 주체의 무의식을 구술하는 데에 초점이 있는 것이 아니라 이 무의식이 세계의 것이며, 주체는 이의 깨달음을 통해 주체의 부재의 상황에 이르기 때문이다. 주체는 단지 세계의 놀이에 동참하게 되는 것이다. 그것은「소인」의 '나'가 살인자의 기표를 자연스럽게 받아들이고 이해하게 되는 과정이며,「꿈의 이상」의 '그'가 오렌지 여인의 환상을 버리고 현실의 세 여자 중의 누군가와의 쾌락을 수용하게 되는 계기이다.

결국 김구용은「소인」과「꿈의 이상」에서 초현실주의 기법을 최대한으로 사용하여 초현실주의를 붕괴시키게 되는 역설에 이르게 된 것이다. 몽환적 주체가 소멸되는 일련의 과정이야말로 초현실주의의 강력한 내파라 할 수 있기 때문이다. 무의식을 구술하는 주체가 소멸되는 것은 더 이상 무의식의 놀이를 계속할 수 없음을 뜻한다. 이는 이상의 초현실주의를 극한으로 밀고 갔을 때 초래된 초현실주의의 운명이다. 그야말로 김윤식의 지적처럼「「오감도」에서의 필사적 도주」라 할 수 있다. 이 도주는 이상에게서의 "한 발자국의 깊이"를 요구하는 것이었으며, 초현실주의의 몽환 너머의 낭떠러지라 할 수 있다. 이 심연의 세계에 김구용의 시가 있는 것이다.

여기서 초현실주의의 극한과 파괴라는 김구용 시의 의미에 대해 좀 더 살펴보아야 한다. 김구용의 초현실주의는 어떠한 시대적 문맥을 가지는가가 고찰될 필요가 있는 것이다.

이 부정의 정신(표현주의, 초현실주의)은 1차 세계대전의 경험과 그 전후적 분위기의 형성과 더불어 보다 적극적이고 능동적인 형식의 방법적 정립을 보게 되었고 그리하여 그것은 마침내 1920년대 이후 서구 예술의 주도적인 흐름으로까지 자리 잡게 된다. 물론 그러나 그것은 서구 20세기 역사의 흐름 속에서 전체적이고도 지속적인 양상으로 주도의 위치를 차지했다고까지 볼 수는 없는 그런 점에서 일시적인 양상에 지나지 않는 것이기도 했다. 왜냐하면 양차 세계대전 사이 사회가 안정기에 접어드는 기간에는 이러한 급진적 성격의 예술운동이 잠시 퇴조했다가, 파시즘의 확대, 강화에 다른 사회불안의 분위기가 다시고조되면서 이 운동 역시 다시 재흥하는 면모를 보여 주며, 이렇게 하여 결국 파시즘과 전쟁, 그리고 전후의 사회 상황을 배경으로 2차 세계대전 이후 전 세계적인 확산을 보았던 이 운동은 1950년대 이후 다시금 사회 상황이 안정기에 접어들면서 서구에서는 다시 한번 하향의 국면을 노정하게 되는 것이기 때문이다.

한형구의 지적(「1950년대의 한국시」)처럼 양차 대전과 같은 전쟁의 시기나 파시즘의 확대, 사회불안의 분위기 속에서 초현실주의는 성황하고, 이후 사회가 안정기에 접어들면 쇠퇴하게 된다는 초현실주의의 발현과 성장, 쇠퇴의 역사는 이 시점에서 시사하는 바가 크다. 유럽에서 1920~1930년대에 가장 성장했던 초현실주의가 우리의 경우 1930년대의 이상에게서 꽃을 피운 것이라면, 2차 세계대전이 끝나고 1950년대에 하향 국면에 접어들었던 세계 초현실주의의 국지적 편린이 김구용에게서 확인되기 때문이다.

전쟁 이후 쇠퇴하게 되는 초현실주의는 1950년대의 서구에서는 이미 의미를 잃은 것에 지나지 않는다. 즉 1950년대의 초현실주의는 당대적 의미를 지닌 것이라고는 볼 수 없는 것이다. 예외적으로 1950년에 전쟁을 겪게 된 우리의 경우 전후의 급격한 사회불안의 분위기에 휩싸이게 되고 이의 필연적 상황으로 한국적 초현실주의가 김구용에게 출현하게 된 것이다. 하지만 한국에서의 초현실주의는 1930년대의 이상에게서 이미 완성된 형태를 지니고 발화되었으므로, 김구용이 초현실주의에 추가할 것은 뚜렷이 존재하지 않았다는 점을 상기할 필요가 있다. 따라서 초현실주의를 완성했던 이상을 부정하기보다는 이상에게서 더 나아가야 했던 김구용이 할 일은 이를 극한까지 몰고 가는 일이었다. 그는 그 극한에서 주체의 경계를 해지하고 자아를 소멸시키며 이 과정에서 시와 산문의 토대를 송두리째 흔들어 버린다. 그의 산문시는 이 격렬한 폭발의 현장이다. 결국 한국적 특수성 때문에 뒤늦게 점화되었던 1950년대의 초현실주의는 이 폭발과 함께 김구용 스스로에 의해 파괴되기에 이르는 것이다.

이후 김구용이 1967년에 쓴 일기는 초현실주의와의 운명적 접전에 대한 회고로 보이기까지 한다. "쉬르레알리슴은 비판 대상이지 오늘날의 명제는 아니다. 한때 쉬르레알리스트로서 자부했던 시인들 스스로가 그 이상 타락하지 않기 위해서 생전에 여러 방면으로 전신(轉身)했던 사실을 우리는 알고 있다." 이 언급이 암시하듯이 1960년대 이후 김구용은 초현실주의로부터 멀어져 양식의 복원과 선적 사유의 세계로 들어서게 된다. 그가 새롭게 시도한 연작 장시는 시와 종교의 격돌이기에 앞서 양자를 품고 나아가는 지형으로 탐구된다. 그는 시와 종교, 어느 쪽으로도 해결할 수 없는, 해소되지 않는 문제들을 궁구함으로써 1950년대의 과격함을 사유의 크기로 대체해 나갔다. 그는 후기의 이러한 작업을 "시정신은 그 자체를 제시할 수 없는 무한에 내포되어 있다."라는 말로 표현했다.

김구용 시가 자아 부재의 확인과 무아로 전개되는 양상은 그의 진아 찾기의 일환으로 보인다. 이것이 이상 시의 주소로 그를 포괄할 수 없는 점일 것이다. 이상 시에서 주체의 분열이 시간이 사라진 현재형으로 영원히 진행된다면, 김구용의 주체의 소멸은 다음 국면으로의 전환을 야기하는 존재의 운동이라 할 수 있다. 이러한 김구용의 작업을 두고 "모더니즘의 개입에도 불구하고 (이 모두는) 모더니즘의 초극"이라고 한 김윤식의 지적은 다시 한번 적절하다. 우리 문학사에서 모더니즘을, 그중에서도 초현실주의를 과격하게 극화시키고 스스로 이를 붕괴시킨 최초의 예에 어울리는 표현이다. 초현실주의는 이후 간헐적으로 우리 시사에 등장하지만 김구용의 격렬한 탐사를 받던 위용에는 이르지 못한다. 초현실주의는 김구용에게서 독특하게 1950년대적 고유성으로 존재할 수 있었으며, 그의 파괴적 실험에 의해 운명을 다한 듯이 보이기 때문이다. 그리고 1950년대 이후 그것은 이제 창조적 전진이 아니라 보통명사화되어 모방되고 복제되기 시작하는 것이다.

우리는, 투명한 자들은, 더 멀리 나아갈 것이다

― 1990년대의 시에 대한 소고

20세기의 마지막 한 해를 어떻게 맞이할까 하다가 번스타인(L. Bernstein)이 지휘하는 베토벤 교향곡 9번을 선택했다. 베토벤의 9번은 보통 송년 음악회의 단골 프로그램이다. 9번이 한 해를 보내는 12월 음악회의 단골이 된 데에는 그만한 이유가 있을 것이다. 그럼에도 9번으로 새해를 맞이하려는 마음이 든 것은 1999년이 비록 새로운 한 해의 시작이지만 한편으로 금세기의 마지막 해라는 생각이 들기도 했기 때문이다.

우리 집 시계가 0시를 쳤을 때 번스타인이 무대로 걸어나왔다. 내가 가지고 있는 LD는 1979년의 실황 연주를 녹화한 것인데 당시 은발의 그의 나이는 61세였다. 번스타인의 연주 스타일은 물론 그가 세 번이나 전곡을 녹음했던 말러에서 잘 드러난다는 것을 익히 알고 있었지만, 이번 베토벤 9번을 보면서 그의 음악 세계의 백미를 접했다고 느꼈다.

총 75분이 조금 넘는 연주 시간은 다른 사람의 것들과 비교할 때 길었다. 특히 3, 4악장의 연주는 더욱 그러하였다. 나는 3악장의 그 아름다운 멜로디에서 건조한 손가락의 놀림이나 지휘봉이 아니라, 두 손을 모아 쥔 상태로 아주 가볍게 어깨를 떨거나, 차마 돌아서지 못하고 돌아섰다가도 되돌아오며 반복해서 허공으로 머리를 밀어 올리는 동작으로 오케스트라를 이끌어 가는 그의 극단적인 섬세함에 고통스러웠다. 그는 믿을 수 없을 정도로 깊이 젖어들었다. 그리고 때로 이러한 모든 동작마저 멈추고 눈물로 지휘했다.

나는 번스타인이 4악장의 환희의 송가에서 오케스트라와 4중창, 합창단을 이끌며, 아니, 그들 앞에서 양팔을 활짝 벌린 채 모든 지휘의 동작을 잊고 그들과 함께 노래 부르는 그 인상적인 장면을 잊을 수가 없다. 나는 그때, 이상한 것을 보았다. 그것은 클라리넷이, 오보에가, 혼이, 바순이, 바이올린과 첼로가 자신을 모두 맡겼던, 맡기고 자유롭게 뛰놀았던 단 위의 존재에게서 자신의 운명을 확인하게 되는 기묘한 순간이었다. 그들은 비로소 그들의 음악을 들었다. 연주와 동시에 연주되는 것, 나는 그것을, 그러한 한 치의 틈도 주지 않는 일치를 바로 문학이라 생각했다. 문학은 바로 내가 보고 있는 나의 얼굴인 것이다.

오케스트라의 연주자들이 번스타인에게 자신의 소리를 모두 맡겼을 때, 맡기고 나서 그를 지배했을 때, 그것을 아마, 사랑이라고 할 수 있을 것이다. 시는 언어들의 사랑이다. 광란일 때도, 노여워할 때도, 흔적 없이 가볍게 날아다닐 때도, 그래서 우리가 알지 못하는 어느 미지의 세계로 날아가 버릴 때조차 언어들은 사랑하는 자의 지배력을 가지고 있다. 나는 특별히 1990년대의 문학이 이 사랑의 방식에 어떤 변화를 가져왔다고는 생각하지 않는다. 그것은 이상이나 김수영에게서, 김춘수에게서 우리에게로 이어져 온 것이다. 다만, 사랑을 잃고 자신의 운명의 얼굴을 대면하지 못하는 언어들이 아직도 지배적인 한편에서 자신만의 고유한 비상을 시도하는 언어들이 늘어나고 있다는 차이가 있을 뿐이다. 다시 말해서 1990년대는 이전에 비해 전자의 양산 속에서도 후자에 속하는 작품들이 다양하게 태동한 시기로 볼 수 있다. 물론 시기를 막론하고 훌륭한 작품에서 언어들은 혁명, 바로 그것이다. 사랑 외에 어떤 혁명이 있는가?

나는 1994년에 등단을 해서 지금(1999년)까지 시집을 두 번 냈다. 첫 시집이 등단 전에 쓰인 것들이고, 두 번째 시집이 등단 이후에 쓰인 것이라는 시기적인 차이 외에 두 시집(여러 사람들이 이 두 시집을 완전히 다른 것이라고 말해 주었다.)을 근본적으로 구별하게 해 주는 것으로, 다시 말해 두 번째 시집에서 만약 내가 변했다면 그 원인으로 나는 서슴지 않고 쇼스타코비치(D. Shostakovich)를 꼽는다. 재미없는 이야기지만 쇼스타코비치는 구소련의 음악가라는 이유 하나만으로 일찍이 우리나라에서 잘 연주되지 않았다. 1980년대 초에 번스타인이 서울에서 교향곡 5번을 연주한 것이 최초라고 나는 알고 있다. 그 후 여러 방면에서의 해빙의 물결과 더불어 그의 음악을 실황으로 접할 수 있는 기회가 많아진 것은 1990년대의 일이다. 그는 이 점에 있어서 1990년대의 음악가인 것이다.

하지만 이러한 사회적인 상황들과 무관하게 나는 쇼스타코비치의 음악과 만나게 되었다. 1996년 초에 뜻하지 않게 그의 현악 4중주 전곡을 선물로 받게 된 것이다. 이전까지의 그에 대한 관심은 단편적이고, 부분적으로 열정적이었다. 비록 몇 개의 교향곡들과 현악곡들에 대한 이미지는 갖고 있었지만 하나의 거대한 우주를 본 것은 아니었다. 우주를 본다는 것은 내게 참으로 중요했는데, 왜냐하면 나는 오로지 그것만이 소통의 길이라 생각했기 때문이었다. 이상이나 샤르, 본푸아, 스티븐스를 읽을 때, 그리고 키리코(G. Chirico), 폴케(S. Polke), 환상을 불러일으키는 여러 종류의 현대적인 옵아트 등을 대할 때, 나는 안다. 소통은 대낮에 보잘것없는 고정관념들을 교환하는 것이 아니라는 것을. 그것은 한밤중에 날개를 접고 있는 거대한 산이나, 그 위에서 빛나는 별을 비로소 자신의 안에서 발견하는 것이다.

우주를 본다는 것은 내게 그 작품의 현대성을 의미한다. 모든 훌륭한 예술 작품은 늙지 않는다. 그것은 우리의 감각을 예민하게 해 주고, 구태의연한 우리의 의식을 풍성하고 새롭게 탈바꿈시켜 준다. 나는 언제나 자신의 길에서 가장 멀리 나아갔던, 지금의 우리보다도 훨씬 멀리 나아갔던("우리는, 투명한 자들은, 더 멀리 나아갈 것이다."—샤르) 우리 이전 시대의 현대적인 작품들을 좋아한다. 우리 시대에 태어난 많은 그렇고 그런 작품들과 비교해 볼 때 그 작품들은 진정 현대적이다. 현대성은 예술 작품에서는 역사적인 개념이 아닌 것이다. 그것은 작품이 획득한 일정한 경지다.

나는 쇼스타코비치에게서 현대성을 배웠다. 그는 내게 현대성을 가르쳐 준 예술가들 중의 한 사람이었다. 그의 현악 4중주는 베토벤의 그것처럼 정련되어 있지 않다. 베토벤의 현악 4중주의 세계가 지상에 거하는 마지막 날의 햇빛이나 바람, 그것을 품으려 땅 위로 나온 뿌리 같은 것이라면, 이에 비해 쇼스타코비치는 격렬하게 현의 세계를 탐험한다. 나는 그의 음악을 들을 때 잠자고 있던 내 안의 무수한 소리들을 들을 수 있었고, 더불어 그 소리들을 방해하거나, 무관심하게 덮어 버리는, 또는 비하하거나 새로이 점령하는 또 다른 소리들을 동시에 들을 수 있었다. 그것은 소리들의 세계, 서로의 소리를 듣지 못하는 음향의 지점에까지 이른 존재들의 세계다. 그 존재들은 나타났다 사라지고, 또 나타났다 사라지면서 존재의 놀이를 벌인다. 거기엔 자신의 세계를 건설하려는 위대함이 없으며, 위대한 파괴가 있을 뿐이다. 파괴와 위대한 파괴는 다르다. 위대한 파괴만이 파괴이며 그렇지 않은 것들은 보잘것없는 새로운 축조에 지나지 않는다. 내가 쇼스타코비치를 좋아하는 것은 그가 끈덕지게 이 위대한 파괴를 수행하고 있기 때문이었다. 나는 그를 들을 때 언제나 이 근본적인 파괴가 계속되고 있다는 것에 위안을 받았다. 그것은 일종의 투명한 얼음 조각 같은 것이다. 덧붙여 나가는 것이 아니라 깨뜨려 가는 것, 하지만 그 형상마저 떠오르기가 무섭게 흔적도 없이 녹아 버리는 것이다. 쇼스타코비치는 태양이나 시간에 의해서가 아니라 자신의 소리들로 소리를 녹이는 음악가이다. 그래서 그의 현악 4중주를 듣고 나면 결국 아무것도 남아 있지 않은 상태를 경험하게 된다. 몸속을 휘돌아가는 한 줄기 회오리 바람 소리만 남는 것이다. 그리고 그 회오리바람은 더 멀리 간 자의, 홀로 도는 소용돌이다. 그것은 속도를 벗어나 빛보다 빨리 날지만, 빛보다 느리게 지상을 떠난다.

쇼스타코비치는 베베른(A. Webern)이나 베르크(A. Berg)와 같은 현대 음악가들과 친숙해지는 데 필요한 가벼움과 자유를 주었다. 나는 형식 착란을 즐거워했고, 건조하게 직조된 그들의 미로에서 모든 권위가 사라진 해방을 느낄 수 있었다. 그것은 문학에서의 다양한 형식 파괴 실험이 그렇듯이 출구를 찾는 데 목적이 있지 않다. 나는 이상이 완결된 미로의 구조를 가지고 있다고 생각했다. 그에겐 출구가 없는 것이다. 출구가 있다 해도 그것은 출구가 아니라 다른 미로로 들어가는 입구였다. 물론 나는 이러한 이상의 시 세계가 결코 정신적 세계라고 생각하지 않는다. 그것은 인공의 세계이고 반복되는 존재의 유희의 세계인 것이다.

정신을 파괴하고 존재를 회복하는 것, 존재의 그늘로부터, 그늘을 드리운 정신으로부터, 억압으로부터 존재를 구해 내는 것, 나는 다양한 목소리의 강화된 정신주의에 맞선 1990년대 시의 고유한 시도들이 여기서 비롯되었다고 생각한다. 아직 이 시도들은 빈약하기 이를 데 없다. 하지만 정신을 제어하는, 정신의 나침반으로부터 자유로운 존재의 세계를 탐험하려는 노력들이, 다른 시대에도 있었고, 어제도 있었던 것처럼, 오늘도 있다. 그들은 이제 서로 교차하기도 하고 산산이 흩어져 가기도 할 것이다. 하지만 무엇보다도 그들은 더 멀리 갈 것이다.

나는 사물에 더 가까이 다가가고, 새로운 질서에 눈뜨고, 그럼으로써 존재의 물질성에 황홀해하는 순간이 시라고 생각한다. 황홀하지 않은 것은 시가 아니다. 이런 의미에서 시는 해방구다. 시는 모든 것을 알고 있다. 그러나 시 이전도, 이후도 아닌, 시가 되는 순간, 존재가 보이고 깨달음이 온다. 그리고 그 깨달음은 휘발성 같은 것이어서 존재 뒤로 홀연히 사라져 버리는 것이다.

미래파를 위하여

　젊은 시인들, 첫 시집 출간 무렵의 시인들이 문단 안팎의 관심을 샀던 2005년 전후의 미래파 논의는 다소 예외적인 현상이었던 것으로 기억한다. 그것은 무엇보다도 우리 문학사에서 자주 찾아볼 수 있는 신예 시인들에게 거는 관심과 기대의 수준을 능가한 것이었기 때문이다. 당시 아무리 문학적 이슈 자체가 불모화된 상황이었다 하더라도 '미래파'니 '뉴웨이브'니 '다른 서정'이니 하는 기대에 찬 칭호들은 세인의 관심을 끌 만큼 두드러진 것이었다. 젊은 시인들의 동시다발적 게릴라적 출현은 문학의 새로운 지형을 예고하는 것으로 보였고 이 열기는, 관심을 가지고 지켜보았던 사람들이 각기 다양한 방식으로 젊은 시인들의 시에 대한 긍정적, 비판적 목소리를 쏟아 냄으로써 문학에 대한 이야기를 나눌 수 있는 동기를 제공했다.

그것으로도 이들의 의의는 충분하다 할 수 있다. 다만 '서정'이나 '환상', '감각'과 '주체' 등의 의미들을 둘러싸고 벌어졌던 논의의 격돌 이후 최근에는 미래파 논의도 다소 수그러든 느낌이다. 이슈와 논쟁이라는 것은 사실 당파성을 억제하기 어렵기 때문에 지속적으로 생산적이기는 쉽지 않다. 문학적 논쟁이어도 그렇다. 하지만 논의의 폭발적 열기에 비춰 보았을 때 이후의 생산적인 논의의 확대가 요청된다 할 것이다.

　이 글은 문단적 주요 쟁점화의 여부와 상관없이 이들 젊은 시인들에게서 보였던 문학적 문제의식과 이의 성격에 대해 몇 가지 고찰해 보고자 한다. 미래파 시인들은 우선 자발적이고 의식적인 동인의 성격을 지니지 않았다. 그들을 옹호하는 평론가들의 애정에 의해 무리로 표현되었을 뿐, 어떤 공동의 문제의식을 선언하지도, 도드라진 창작 방법론을 만들어 낸 것도 아니었다. 물론 그들이 각자의 차이 속에서 공통된 문제의식을 가지고 있으며 일종의 연합 전선을 구축하고 있는 것으로 보이는 측면이 있다. 하지만 그들을 단일하게 묶는 것은 상이하고 다원적인 각자의 시 세계를 훼손하는 길일 수도 있다. 또한 차이에 입각해서 보면 그 각도가 생각보다 크게 벌어지기도 한다. 어떤 시인은 로고스적 사유의 측면을 드러냄으로써 전혀 다른 방식의 언어 구성력을 보여 주는가 하면(김언) 다른 한편 보편적인 정서의 유발에 힘입은 시편들을 제출하는 경우도 있다.(유형진) 또한 시집을 한두 권 출간하는 가운데, 각 시인이 주목받았던 부분들이 다소 변모하는 양상을 보이기도 한다.(장석원) 따라서 이들을 하나의 일정한 성향으로 묶을 수 있는가 하는 의구심과 함께 이제는 오히려 상이성과 차별화에 주목하는 평단의 고찰이 기대된다. 무엇보다도 자신의 의사에 의해 구성된 것이 아니라 외부에 의해 그렇게 불린 것이었고 주지하다시피 미래파의 일원인지 아닌지에 대한 정확한 구분도 존재하지 않았다. 자신이 미래파로 불리는 것에 대한 의혹과 거절을 표현한 시인도 있었을 정도이다.

미래파란 2000년 이후에 활발한 시작 활동을 한 시인들이라는 범주 아닌 범주에 아직 머물러 있다. 이를 유의미하게 유형화하려는 노력들이 있어 왔지만, 시작 방법론에 대한 고찰과 분석이 더 이루어져야 할 것이다. 따라서 다양하게 흩어져 있는 이들의 문학적 뉘앙스들을 포괄적으로 개괄하는 것이 무리라는 것을 먼저 지적하고 싶다. 이를 무릅쓰고 진행할 이 개괄이 부분적으로만 유효할 수 있으며, 또 그러기를 바라는 이유가 여기에 있다. 그리고 이와 같은 전제 위에서 다만 몇몇 시인들에게서 나타났던 어떤 문학적 문제의식, 그 형상을 추적해 보기로 하겠다. (이 글에서는 미래파라는 말을 새로 정의하지 않고, 이 몇몇 시인에 대한 통칭으로 그냥 사용할 것이다.) 젊은 시인들에게 시란 무엇인가. 어떤 좌절과 불시착의 기호들인가.

1 주류에서 비주류로 주체의 대이동

시를 정의할 때 우리는 주체의 특권화를 이야기할 정도로 시와 주체의 권력을 동일시한다. 주체는 세계를 자신에게로 굴절시키며, 이 과정에서의 인식과 감각의 산물이 시라고 생각하는 것이다. 세계를 자신에게로 결집시키는 능력, 이에 대한 여러 갈래의 부정이나 비판의 회오리에도 불구하고 시적 주체가 누리는 이 변별성이야말로 시의 고유성을 확인시켜 주는 것으로 생각되어 왔다. 따라서 서정시나 리얼리즘적인 풍자시, 모더니즘적인 감각이 두드러진 시 등 어느 유형의 시들을 보더라도 각각의 감각의 프리즘을 제공하는 주체가 중요했다. 어떤 주체냐 하는 것이 시의 모든 성격을 결정지었던 것이다.

지금까지 시문학사에서 주체는 주로 성인이었다. 육체적으로나 정신적으로 독립적인 연령에 이른 성인들은 세계와 세계의 문제들을 떠안고 그것을 자신에게로 귀속시키는 주체들이었다. 이들은 세계의 구조와 모순, 삶의 비극과 불행, 개인과 집단의 논리와 충돌, 운명의 불가피성과 좌절 등을 대면하고 이에 맞설 만큼 자란 인간들이었다. 이를 이해하고 수용하지 못했을 경우 때로 분노와 좌절을, 사색을 내세웠으며, 문학적으로 보았을 때 이들은 책임감 있는 성인이었다. 그리고 문학에서 이렇게 반성과 성찰의 주체를 상정하고 내세웠다는 것이 문학이 비문학과 비교되는 지점이었다.

파운드(E. Pound)가 감각과 인식의 통합적 감수성을 이야기했을 때 시는 획득하기 어려운 어떤 보편성을 전유해야 하는 것으로 보였다. 감각적 사유, 혹은 사유의 감각화라고도 번역될 수 있는 이 말은 어떠한 내용인지를 알지 못한 채 진술된 시의 감각적 무늬를 유효화시킬 수 있는 인식의 가능성을 포괄하는 것이다. 이 과정에서 발생하는 인식의 피로나 불모화는 인식의 제어를 전제로 하는 성숙한 시적 주체의 통찰의 과정이며 부산물이라 할 수 있다. 따라서 인식이 우리의 감각을 제한하지 않고 자유로이 감각과 결합하는, 인식의 잠행이 중요한 시의 덕목으로 여겨졌다. 인식의 탐지 능력이 미발달하거나 부정되는 주체는 그동안 생각되던 우월한 시적 주체와는 맞지 않는 것이었다. 주체가 성숙하다는 것은 자신의 감정과 사유를 돌아본다는 것이다. 이러한 반성 능력에 대한 강조는 사실 문학을 문제적이게 한 원인이었다. 개성으로부터 도피할 것을 요구한 엘리엇의 모더니즘은 진정한 개성을 가진 자만이 이를 행할 수 있다는 성숙한 주체의 역설로 보였다.

2000년대에 등장한 미래파 시인들에게서 나타난 가장 가시적인 현상은 이 주체의 변화였다. 이들 시의 주체의 모습은 고전적인 덕목으로 여겨지던 성숙한 주체와는 다른 것이었다. 무엇보다 눈에 띄는 현상은 주체가 성숙한 어른이 아니라 아이나 미성년들이라는 것이다. 음성이나 톤, 페르소나 모두 미성숙한 연령의 아이에게로 주체의 패턴이 이동한 것이 가장 큰 변화라 할 수 있다. 아이나 미성년 주체는 감각의 선명함과 순일성을 내세우며 상대적으로 사유의 미숙함이나 부재를 보여 주는데, 중요한 것은 이 점을 오히려 무기로 사용한다는 점이다.

나는 가족들과 함께 식사하는 것을 싫어했어요
리타 아침 먹어라 리타 배도 안 고프니 리타! 리타!
새엄마의 발소리가 사라진 뒤에야, 나는 도어 록을 풀고 식당으로 내려가죠
대개 가족들이 식사를 마치고 난 후에 혼자서 밥을 먹는데
어떤 날, 내가 미처 모르는 무슨무슨 기념일이나 축하연 자리에
언니 형부 이모 나부랭이들이 식당을 꽉 메워 버린 날,
맙소사! 그런 날은 마치
새엄마가 나를 똥구덩이에 처넣은 듯한 기분이 들곤 했죠
그 피할 수 없는 함정,
처음엔 입을 다물었어요
다음엔 용기를 내어 옆사람의 수프를 떠먹었고

그다음엔 이모부에게 이렇게 말했죠

내 꺼 볼래?

———황병승, 「리타의 습관」 부분, 『여장남자 시코쿠』

우는 애들을 달랠 순 없어요. 난 머릿속이 출렁거릴 때까지 울죠. 애들이 날 달래지 않으면 애들이…… 애들이…… 익사할지도 몰라요.

애들은 정말 겁도 없어요. 물속에서 노래를 해요. 엄마…… 엄마…… 엄마…… 저 뻐끔거리는 입들을 좀 보세요.
표면으로 올라온 물방울들이 잇달아 터지고 있어요. 공기가 가시처럼 찌르나 봐요. 애들이 너무 오래 물속에서 놀고 있어요.

———김행숙, 「우는 아이」, 『사춘기』

반항하는 청소년기의 리타나 우는 것이 삶의 거의 전부인 아이가 작품의 지배적인 주조를 이룬다. 사춘기의 아이나 이보다 어린 아이들의 페르소나를 취하는 것은 짐작 가능한 여러 가지 전략에서 비롯된다. 근대적 이성의 제도화 속에 기형적으로 확장된 듯이 보이는 기성의 질서와 허구의 슈퍼에고 세계에 대한 불신과 환멸이다. 주류 성인의 세계는 그릇된 이분법과 도식, 죽은 언어와 질서의 착종, 형식뿐인 규율과 제도의 복사, 영혼 없는 삶과 가치의 전쟁터이다. 이 "똥구덩이"에 발을 들여놓기를 거부하는 세대와 주체를 출현시킴으로써 이 세계에 대한 단절과 전복을 꿈꾸는 것이다. 이 복수는 적어도 표면적으로는 단번에 완성된다. 리타는 "피할 수 없는 함정"이 되는 이 세계를 능란하게 욕보임으로써 아침 식당에 모인 가족들에게 식사를 망칠 기회를 제공한다. 이렇게 아이가 질서를 제압할 가능성은 어렵지 않게 열려 있다. "애들은 정말 겁도 없"고, "너무 오래 물속에서 놀고 있"어서, 겁 많고 이성적인 성인들과 싸우지 않고도 효과적으로 타격을 가할 수 있는 것이다. 아이의 끝나지 않는 울음은 이 둔한 세계를 파고들 무정부적이고, 그로테스크하고, 날카로운 칼날을 만들어낸다.

미성년이나 작은 아이들이 기존 세계의 구도를 뒤집는 데 효과적인 이유는 무엇일까? 이 어린, 낯선 주체는 오랫동안 권력이나 패턴화된 문화의 장에서 보이지 않던 존재들, 귀신이나 동성애자, 트랜스젠더 같은 소수자의 등장과 맥을 같이한다. 이들은 영화나 만화, 기타 하위문화에서의 등장을 기화로 서서히 기성 문학에도 입성을 하기 시작했다. 시에서 이들이 전격 기용된 것은 미래파의 두드러진 특징이라 할 수 있다.

하루에 두 번, 五臟六腑를 운행하는 협괘 열차가 있다고 말해
준 건 상고머리의 여자 귀신이다. 귀신도 사기를 치는가? 그녀
와 나는 사이좋게 지내지만 그녀가 말하길,
너는 십 년 만에 비춰 보는 내 거울이야. 난 그때 꼭 네가 죽을
줄만 알았는데, 그래서 유감없이 탈출했는데, 같이 죽기에는 피
차 지겨웠으니깐, 이해해?

　　　　　　　　　—김행숙, 「귀신 이야기 1」 부분, 『사춘기』

악몽에 눌린 남자를 악몽 바깥에서 흔든다. 요람을 흔들듯이

아가야, 무서워하지 마. 내가 너무 무서워지잖니. 그런데
여기는 정말 남자의 바깥일까? 나는 왜 인간들의 악몽에 자주
불려 다니는 걸까?

　　　　　　　　　—김행숙, 「귀신 이야기 4」 부분, 『사춘기』

열두 살, 그때 이미 나는 남성을 찢고 나온 위대한 여성
미래를 점치기 위해 쥐의 습성을 지닌 또래의 사내아이들에게
날마다 보낸 연애편지들

　　　　　　　—황병승, 「여장남자 시코쿠」 부분, 『여장남자 시코쿠』

눈을 씻고 봐도 죄인이 없으니

나라도 표적이 될래요 이름도 창녀로 바꿨죠, 대야미의 소녀

이곳은 작은 마을, 그녀는 정육점에서 그럴듯한 유방을 달지는
못했네
칼 솜씨는 쓸 만했지만 바느질은 형편없었죠, 대야미의 소녀
(중략)
한때 아무것도 모르는 소년이었을 때, 말이죠
마구 벌을 내렸죠. 오로지 용서받고 싶어서……
클린트 이스트우드를 좋아했어요 지금도 그때를 떠올리며
정육점에서 뿌리째 잘라 준, 이 쬐끄만 녀석을 허리춤에 차고는
잔뜩 속상한 표정의 사내를 흉내 내곤 하죠, 웃음…… 웃음……
대야미의 소녀.

— 황병승, 「대야미의 소녀_황야의 트랜스젠더」 부분,

『여장남자 시코쿠』

　　주체의 다양화가 일어난다. 주체는 이른바 비주체라고도
할 수 있는 귀신으로, 아니면 여장 남자, 트랜스젠더와 같은
성적 소수자의 페르소나로 나타난다. 육체의 감옥을 "탈출"하
고 "인간들의 악몽에 불려 다니는" 귀신들, "남성을 찢고 나온
위대한 여성"인 여장 남자 시코쿠, 남성에서 여성으로 성전환
수술을 받고 창녀가 된 "대야미의 소녀" 트랜스젠더는 표준적

인 세계가 인정하지 않았던 보이지 않던 존재들을 지시한다.

어린아이와 마찬가지로 이러한 주체들은 미분화와 혼돈이라는 특성에 힘입어 질서를 공략할 수 있는 효과적인 기제로 작용한다. 아니 불안정한 주체의 공격력은 강력한 것이라 해야 정확한 말이다. 가시적인 표준의 세계라는 것은 사실은 이 불안정한 존재들을 이기지 못하기 때문이다. 이들은 존재하는 것만으로도 위험한 것이기에 언제나 보이지 않는 곳에 숨겨져 있어야 했다. 질서란 허위이다. 숨길 것을 숨기고 난 후의 묵계에 불과하다. 질서는 비질서를 괄호 안에 넣은 상태에 불과한 것이므로 언제나 비질서에 포위되어 있다. 비질서를 이길 수 있는 질서란 없다. 이길 수 없기에 질서는, 비질서를 억압한다. 여기서 중요한 것은 비질서는 반성하지 않는다는 점이다. 반성하지 않는 주체는 강하다.

비주류 주체들이 질서를 상대로 벌이는 이 문학적 싸움은 '불가능한 싸움'이 아니라 그 반대로 애초에 지나치게 쉬워 보인다는 문제가 있다. 그래서 젊은 미래파들의 싸움은 단번에 고지를 점령한 것인지도 모른다. 귀신과 트랜스젠더와 같은 기표의 비정체성은 그 자체만으로도 강력한 무기이다. 어떠한 상황에서도 적응할 수 있는 복합적 텍스트로 내장되어 있기 때문이다. 미래파 시의 다양성과 원기 왕성함은 주체의 이러한 비결정성에 힘입은 것이다. 그것은 일단 주소 없는 에너지로 가득 차 있다.

이 기세등등한 싸움의 한가운데서, 비주류의 창궐이 오히려 세계에 대한 이분법적이고 도식적인 이해를 추인한 것은 아닌지 돌아볼 필요를 느끼게 된다. 괄호를 풀고 마주 서는 것은 비주류 쪽에서 주류를 세워 주는 것이기 때문이다. 하지만 제거해야 할 질서와 표준이라는 것이 그렇게 강력하지도 또한 정확하게 구획된 틀도 되지 못한다는 것을 이해하기 위해서 너무 많은 힘을 동원한 셈이 아닐까. 결국 문학적 전면전으로도 보이는 이러한 양상이 전개될 만큼 대척적인 표준적 세계가 완강하지 못한 것이라면 말이다.

우선, 아이가 대적해야 할 뚜렷한 성인이라는 것을 무리하게 상정하고 있는 경향을 지적할 수 있다. 인간을 이분법적으로 구획하는 시도가 늘 효과적인 것은 아니다. 성인의 세계라는 구조를 담당하는 존재가 성숙한 어른이라는 것으로 실재하고 있는지는 번거로운 증명이 필요할 것이다. 아이들이 싸워야 할 어른이라는 것이 확실히 존재한다면 참으로 편리할 것이다. 성인과 어른의 세계는 약정된 기호의 세계이다. 이 약정을 받아들이지 않으면 존재하지 않는 것이다. 싸워야 할 어른의 세계도 없게 된다. 그러나 약정을 받아들였을 때는 이미 이 질서를 승인하고 한편에 서게 된다. 이 경우, 어떤 형식이든 이 세계의 기숙자이고 완충자가 되지 않을 수 없다. 싸움의 모순이 여기에 있다.

확고한 질서와 주류의 세계가 있어서 무너뜨릴 그 세계의 밖에 우리가 있다는 것은 얼마나 그럴듯한 환상인가. 그렇다면 모든 것은 정당화될 수 있다. 하지만 무너뜨려야 할 주체가 있고 한편엔 더 나은 주체가 있다는 가정은 근본적으로 문학에 낯선 발상이라는 점을 이야기하고 싶다. 더 그럴듯한 주체, 우리를 해방시키는 어떤 주체의 존재를 가정하는 것은 사회학적인 상상력인 것이다.

미래파들은 자신들의 새로운 주체가 정체성이 있는 확고한 주체가 아닌, 분열적이고, 비인칭적인, 혼종의 주체이며 따라서 비주체라고 생각할 수도 있다. 주체를 소수자에게서 발견한 것이 아니라 주체 자체를 폭파시킨 것이라고 말이다. 하지만 비주체도 주체이다. 발화자라면 모두 주체이다. "너는 십년 만에 비춰 보는 내 거울이야", "나는 왜 인간들의 악몽에 자주 불려 다니는 걸까" 하고 말하는 귀신이나 "나는 남성을 찢고 나온 위대한 여성", "나라도 표적이 될래요 이름도 창녀로 바꿨죠"라고 말하는 여장 남자, 트랜스젠더는 발화하는 순간 자신을 주체로 선언하는 것이다. 발화하면서, 싸우면서, 주체가 편리하게 없어질 수는 없다. 어떤 복잡한 텍스트를 내장한 발화이든 상관없이 발화가 이루어지는 순간 그것은 주체인 것이다.

우리는 우선적으로 제거해야 할 대상으로 질서를 상정하는 경향이 있다. 이 가정의 문제점은 우리들 자신이 질서를 보충하고 있고, 질서와 동승하고 있다는 데 있다. 젊은 시인들이 전복하길 바라는 것은 바로 그들 자신이었음을 깨닫는 데는 얼마 걸리지 않을 것이다. 그들이 바로 주류이다. 사회적이고 정치적인 장에는 비주류가 있지만, 삶에는 비주류가 없다. 인생에서는 모두가 주류이다. 그리고 모두 비주류이다. 우리는 주인이면서 손님이다. 우리는 제도이면서 동시에 제도를 무화시키는 인간이다. 아니, 인간은 주류, 비주류를 넘어서 그 자체가 파괴적인 존재이다. 그리고 제도와 질서는 인간에게 억압적일 뿐 아니라 허약하다.

미래파 시에서 주체의 공급처를 변경한 결과는 세계의 축소이다. 등장인물들의 싸움의 방식에 맞게 세계는 우스꽝스러워지고 감각적인 대상이 되었다. 젊은 시인들은 세계를 쪼개는 데 재미를 느끼고 있다. 아무것도 두렵지가 않다. 전략이나 고민 따위는 낡아 버린 기획이다. 이토록 손쉬운 승부였다는 데 대한 아쉬움도 필요 없다.

무엇보다도 이러한 전진은 대체된 주체 중심주의적 성격을 가지고 있다. 새로운 주체들, 소수자들의 등장으로 세계의 전복을 주창하는 주체의 소재주의라 할 수 있다. 하지만 여기서 이들이 진정으로 새로운 주체들인가 고민해 볼 필요가 있다. 비주류들을 들여다봄으로써 세계와 역사를 다시 구성하는 것은 푸코(M. Foucault)류의 철학에서 이미 제출해 놓은 기획이다. 우리는 이 영향력 안에 진입한 지 오래다. 우리 시대의 문화적 풍속도에서 헤게모니를 장악한 것은 사실상 비주류들이다. 미성년 아이들의 비순응적인 감성과 게이, 트랜스젠더 등장인물들로 상징되는 이성애 가족에 대한 공격은 이미 영화나 만화에서 참신할 것이 없는 소재이다. 이들 소재는 수확 체감의 단계에 들어선 것으로 보인다. 순수하고 지고한 이성애를 다룬 시나 영화에 사람들이 몰리는 것은 이 작품들이 통념에 호소하기 때문이 아니다. 이것이 오히려 그로테스크한 희귀본이 되었기 때문이다. 아무도 믿지 않는 이성애, 질서, 평범한 주류들, 이것이 신선해 보이는 것이다.

미래파는 너무 늦게 문화 운동에 뛰어든 것은 아닐까. 이런 느낌은 이들 문학의 새로움으로 이야기되는 것이(적어도 소재의 측면에서는) 다른 장르들을 통해서 너무나 익숙한 것들이었다는 당혹감으로 배가된다. 그러면서도 한편으로 미래파는 너무 빨리 주목을 받았다고 할 수 있을 것이다. 그들의 비주류성이 자체적으로 강력하고 진정한 모습을 갖추기 위해서는 은폐의 시간이 필요했다. 하지만 그들은 숙성에 필요한 무관심이라는 존귀한 선물을 받지 못했다. 그런 여유 없이 곧바로 주목을 받았고 그들의 비주류성은 평단의 환호 속에 장식적인 것이 되어 버렸다. 그들은 너무 빨리 주류가 되어 버린 것이다.

2 가족의 극복

　　미래파 시에서의 미성년 주체들이 가족에 대해 모두 같은 자세를 가지고 있는 것은 아닌 듯하다. 보다 과격하거나 온건한 양상으로 다양한 편차를 보인다. 하지만 정도의 차이는 있어도 가족을 그들의 정신적 징후의 근본으로 여기고 전면적인 대결의 주제로 설정하는 경향이 많다. 가족제도나 부모와 맞서는 것이 바로 그들의 실존적 기투이며, 존재론적 사건이 되는 것이다. 가족 내의 갈등과 억압이 전면화되는 이런 장면은 미성년 주체들이 권력을 가지지 못했기 때문이며 이들은 부모와의 긴장 상태를 전열에 놓고 가출이나 그 밖의 과격한 상황을 연출한다. 그들에게는 가족이 세계이며 징후이다. 부모는 그들에게 억압자이며, 세계의 억압자를 대표하는 것으로 설정된다.

　　떠나기 전, 집 담장을 도끼로 두 번 찍었다

　　　　　　　　　　　　──황병승, 「주치의 h」 부분, 『여장남자 시코쿠』

바닥까지 미개해져서 우리는 만난다.

나의 엄마는 더럽고

너의 아빠는 뽀뽀 악수

(중략)

우리는 만난다

너의 아빠는 썩고

나의 엄마는 맘마 장난감

우리가 가진 전부, 몇 개의 단어

몇 줄의 엉망의 문장으로

우리가 믿는 것은 모조리 검고

이것이 우리의 원래 눈빛

뜨겁지도, 차갑지도 않은

고무나라의 인형들처럼

　　　　　　——황병승, 「어린이」 부분, 『여장남자 시코쿠』

이미죽은내가 엄마아빠를 국자로 떠와 차례차례 변기에 담근다 이미죽은내가 엄마아빠의 잠옷을 벗기고 속옷을 벗기고 바리깡으로 몸에 난 모든 털을 깎는다 이미죽은내가 엄마아빠를 깨끗이 물에 헹구고 탈수기에 넣어 탈탈 말린다 이미죽은내가 쇠도끼로 엄마아빠의 머리뼈와 종지뼈를 쳐내 그걸 고아 프림색 국물을 우려낸다 이미죽은내가 엄마아빠의 살을 조근조근 손톱깎이로 뜯어 홈을 판다 이미죽은내가 엄마아빠의 뜯긴 살집에 손을 넣어 큼직큼직하게 살점을 떼어낸다 이미죽은내가 떼어낸 살점을 조물조물 납작납작 주물러서 국솥에 떨어뜨린다 이미죽은내가 엄마아빠의 깎아놓은 털에 말간 뇌수액을 붓고 끈적끈적한 혈장을 버무려 양념장을 만든다 이미죽은내가 엄마아빠의 발라놓은 뼈에 비계칠을 하고 불을 붙여 국솥의 아궁지를 달군다 이미죽은내가 링거바늘로 뽑아둔 엄마아빠의 피로 국물 간을 맞춘다 이미죽은내가 엄마아빠의 살수제비가 팔팔 끓고 있는 국솥 앞에서 감사의 기도를 올린다 이미죽은내가 엄마아빠의 살수제비를 후후 불어 떠먹기 시작한다

— 김민정, 「살수제비 끓이는 아이」 부분, 『날으는 고슴도치 아가씨』

어머니는 손에 잡히는 대로 사진들을 오려냈다 눈을 감은 어머니는 가위질 솜씨가 대단했다 (중략) 어머니의 가위질은 멈추지 않았다 밤이 되자 사진들은 분말이 되어 흩날렸다 어머니의 가위를 피해 습자지처럼 얇아진 나도 허공으로 날아올랐다 창가에서 떠돌다 끈적한 천장에 들러붙었다 난자당한 사진들 속에 흩어져 있던 나의 눈들이 천천히 걸어나와 나를 찍었다

— 이민하, 「사진놀이」 부분, 『환상수족』

아버지는 아무 말 없이 밖으로 나가더니 角이 잘 잡힌 새장을

하나 구해 왔다. 내가 네 생일을 깜빡했구나 예쁜 새를 길러 보렴 좀 낡긴 했지만 기막힌 선물이 될 거야 날갯죽지가 가렵다구요 아버지, (중략) 작고 예쁜 새를 길러 보렴 애야, 날개보다 아름다운 걸 키울 수 있을 테니 너의 흥건한 피로 새장을 꼼꼼히 칠해 보렴 그러고는 아버지는 팔과 다리를 구겨 새장 안으로 들어갔다

— 이민하, 「앵무새 一家」부분, 『환상수족』

　　인용한 시들은 모두 미성년 주체의 입장에서 바라본 가족 풍경을 다룬 것이다. 황병승은 가족은 썩고 더럽고 미개한 것이라고 말한다. 이 "바닥"에서 우리는 "고무나라의 인형들" 같은 존재들이다. 이 미개한 곳을 떠나는 것은 당연하고도 자연스러운 절차로, 나는 "떠나기 전, 집 담장을 도끼로 두 번 찍"음으로써 가족과의 단절이라는 제의를 치른다. 여기에는 망설임도 없고, 신기할 정도로 어떠한 장애도 나타나지 않는다. 구속과 억압으로 표상되는 담장을 찍어 버리고 가뿐히 떠나기만 하면 되는 듯하다.

　　황병승의 담장에의 도끼질이 일회성으로 가볍게 마무리된다면, 김민정에게 그것은 보다 격렬하고 연속적인 향연의 양상을 띤다. 이 작품에서 눈에 띄는 양상은 '살수제비 끓이는 아이'가 '이미 죽은 나'라는 것이다. 죽지 않았다면 아이의 행

위는 가령 부모의 훼손으로 성장하는 인간 존재에 대한 평범한 이야기일 수 있다. 부모의 피와 살을 바탕으로 생존하는 공식이 다소 자학적으로 기술된 것으로 볼 수도 있는 것이다.

하지만 이 아이는 이미 죽은 아이이다. "이미죽은내가"라는 구절의 반복은 죽음이 자신의 뜻이 아니며, 가족이 원인이었다는 암시가, 그리고 아이가 죽음과 화해하고 있지 않음이 강조된 것이다. 따라서 가족 속에서 죽은 아이는 자신의 죽음에 머무르지 않고 뛰쳐나와 잔혹한 복수극을 치른다. 아이의 처절하고도 코믹한 살해 행위는 그 서술이 끝이 보이지 않을 정도로 정밀하게 이어져서 극본을 가지고 진행하는 연기적 성격을 띨 정도이다. 거의 기계적으로 세분화된 이 연기는 "감사의 기도"에서 절정을 이룬다. 부모에 대한 복수를 완성한 것이다. 이 지루한 향연이 가능한 것은 복수를 하고 가족을 붕괴시키는 것이 아이에게 재미있고 용이한 일이기 때문이다. 용이하다는 것은 부모가 어떠한 방어도 하지 않고 가만히 있다는 것이다. 이것은 아이의 놀이이다.

놀이를 놀이처럼 표현한 것이 이민하의 시이다. 「사진놀이」는 내가 사진을 찍고 어머니가 사진들을 가위로 오리는 모녀의 놀이를 묘사한 것이다. 내가 찍는 사진들을 오려 대는 "어머니의 가위질은 멈추지 않"아서 나는 "어머니의 가위를 피해" 다닌다. 어머니는 용의주도하지만 나의 행위를 무화시키고 제압하는 어머니의 가위질에서 결국 나는 살아남으며 나의 사진 찍는 놀이는 계속된다. 어머니와의 사진놀이는 아버지와의 새장놀이로 이어진다. 새장을 구해 와서 "예쁜 새를 길러 보렴" 하고 말하고는 새장 안으로 들어가는 것은 바로 아버지 자신이다. 나는 "흥건한 피로 새장을 꼼꼼히 칠해"야 한다. 내가 기르게 되는 것은 아버지이다. 이민하의 시에서 사진놀이와 새장놀이의 주도권은 나에게 있으며, 나는 부모의 영향권에서 벗어나 있을 뿐 아니라 이 관계의 향방을 결정지을 존재이다.

위의 시들에 나타나는 공통점은 가족에 대한 어린 주체들의 공격 행위가 무비판적이고 용이하게 완수된다는 것이다. 가족이 보잘것없이 무너지는 장면은 어김없이 이를 주도하는 주체의 선명한 행위와 오버랩된다. 이들에 의해 가족이 전복되고 가족이라는 것 자체가 단순한 역할놀이를 넘어서지 못하는 것으로 판명된다.

미성년 주체들에게 가족의 극복은 일반적인 강박관념이 되곤 한다. 아직 사회적으로 독립한 성인이 아니기에 가족이 유일한 소속 집단일 수 있으며, 가족 이데올로기가 피부에 와 닿는 구체적인 억압의 장치가 되는 것이다. 따라서 가족이란 무엇이며, 가족을 극복한다는 것이 어떠한 것인지에 대한 반성은 우선권을 상실한 채 가족에 대한 부정으로 치닫는 경향이 있다. 요컨대 개인과 사회의 주기율표가 어떻게 맞물려 가족이라는 복합체를 요구하는 것인지에 대한 검토 없이, 아니 사회가 가족을 요구하고 있다는 바로 그 사실 때문에 일단 가족을 억압의 장으로 위치시키게 되는 것이다. 가족을 극복하는 것이 곧 기성의 질서를 극복하는 것으로 보이며, 그들의 급진성을 측량하는 시금석으로 비쳐지는 것이다.

굳이 잠깐 시선을 돌리자면 우리는 이전의 시인들, 예컨대 김수영의 가족에서, 이성복과 기형도의 가족에서 가족이 화두가 되는 것을 목격했다. 가족은 그들을 고통스럽게 했으며, 가난과 구속과 절망의 옥쇄였다. 하지만 가족이 무찔러야 할 대상으로 설정되지는 않았다. 그들이 발견한 것은 가족은 인간이 견디려 하는 유일한 고통이라는 것이었다. 고통의 양이나 질적인 측면에서 가족을 능가하는 것은 없다. 하지만 인간은 가족에서 자신의 삶의 상징을 발견하려 한다. 당시에는 이러한 가족의 아이러니가 그들의 상상력을 촉발했다. 가족 운명체에 엮어든, 구성원들에 대한 연민과 그리움, 고통, 차라리 공포가 어우러져 있는 모습이었다 할 수 있다.

미래파 시의 가족 혐오증은 이보다 명료하게 요약이 가능한 것이다. 그들의 주체들이 자신을 울타리 치고 있는 가족이 보호자라기보다 억압자라고 생각하는 점은 이전 세대와 다를 바 없다. 차이는, 그들이 이런 조건을 전혀 용서하려 하지 않는다는 것이다. 그들은 가족을 넘어서려 하는데, 주로 파괴하는 방식으로 이루어진다. 그렇게 함으로써 그들 세대의 존재를 증명하고자 한다.

그런데 여기서 근본적인 의문이 떠오른다. 미래파 시인들의 가족에 대한 과격성은 과연 실질적인 내용을 갖고 있는 것일까. 표면적으로는 미성년 주체들이 가족과 부모를 파괴하고 넘어서는 데 모든 것을 걸고 있다. 그러나 일견하기만 해도 김민정이나 이민하 시의 풍경은 실제적인 삶의 내용들로 구성되어 있다고 보기 힘들다는 것이 분명해진다. 그것은 어떤 의미 맥락을 가지고 있다기보다 차라리 격렬하고 들끓는 에너지의 분출로 보이는 측면이 있다. 제대로 된 요리를 만드는 것보다 냄비 뚜껑을 열어젖혀 재료들이 쏟아져 나오는 즐거움을 누리고자 하는 것이다. 이들에게 재료가 냄비 속으로 들어가는 순서와 위치는 무의미하다. 어차피 이것들은 과격한 온도에 의해 마구잡이 신세로 흘러넘칠 것이기 때문이다. 나아가 재료 자체도 현실적인 의미와 온도를 지니고 있는 것으로 보이지 않는다. "엄마아빠의 머리뼈와 종지뼈를 쳐내 프림색 국물을 우려내"고 "엄마아빠의 살을 조근조근 손톱깎이로 뜯어" 살수제비를 끓이는 이 진술은 현실적인 맥락을 찾기 어려운 것이다. 단지 거침없는 칼질만을 느낄 수 있을 뿐이다. 칼질의 희열과 맹목성이 여기에는 있다.

집 담장을 도끼로 찍는 아이나 부모의 살로 살수제비 뜨는 아이, 사진이나 새장과 같은 도구들로 놀이를 즐기는 아이에게 이 세계는 당연히 현실적 구성력을 가지고 있는 것이 아니다. 세계는 즐거움을 위한 요리, 혹은 게임이나 놀이 같은 것이고, 게임의 규칙성과 극단성이 이들을 사로잡으며 이것이 시로 탄생한다. 파괴하고 파괴되는 상호성은 가치나 의미의 영역이 아니라 재미와 변수에 속한다. 요컨대 부모를 살해하거나 새장에 가두는 것은 저항이나 패륜이라기보다는 새로 프로그램화된 게임의 탐사로 보인다. 게임의 기계적 측면에 초점을 맞추어 보면 그들의 시는 잔혹하거나 엽기적이라기보다는 선정적이고 고지식하다. 일정한 패턴으로 지뢰가 내장되어 있는 프로그램을 따라가며 의문 없이 게임 아웃에 이르고 있는 것이다.

젊은 미래파가 원하는 것은 새로움이다. 그들에게 익숙한 사회인 가족에 대해 말할 때 가족을 어떻게 그들 식으로 새롭게 말할 수 있을까. 가족 이데올로기는 아버지 세대가 헌신과 희생, 숭고함의 담지자라고 가르친다. 미래파는 그 숭고함을 몰아내거나 제거하려고 한다. 가족 비틀기, 이것이 그들이 발견한 가족에 대한 '새로운' 담론인 것이다. 가족은 변화하는 조건 속에서도 끈질기게 유지되고 있기 때문에 가족을 짓밟는 일은 가장 의의 있는 우상파괴로 보일 수 있다. 가족은 이 사회를 견고하게 하는 것으로 생각되기 때문이다.

하지만 이렇게 물어볼 수 있을 것이다. 미래파가 파괴하려고 하는 것은 어떤 모습의 가족인가? 가족은 이미 변모하고 있다. 현대의 가족이 지금 어디까지 붕괴되어 있는지 말하기는 어렵다. 다만 확실한 것은 가족의 변화가 아버지의 훼손이라는 일방통행으로 진행되어 왔다는 것이다. 아버지를 무너뜨리려는 문학적 노력은 권위의 제압이나 자유의 확장의 길이 될 수도 있을 것이다. 그러나 기왕의 일방통행에 가세하는 것일 뿐이라는 것도 확실하다.

3 탈주의 시학

새로운 주체들을 등장시키고, 이 사회의 최후의 보루처럼 보이는 가족을 거부하는 젊은 미래파의 시를 크게 보아 탈주의 시학이라고 이야기할 수 있는 근거는 무엇인가. 중심, 주류, 질서, 궤도로부터의 분리, 이탈, 전복을 문학적 모토로 삼고 있다는 것이다. 탈주, 즉 중심으로부터의 벗어남이라는 주제는 미래파 이전부터 친근한 것이었지만, 미래파와 친연적인 시들의 대부분에서 나타나는 특징을 포괄적으로 표현하는 말로 새삼 이야기되고 있다. 그렇다면 탈주는 작품에서 구체적으로 어떻게 나타나고 있는가.

개좆 같은 진보, 개좆 같은 진보주의

미래라구?

(중략)

선언하리라 나를 파괴할 권리

셀프 킬러, 킬링 필드, 올드 필드

그곳에 옛날의 나

오늘은 오늘의 병든 나

태어날 때부터 지금까지 나에게 내리꽂히는 불꽃

예광탄처럼 빠져나가는 타액, 정액, 림프액,

그리고 신선한 분비액

한 방울 남지 않았다

내 몸의 크레바스, 빙하의 눈썹

그 순결한 틈으로

어둠이 빨려든다

새로운 돌연변이가 태어나는 구멍

잡종이여 번성하라

———— 장석원, 「악마를 위하여」 부분, 『아나키스트』

내 몸에서 돌연변이가 태어난다. 나는 질서와 기획을 허물어뜨리는 장이다. "옛날의 나"와 "오늘의 병든 나"가 섞여, "빙하의 눈썹"과 "어둠"이 섞여 돌연변이가 태어난다. "새로운 돌연변이"라는 코드, 이 세계의 구획의 틈에서 탄생하는 예외성에 대한 숭배는 사실상 소수자의 세계에 대한 애착과 맥을 같이하는 것이다. 소수자는 지배적인 질서의 작동 기제에 속하지 않는 것처럼 보인다. 소수자들의 세계에 대한 미래파의 이 강렬한 관심은 어디에서 유래한 것인가. 이것이 전략적인 것이든 탐미적인 것이든, 크게 보아 탈중심화라는 모더니즘 이후의 사상적, 문화적 흐름의 한 부분이 되고 있다고 할수 있을 것이다. 이분법을 흔들고, 중심과 주변을 없애고, 가치 결정적인 구획을 제거하려는 해체적인 현대적 사유의 일환인 것이다. 이 사유 안에서는 동질적인, 순종의 고유성이 인정되지 않는 것으로 되어 있다. 주류라고 생각되는 질서와 본질의 역사적 장악이 폭로되고 그 허약한 토대가 드러난다. 순수한 본연의 것은 존재하지 않으며 가정된 것이다.

이러한 경계 해체적인 사유에서 순종이 아니라 거대한 "잡종"이 주목되는 것은 당연한 일이 아닐까. 순종은 절멸하는 것이며 잡종이 왕성해지는 것이 차라리 순리에 가깝다. 모더니즘이 진보와 합리성이라는 단일성을 향한 운동으로 이해되는 한 이미 위력을 상실했고, 각종의 기형, 이종, 변종과 같은 잡종의 증식에 의해 해체되고 있는 것이 현대의 상황이라고 할 수 있을 것이다. 각종의 '섞어 쓰기'에 몰두하고 있는 모습은 예술뿐만 아니라 곳곳에서 찾아볼 수 있다. 잡종은 이른바 현대 문명의 폭풍우와도 같은 것이다. "잡종이여 번성하라"는 장석원의 외침은 기원(祈願)이라기보다는 오히려 번성하고 있는 잡종에 대한 봉사적 발언이다. 그러나 다음의 시는 선언이나 봉사로 환원되지 않는 역동적 세계상을 보여 주므로 주목할 만하다.

곧 우리는

폭발하겠지요 비산하겠지요

냄비 속에서 분해와 융합이 랄랄라 부글거립니다

함께 모인 식구들은 판게아 같습니다

우리를 먹여 살리는 아버지의 식사

식탁의 조직의 시스템의…… 질서를

먼지와 먼지의 질서와 곧 파괴될 우리의…… 뒤를

지우는 검은 구름을 철과 니켈의 출렁임을

전부 먹어 치웁니다 규칙과 체계와 균형 그리고

질서, 여러분의 질서, 세계의 심연을 떠다니는

먼지의 질서의 가족의

또한 백악기의 식욕 앞에서 아버지

켁켁, 마비된 것처럼 켁켁, 페퍼 포그처럼

멀어집니다 축소됩니다 탄맥이 사라집니다

그러다 채굴될 것입니다 우리의 연료가 될 것입니다

        ——장석원, 「식탁과 아버지의 지구과학」 부분, 『태양의 연대기』

    모두가 하나로 판게아였던 단일한 체계의 균열을 유도하는 것은 무엇인가. 그것은 우리의 식욕이다. "우리를 먹여 살리는 아버지의 식사"란 우리가 먹어 치우는 아버지(의 식사)를 의미한다. 우리는 아버지의 조직과 시스템을 먹어 버림으로써 식탁을 붕괴시킨다. 하지만 우리의 식욕은 여기서 끝나지 않는다. 우리는 대식가이다. 우리는 먹지 말아야 할 것, 바로 우리 존재의 근원까지 탐식한다. "우리의…… 뒤를/ 지우는 검은 구름을 철과 니켈의 출렁임을/ 전부 먹어 치우"는 것이다. 우리의 그림자, 심연까지 먹어 치우는 이 눈먼 포식은 방향도, 정지도 없다. 끝없는 움직임일 뿐이다. 우리 스스로도 이 포식에 의해 파괴된다. 이 잡식성의 정체는 무엇인가.

    모든 것을 먹어 치워 버리는 이 정체불명의 식욕은 우리를 파괴시키고 우리를 벗어난다. 우리에 한정되지 않는 것이다. "세계의 심연을 떠다니는/ 먼지의 질서의 가족의/ 또한 백악기의 식욕"이 된다. 세계의 심연 속을 떠다니는 이 식욕은 그야말로 살아 있는 파괴성이다. 파괴는 주체를 넘어선다. 새로운 주체로의 주체의 대체라는, 이전과 비슷한 공식을 제출하지 않는다. 주체들끼리의 주고받기가 아닌 것이다. 주체의 교체는 탈주라고도 할 수 없을 테니까. 장석원의 시는 질서와 무질서를 넘어서는 무형의 포식자가 우리에게 스며들고 있는 것을 보여 준다. 만약에 앞에서 이야기되었던 미래파의 '비주체'가 있다고 한다면 바로 이런 것이 아닐까. (단 여기서 장석원의 괴물은 발화하지 않음으로써, 주체가 되는 함정을 회피하고 있다는 점도 지적해야 한다.)

아버지를 파괴시키는 것은 아버지와 대척적인 특정한 새로운 주체가 아니라 바로 이 알 수 없는 어떤 힘이다. 이 알 수 없는 힘, 이 괴물은 어디에서 온 이형일까. 어떻게 우리까지 파괴하면서 우리 자신과 공생을 이루는 것일까. 이것을 탐구해 들어가는 것이 의미 있는 일일 것이다. 바로 탈주를 진정한 탈주로 이행시키는 과정이기 때문이다.

잡종은 물론 현대적 탈주의 전형이다. 체계화되지 않으며 정체를 불문하는 것이다. 하지만 기성의 분류 체계에 대한 미래파의 거부와 탈주의 시학에서 보이는 혼종성에 대한 숭배는 역설적으로 현대의 주류 담론의 흐름에 자신을 편입시켜 버리고 말았다. 탈주는 그 자체로 동시대의 슬로건과 극히 부합하는 것이었다. 탈주가 지배적 담론에 속하지 않으려면 어떻게 해야 할까. 일차적인 과제는 지배적 담론의 화두로부터 벗어

나는 데 있지 않을까. 탈주의 일차성을 넘어서 탈주를 탈주하는 데까지 나아가야 한다. 탈주에 매달리지 않아야 한다. 그러기 위해서는 교체나 변형, 단순한 이탈이 아니라 새로운 요소, 새로운 힘을 발견해야 한다. 벗어나는 것이 아니라 판을 쓸어버리는 불명의 침입자, 이 괴물을 포착해야 한다. 장석원이 감지했듯 식탁을 떠돌고 있는 이 낯선 힘 말이다.

많은 사람들의 생각과는 달리 시는 근본적으로 시대와 밀착되어 있다. 단 그 밀착의 본질이 시대적 사유를 의심하는 데 있을 뿐이다. 따라서 시는 가족의 극복이나 탈주와 같은 시대적 담론, 표지(標識)에 휘둘리기보다는 이를 의심해야 한다. 시는 암흑을 품는 것이다. 그 암흑이 무엇으로 불리는지의 논쟁에 치우치지 않고 새로운 암흑을 걸어가는 것이다. 이것이 괴물과 만나는 길이다. 시는 불빛이 없는 쪽으로 서성거려야 한다. 이미 불 밝혀진 곳으로 이동한 뒤늦은 징후가 되지 않기 위해서 미래파는 암흑 쪽에서 암흑을 몰고 올 수 있어야 한다. 우리가 경외하는 것은 암흑 쪽에 있을 것이기 때문이다.

비로소 모든 뚜껑을 열고

— 21세기 우리 시는 무엇인가

2000년대의 시단을 진단하고 앞으로 다가올 2010년대의 우리 시문학에 대해 전망해 보는 의욕적인 기획에 부응하기 위해서는 현재 시단의 전체적인 경향을 분석하고 평가할 광범위한 접근이 필요할 것이다. 이를 위해서는 두드러진 약진을 보였던 경향을 위시하여 새로운 움직임을 보이는 최근의 조짐에 이르기까지, 지속적인 흐름을 생성하는 우리의 문학적 모멘트에 대해 세심하게 살펴보아야 한다. 그토록 많은 시인의 배출과 시집의 출간, 우후죽순처럼 생겨나는 문학상 제도, 잡지들을 달구었던 이러저러한 문학적 담론의 형성이 갖는 의미에 대해서도 관심의 고른 안배가 주어져야 할 것이다. 무엇보다도 세기의 전환기에 이르러 일견 더 뜨거워진 것으로 보이는 시적인 것에 대한 열망과 고투를 해명하는 일이 가장 급선

무로 보이기도 한다. 무엇 때문에 아직, 그리고 더욱 시이고자 하는가. 이 열망은 21세기의 속도 위에서 우리에게 불가피한 창일 수 있는가. 이 모든 일이 어느 것 하나 소홀히 할 수 없으며, 긴요한 것임은 주지의 사실이다. 문학적인 것에 대한 사유는 이러한 다양한 요소들이 가시적으로 착종하기까지 저변에서 오래 끓고 있는 현상들을 다치지 않고 포괄할 필요가 있기 때문이다.

하지만 이 글은 이러한 현안들을 놓아둔 채 우선 소로로 들어서고자 한다. 현안들이 갖는 중요성을 소홀히 해서가 아니라 이러한 것들이 내면화되어 있는 기울기가 작품이기에, 현재의 지표를 가장 뚜렷하게 살필 수 있는 작품에 집중하려는 것이다. 작품이 말하고 있는 것, 혹은 작품이 말하려 했던 것을 통해 문제의 실체에 근접할 수 있다. 작품과 함께 굴절하고, 작업의 한계를 체험할 수 있다. 따라서 우리 문학에서 현재 시적인 것이 무엇이며 무엇으로 확산되고 있는지 연역적으로 전개하고 미래를 전망하는 대신, 이것이 몇몇 시인에게 어떤 모습으로 소환되었는가라는 쪽으로 초점을 이동시키고 생각해 보고자 한다. 아마도 시적인 것은 그 자체로 행군하기보다는 시인들의 작업 속에서라야 제대로 생존하고 있는 것인지도 모른다. 물론 이 몇몇 시인도 시단이라는 현재의 어느 부분일 것이다. 이 일부의 반사를 통해 상황을 다소 유추할 수 있다면 하고 바랄 뿐이다.

그리고 직접적으로 소로에 들어서기 전에 이 글은 약간의 우회를 하고자 한다. 2000년대의 시의 형성에 연동되어 있다고 판단되는 이전 시대의 시인에게 잠깐 주목하려 함이다. 이것은 문학사라는 통행로를 호출하려는 것이 아니라, 오히려 소로를 더욱 소로로 만들어 버리기 위함이다. 이러한 스케치는 현 시단의 성격을 이해하는 데에 작은 실마리를 제공해 줄 수 있다. 시인들이 자신의 문학적 운명을 형성하는 데 있어 부지불식간에 작용했을, 소로에서의 지극히 개별적인 마주침을 상상해 보기 위해 이 우회는 필요하다.

1 징후로서의 장정일과 박상순

2000년대의 시를 예시하는 징후를 찾기 위해서는 1980년대 후반으로 거슬러 올라가야 할 것으로 보인다. 그것은 1980년대가 이후의 시대와 각별하게 시대적 연계를 갖기 때문이 아니라 시대를 앞지르는 어떤 새로운 감각의 출현을 맞기 때문이다. 물론 새로운 감수성이라는 것은 어느 시대에나 예비되어 있는 것은 아니다. 그것은 예측되지 않으며 항상 동시대보다는 미래를 위한 인자가 되게 마련이다. 급변하는 시대일지라도 이 새로움에 대해서는 보수적인 태도를 취할 때가 많다.

장정일은 다소 난데없이 나타났다가 사라진 시인이다. 그의 시대는 물론이고 지금까지도 그를 위한 자리가 제대로 구비되어 있는 것 같지가 않다. 그가 처음 시를 발표한 1984년부터 대표작 『햄버거에 대한 명상』이 출간된 1987년 무렵, 그리고 그가 사라지기까지의 몇 년간 한국문학사는 퍽 역동적인 시기여서 시의 내용 면이나 형식 면에서 창조적이고 실험적인 에너지가 충만할 때였다. 이성복, 황지우, 김정환, 박남철, 최승호 등에 의해 이전에는 찾아볼 수 없었던 시의 여러 가지 양상이 탐구되고 있었으며, 이들은 문학의 한계선을 더 멀리 가져가 돌파하고 있었다. 1980년대에 두드러졌던 이러한 경향을 우리는 진작부터 해체시로 명명해 왔으며 이들이 시도한 이른바 권위의 해체, 시/비시, 창조/모방, 현실/환상의 이분법 해체에 주목한 바 있다.(이혜원, 「시와 해체주의」) 시를 비시와, 창조를 모방과 나란히 배열하는 것은 시의 외관을 파열시키고 시적인 것으로부터 시를 해방시키고자 하는 시도였다. 이제 시라고 생각되었던 양식은 거침없이 난파되는 듯이 보였다. 어찌 보면 모방이나 환상, 비시의 담론이 들끓었던 작금의 시단은 이 격렬했던 1980년대의 열정적 계주의 마지막 후발주자인지도 모른다.

1980년대 후반 장정일의 등장은 물론 이러한 활성화된 움직임의 한 부분일 수 있는데,(따라서 장정일이 해체론자로 분류되기도 하는데) 다만 독특한 감이 있다. 다른 시인들이 싸우고 해체하고자 했을 때, 그가 몰두한 것은 자유가 아니라 보다 개인적 층위의 쾌락이었다는 점이다. 그는 이 세계가 「텅 빈 껍질」이라는 것을 진작부터 알고 있었고, 따라서 거창한 싸움을 할 필요도, 싸움을 피해야 할 진지함도 가지고 있지 않았다. 그에게 세계는 도달하거나 극복해야 할 어떤 공시적 높이를 갖는 것이 아니었고 다만 미천하고 낮은 것이었기에, 자신을 고양하기 위해 성가시게 뒤척이지 않아도 좋았다. 대신 이 세계 속에 거주하는 잠시 동안 그를 붙든 것은 무위와 환각, 향유, 그리고 도망이었다. 그가 자본과 기성의 질서를 거부하는 것이 아니라 샴푸의 요정, 비누 왕자, 험프리 보가트, 햄버거들을 수용하고 환대한 것은 확실히 눈에 띄는 일이었다. 그는 일종의 팝 아티스트였던 것이다. 장정일에게서 유난히 두드러졌던 장르 혼합, 메타시(詩), 패러디 등은 비판적이기보다는 유희적, 감각적, 무차별적인 것이어서 새로운 시대의 시적 징후를 예시하는 것이었지만, 이 낯선 신호는 시대의 거대한 에너지 속으로 흡수되지 못하고 튕겨져 나갔다. 몰이해에 대한 조소라도 하듯 너무 빨리 그는 시단에서 사라진 것이다.

하지만 장정일의 감수성은 1990년대 속으로 흩어져 변형, 수용되었다. 자본이나 물질과의 동거에 대한 감각적, 미시적 체험은 유하, 함민복 들에 의해 세태적으로, 내면적으로, 일상적으로 스며 들어갔다. 자본주의의 발달과 더불어 1990년대라는 변화된 지형 속에 장정일의 요소들은 자각될 수 있었던 것이다. 여기서 주목할 것은 자괴감이나 다소의 아이러니가 들어 있기는 해도 장정일의 후예들은 세계에 대해 거칠거나 비판적 목소리를 결집시키는 쪽으로 기울지 않는다는 점이다. 장정일의 무위와 쾌락이 대타적 경계를 형성시키지 않기 때문이다. 그는 자본의 질서 속에 들어와 있었고, 이를 향락한 쪽이다.

시선집인 『지하인간』을 끝으로 장정일이 완전히 시에서 떠나가게 되는 1991년은 박상순이 등단한 해이다. 박상순은 어느 날 매우 이상하고 새로운 시들을 들고 나타났는데, 1993년과 1996년에 각각 출간된 『6은 나무 7은 돌고래』와 『마라나, 포르노 만화의 여주인공』은 1980년대의 정치적 자아가 갑자기 탈각된, 낯선 개인적 자아를 선보였다. 그것은 장정일처럼 뚜렷하게 개인적 층위에서 온 것이지만 장정일의 무위나 쾌락과는 달리 집중적이고 세계와 단절된, 비극적인 자아였다. 이 자아는 자신에게 오로지 집중하는 것으로 1990년대를 현대적으로 전이, 변환할 운명을 띠고 나타났다. 박상순은 이 운명을 「빵공장으로 통하는 철도」 연작에서 다소 작위

적으로 실연해 보였는데, 역사와 피와 자아를 무덤 속으로 출
몰시킴으로써 한꺼번에 붕괴시키는 효과를 산출했다. 이 과정
에서 그가 시도했던 것은 무덤 속에서 역사의 숙취를 단지 개
인적인 것으로 빼돌리는 것이었고 이때 자아는 노골적인 인질
이 되어 자신을 스스로 유폐시키는 계기를 맞게 되었으며, 그
는 당분간 이 인질을 활용했다.

어머니가 생선 장수 C를 바라보며

경찰관 A에게 말했다

내 아들은 아닙니다

생선 장수 C가 말했다

내 아들은 아닙니다

소설가 B가 말했다

내 아들도 아닙니다

경찰관 A가 나를 향해 말했다

나의 아들 또한 너는 아니다
　　　　──「사랑받지 못하는 너희들에게」 부분, 『6은 나무 7은 돌고래』

풀밭 위에 앉아서 도시락을 먹었다

선생님은 구두를 먹고

아이들은 내 찢어진 반바지와 바구니를

김밥처럼 먹으며

내게 말했다
구두에게 말했다
바구니에게 말했다
―너, 집에 가!
　―「빵공장으로 통하는 철도로부터 6년 뒤」 부분, 『6은 나무 7은 돌고래』

나는 은행나무까지 뛰어갔다
헐떡이며 돌아왔다
(중략)
나는 홀로 돌아와
소리 없이 울었다
가마니를 쓰고 떠나는 사람
오십 개를 그렸다
　―「빵공장으로 통하는 철도로부터 3년 뒤」 부분, 『6은 나무 7은 돌고래』

그날 아침 나는 학교에 가지 않았습니다
우체국 뒷길을 맴돌다
수챗구멍 속에서 나온
개구리 한 마리를 밟아 죽이고

집으로 돌아왔습니다

(중략)

그리고 나는 불을 질렀습니다

──「빵공장으로 통하는 철도로부터 4년 뒤」 부분, 『6은 나무 7은 돌고래』

「빵공장으로 통하는 철도」 연작에서 흥미로운 것은 이 인질이 된 자아가 거세된 자아라는 점이다. 박상순의 자아는 거의 단도직입적으로 단절된 자, 배제된 자로 등장한다. 역사로부터, 제도와 현실로부터, 가족과 관계와 의미로부터 축출당한 자인 것이다. 그는 어머니, 생선 장수 C, 소설가 B, 경찰관 A가 모두 아들임을 부정하는, 보이지 않는 존재이다. 그는 지배 체제의 밖 어딘가에 존재해야 한다. 현실의 상징 질서 속에는 자리가 없는 것이다. 따라서 "너, 집에 가!" 하는 손가락질을 당하거나, 다른 아이들이 서로에게 구슬과 사탕을 주고받을 때 혼자 "가마니를 쓰고 떠나는 사람 오십 개를 그려"야 한다. 그는 "학교에 가지 않"는다. 학교 밖에서 떠돌다가 "개구리를 밟아 죽이"며, "불을 질러" 버린다.

제도 속에 존재하지 않는 자아, 불명의 누락된 자이면서 상징체계에 불을 지르는 이 거세된 자아가 1980년대의 소용돌이를 거치며 1990년대가 만들어 낸 개인적 자아였다. 이 자아는 샴푸의 요정이나 험프리 보가트에 빠져 방에서 뒹구는 장정일의 팝아트적인 자아와 함께 1990년대를 형성했다. 1990년대에 극성했던 개인, 내면, 독백, 자아의 자폐적 층위는 개인의 회복이라기보다는 이렇게 개인의 구축(驅逐)으로 개인을 인식하게 된 결과이다. 거세된 자아를 가시화시키는 것, 전(前)세대와의 단절은 이런 방식으로 가능해졌다. 쫓겨난 자의 비체제적 존재론이 성립할 수 있게 된 것이다.

여기서 중요한 것은 장정일의 무위의 자아와 박상순의 거세된 자아가 공존하는 1990년대를 지내면서 후세대는 햄버거와 광고에 빠지기보다는 학교 주위를 빙빙 돌며 밖에서 배회하는 박상순의 단절된 자아에 밀착했다는 점이다. 다시 말하면 박상순의 단절된 자아가 1990년대, 그리고 이어서 2000년대가 지배적으로 개인을 이야기하는 방식이 되어 버린 것은 후세대의 상상력이 장정일이 아니라 박상순의 자아에 연계되기 시작했다는 것을 의미한다. 이로써 박상순의 긴장되고 어두운 자아가 고유한 몸놀림으로 본격화되기에 이르는데, 후세대의 이러한 선택은 세기의 전환기에 들어선 젊은 시인들의 시 세계의 향방을 시사한다. 가시적이거나 비가시적인 접촉면이 형성되었고, 곧 분기점들이 드러났다. 이 분기점들은 시간이 지나면서 주목할 만한 여러 생산적인 라인을 형성시켰다. 2000년대에 이르러 폭발적으로 활성화된 시단은 이를 증빙한다. 체제 내에서의 소비와 쾌락, 물질적 키치에 몰입하는 장정일적 징후 대신, 세계 밖에 존재하는 억압되고 긴장된 박상순적 징후를 받아들인 것은 밖에서 잠들어 있던 좀비를 건드린 것이 되고 말았다. 순식간에 그것은 아방가르드로, 외래문화나 하위문화로, 괴물이나 유령, 게이 등의 정체성의 혼란으로, 자아의 회귀 불가능한 교란으로 깨어났고, 2000년대의 시인들은 스스럼없이 이 파란을 받아들였으며, 밖에서의 파고를 즐겼다. 거세에 대한 공격이 시작된 것이다.

2 역할놀이 — 황병승, 김민정, 김경주

세기의 전환기를 맞이하여 모험에 들어선 후예들이 활동을 시작하고 있었다. 1980년대의 형식의 반란과 1990년대의 거세된 자아라는 형식과 내용의 선명한 행보를 교차시키면서 발생한 금세기 초의 시편들의 역동성을 담당한 자아는 우선 소년 혹은 미성년으로 나타났다. 소년은 성인의 세계에 진입하지 않은 단계에서 체제 밖에 있는 다양한 문화적 코드를 양식으로 하고, 그것을 감각으로 기립시키며, 자신의 정체성을 휘젓는 것만으로도 충분히 새로운 자아로 준동할 수 있었다. 여기저기서 호응이 일어났다.

"한 소년이 철로변에 누워 기역자로 죽어 간"(황병승, 「원볼 낫싱」) 장면은 2000년대의 표지로 보아도 좋을 것이다. 빵 공장으로 통하는 철도에서 서성거리면 안 된다는 것이 이 표지의 메시지이다. 거세된 자아가 있어야 할 곳을 황병승은 분명히 인지하고 있었다. "떠나기 전 집 담장을 도끼로 두 번 찍"(「주치의 h」)은 황병승의 소년은 이제 "어느 쪽으로 가든 상관 없"(「Cheshire Cat's Psycho Boots_7th Sauce」)다는 것을 깨닫는다. 이것은 소년으로서는 효율적인 통찰임이 분명하다. 무거운 힘을 들이지 않고, 위치가 아니라 역할을 꾸며 보는 놀이가 중요해지기 때문이다.

그에게 자궁이 있는 여장 남자 시코쿠는 으나, 리타, 키티, 메리제인, 아키코, 리사, 미호 등의 여성과 히데키, 카즈나리, 사부로, 장 등의 남성이 교차하는 지점이다. 그에게 여성들과 남성들은 상황에 따라 갈아입을 수 있는 의상과도 같고 또한 순서 없이 진행되는 프로그램이 될 수도 있다. 혼종하는 이 존재들의 어지러운 배열은 이들의 역할이 "숫자 없는 페이지의 연속…… 순서가 뒤섞인 페이지"에 불과하다는 것을 보여 준다. 황병승은 이들을 "하나이면서 모든 것들이, 한순간이면서 모든 순간인 세계로부터 추방되는 것"(「소녀 미란다 좌절 공작기」)으로 봄으로써, 자신의 시를 "추방"된 세계에서 겪는 놀이의 도해로 암시한다. 시코쿠의 자궁은 쫓겨난 곳에서 이 "모든 것들"이 벌이는 역할과 놀이의 도가니일 것이다. 그 자궁은 허위이다. 허위이므로 놀이가 가능하다. 그리고 그것은 애초에 소년이 허위인 것과 다를 바가 없다. 소년이란 아직 운명을 수락하지 않은 것이기 때문이다. 소년은 그 무엇도 아니다.

> 당신을 묘사할 수 없습니다 일에 미친 여자는 매일 아침 나를
> 칼 위에 낳고 춤에 미친 남자는 밤마다 칼을 흔듭니다 무서워
> 서 매일 저녁 입이 돌아가는데
> 아무것도 발음할 수 없습니다

> 나는 귓속말의 세계에서 제외되었습니다
> ──「니노셋게르미타바샤 제르니고코티카」 부분, 『여장남자 시코쿠』

"나"라는 존재가 허위가 되는 것은 황병승 시의 그토록 많은 인물들의 몽타주에서 반복적으로 재현된 것이다. "귓속말의 세계에서 제외되었"기에 존재하는 것은 허위가 된다. "제외"되었다는 것은 존재를 부정당하는 것에 다름 아닌 것이다. 거세된 자의 역할론이 대두하는 부분이다. 정말로 흥미진진한 많은 역할들이 등장하는 것이다. 이 역할들은 체제에 의해 거세되었던 자아들의 흔적이다. 여장 남자나 트랜스젠더는 현실 원칙에서 파문되었던 보이지 않던 존재들이었으며, 황병승이 이들을 불러 역할놀이를 즐기는 것은 제외된 자들을 호명

하는 데 1차적인 의미가 있다. 그는 제외된 존재의 허위를, 이들이 벌이는 역할들의 허위를 가장 장식적인 방식으로 현실화시키는 것이다. 이 장식이 그의 작업을 진경으로 만들어 준다. 당연하게도, 여기서의 역할놀이의 현실화란, 그의 존재들의 허위성이 방향을 바꾸어 "귓속말의 세계" 역시 커다란 허위일 가능성을 떠올리게 하는 것이기 때문이다.

황병승의 「커밍아웃」은 1990년대의 거세된 자아의 순수한 지표일 것이다. 더불어 그에게 놀이만큼, 역할놀이를 통한 커밍아웃만큼 효과적인 것은 없다. 그는 체제 밖에 있는 자아가 할 수 있는 소꿉놀이에 최대한의 연극적 장치들을 동원한다. 트랜스젠더의 놀이는 퍽이나 다채롭고 진지했기에 우리는 이 놀이에게서 놀이의 가역성을 빼앗고 현실을 탈골시키는 무거운 임무를 때로 체감하기도 한다. 비록 그가 현실에 대한 공격이라는 직접적 방식을 역할들에 부과하지 않을 때에도, 그는 이미 우리에게 진입해 있는 이 놀이 도구들을 동원하면서 그 도구들의 공소한 "트랙"을 계속 돌고 있는 공허한 주자를 떠올리게 하는 면이 있다. 따라서 그가 "들판의 별"을 의식하는 어떤 순간에, "악기는 아직도 어둡고 격렬하다"(「왕은 죽어가다」)고 저항할 때, 그는 연주란 트랙 안에서라야 계속 소리를 낼 수 있는 허위임을 깨닫고 있는 것으로 보인다.

역할놀이에 있어 황병승의 트랙을 넘어선 정황이 김민정

에게서 전개된다. 아니 김민정에게서는 트랙이 발견되지 않는다고 말하는 것이 적절할 것이다. 황병승의 인물들이 이질적이고 혼종적인, 그러면서도 "귓속말"의 세계와 유비를 이루는 어떤 혼탁한 이데올로기들의 침전물들이라면, 김민정의 등장인물들은 그러한 이데올로기들을 경유하지 않은, 중력이 없는 세계의 활성탄과도 같이 움직인다. 따라서 그들은 허위라는 명칭을 붙일 수도 없을 정도로 만화화한다. 우리는 만화를 보면서 굳이 현실의 맥락을 떠올리지 않는다. 만화에는 만화 자체의 문법이 있는 것이다.

김민정의 화면들은 1990년대의 거세된 자아가 쫓겨난 곳은 말할 것도 없고 거세의 순간을 잊은 듯이 활력과 소동으로 넘친다. 그것은 원본을 알지 못하는 애니메이션을 방불케 할 정도로 다양하고 개성적인 캐릭터들이 전쟁을 벌이는 활발한 무대이다. 픽사나 드림웍스에서 제작했을 성싶은 동물과 인간들의 매개물 같은 존재가 나타나는 것이 부지기수이며, 모습과 행위에 있어 무성적이거나 양성적인 시끄러운 존재들이 빼곡히 들어차 있다. 자위하는 고등어 부인, 산란하는 플라스틱 금붕어들, 베개 속에 짜부라져 있는 두꺼비 왕자, 통닭 배달 아저씨 뒤로 꼬리에 꼬리를 물고 떠가는 닭들, 문어 전골을 끓이는 문어 주방장, 눈알팔이 소년들, 젖소 아줌마, 눈알들이 떠다니는 유리병을 안고 사라지는 가재발 달린 집게벌레들은 여러 가지 자극적 놀이를 벌이고 있는 김민정 식의 독특한 주인공들이다. 그리고 이를테면 다음과 같은 화면에서,

아빠가 나눠 준 족집게로 오뚝이들 차례차례 내 머리칼을 뽑아
댄다 나이스 풀러, 예 좋아요, 좋아 그치만 한 번에 딱 한 가닥
씩이오 머리칼이 뽑혀 나가 입 벌어진 모공 속에다 엄마는 색
색의 셀로판지로 깃대 단 이쑤시개를 꽂아 넣는다. 쑥쑥 잘 크
거라 내 나무야 엄마가 물조리개로 물을 뿌려 주자 나는 화살
이었다가 우산이었다가 낚싯대였다가 장대높이뛰기용 장대로
키 자라는 한 마리의 거대한 고슴도치가 되어 뾰죽뾰죽한 털들
을 비벼 대기 시작한다 울울창창한 가시 숲에서 색색의 단풍이
물들어 나리자 여기저기 날아든 담뱃불로 지져진 내가 폭죽처
럼 하늘을 향해 쏘여진다 색색의 꽃방석을 뒤집어쓴 채 날으는
고슴도치 한 마리, 사방팔방 불붙은 가시를 발사한다
        ─「날으는 고슴도치 아가씨」부분, 『날으는 고슴도치 아가씨』

아빠와 엄마의 합작품으로 고슴도치가 탄생하는 장면은
잔혹하기보다는 코믹하다. 이쑤시개를 꽂아 넣었더니 그것이
화살, 우산, 낚싯대를 거쳐 가시가 되고, 이윽고 날아다니는
고슴도치가 되어 그 가시를 발사하는 발상은 현실의 은유가
아니라 물질세계의 환유로 편집된 드라마이다. 아빠와 엄마와

고슴도치가 된 나는 무차별적 행위의 대리인으로 접목되며 행위의 물질성 속으로 유쾌하게 사라진다. 애니메이션이 잔인하고 극단적이고 폭력적이어서 과도한 피를 쏟는 것은 애니메이션이 현실과의 즉자적 유비에서 벗어나기 때문이다. 그것은 현실에 등록되려 하지 않는다. 대신 스스로의 과잉을 먹고 살아가길 택한다.

애니메이션의 특징을 물려받고 있는 김민정의 잔혹극에는 칼질은 있지만 현실의 피는 없다. 더 정확하게 말하면 정물화된 피이기에, 흐르지 않는다.

이미죽은내가 엄마아빠의 잠옷을 벗기고 속옷을 벗기고 바리깡으로 몸에 난 모든 털을 깎는다 이미죽은내가 엄마아빠를 깨끗이 물에 헹구고 탈수기에 넣어 탈탈 말린다 이미죽은내가 쇠도끼로 엄마아빠의 머리뼈와 종지뼈를 쳐내 그걸 고아 프림색 국물을 우려낸다 이미죽은내가 엄마아빠의 살을 조근조근 손톱깎이로 뜯어 홈을 판다 이미죽은내가 엄마아빠의 뜯긴 살집에 손을 넣어 큼직큼직하게 살점을 떼어낸다 이미죽은내가 떼어낸 살점을 조물조물 납작납작 주물러서 국솥에 떨어뜨린다 이미죽은내가 엄마아빠의 깎아놓은 털에 말간 뇌수액을 붓고 끈적끈적한 혈장을 버무려 양념장을 만든다 이미죽은내가 엄마아빠의 발라놓은 뼈에 비계칠을 하고 불을 붙여 국솥의 아궁

지를 달군다 이미죽은내가 링거바늘로 뽑아둔 엄마아빠의 피
로 국물 간을 맞춘다 이미죽은내가 엄마아빠의 살수제비가 팔
팔 끓고 있는 국솥 앞에서 감사의 기도를 올린다 이미죽은내가
엄마아빠의 살수제비를 후후 불어 떠먹기 시작한다

        ——「살수제비 끓이는 아이」 부분, 『날으는 고슴도치 아가씨』

    시 속의 온갖 그로테스크한 행위들, "쇠도끼로 엄마아빠
의 머리뼈와 종지뼈를 쳐내"는 장면은 애니메이션의 문법에
속한다. 역할놀이 그 자체의 과잉과 간결한 성분만이 존재하
는 것이다. 중력이 현실의 법칙에 대한 은유라면 김민정의 중
력 없는 세계는 트랙을 돌지 않는 에너지의 과도함 그 자체이
다. 그 과도함이 "약속을 못 했기에 우리에겐 내일이 있다"는
과도한 포옹으로 이어진다. 그리고 그녀의 "처음, 느끼기 시작
했다"는 고백 속에는 이 과도함의 의미와 무의미가, 역할놀이
에 대한 신산한 통찰이 엇갈리고 있다. 놀이가 끝나면 돌아갈
곳은 어디인가. "내 아들도 아닙니다" 하는 어른들뿐인데.

    무대를 마련하고 진행 중인 역할놀이를 담당한 것이 다
름 아닌 언어임을 실토한 예가 김경주이다. 3막으로 구성된
『기담』은 언어들의 등장과 활공으로 구성되어 있는데, 모든
역할놀이의 진원지가 언어임을 설파한 메타극이라 할 수 있
다. 그는 여기서 자신의 모든 것, 상투성과 낭만성, 방랑성, 그

리고 호전성을 날것으로 담당하는 언어를 한껏 예우하지만 언어의 신성함을 믿는 것은 아니다. 언어가 반복되는 역할로 인해 다소 시들 때에도 그는 무대를 빠르게 회전시킴으로써 언어들이 자각할 틈을 주지 않는다. 그는 언어를 부리는 자이고, 이 부림의 성격을 잘 이해하고 있다. 그에게 "우리들 생의 배우이며 배후인 언어"(「제1막 인형의 미로」)는 밖의 세계의 임시군 또는 예비군과 같아서 상황에 따라서 충분히 동원되길 기다리는 유동적 적체를 이루고 있다. 그에게는 언어가 미성년인 셈이다.

그의 「연출의 변」에 주의를 기울일 필요가 있다. 그는 "무지개를 잡아 오는 것으로 성인식을 치르는" 한 아프리카 부족을 이야기하면서, 그들이 결국 무지개를 잡지 못해 마지막 남은 화살은 눈알에 박아 버리는 죽음을 맞이하게 된다고 연출자로서의 최후진술을 한다. 그리하여 아무도 이 관문을 통과하지 못해, "성인이 존재하지 않는 그 부족은 멸종해 갔다"는 것이다. 성인이 된다는 것은 왜 무지개를 잡아 오는 것일까. 무지개를 잡으러 떠나는 야심에 찬 언어들의 활주는 사실상 무용하고 불가능한 시도에 대한 경고의 메시지를 담고 있다. 언어는 의미 세계를 포획할 수 없으며, 영원히 그 밖에 머무를 수밖에 없다. 하지만 언어의 이 자명한 운명을 언어의 독자적 메타포로 고전적으로 활용하기보다 김경주는 언어가 제 눈을 찌르고 성인 세계로의 진입이 불가하게 되는 원인으로 설정한다. 이 같은 언어의 누추한 운명은 언어를 예언자나 존재자가 아니라 배우로 소환하게 하는 동기이다. 이제 그는 이러저러한 요소들을 잘 속행(續行)하는 언어의 연기론이 가장 현대적인 미학이 되어 버렸음을 실천한다. 그의 시집은 성인 세계를 보지 못하는, 성인의 언어가 사용되지 않는 『기담』이며, 그런 의미에서 언어의 난장이 펼쳐지는 팬터마임 같은 것이다.

김경주는 미성년이라는 것이 그 일찍이 최남선에게서부터, 무엇인가를 도모하려 할 때면 동원할 수 있는 적절한 허구라는 것을 이해하고 있다. 그리고 이것을 최대한 활용하려 한다는 점에서 연출자의 감각을 구비하고 있다. 그는 언어의 미성년 놀이를 끝내면 안 된다는 것을 알고 있는 것이다. 하지만 너무도 보잘것없게, 소년은 진화한다. 모든 역할을 해 보지도 못하고 체계 속으로 들어가는 것이다. 또는, 그보다 더 나쁜 것이지만, 소년인 채 낡아 간다. 낡은 소년은 소년이 아니다. 따라서 소년을 최대한 지연시켜야 하는 것이 그를 유랑하게 만든다. 그는 "시차의 눈을 달래"는 것이 아니라 시차를 확보하기 위해 떠돈다. 언어와 무지개의 시차 속에서라야 그는 활공하는 것이다. 여기에 그의 딜레마가 있다. 어쩌면 세계는 그 자체 시차가 없는 것일지도 모르는 것이다.

3 탈락의 넓이 —— 조연호

1990년대의 거세된 자아가 2000년대에 들어와 벌인 여러 가지 역할놀이들이 기존의 정체성을 조롱하면서 다른 진영에서의 정체성놀이를 발생시키고 보관했다는 점으로만 보면, 전통적으로 애용되었던 가면의 효과는 젊은 시인들에게서도 지속되었던 것으로 보인다. 이 놀이는 가면을 씀으로서만 가능한 존재의 소환을 야기하는 것이다. 자아는 이전에 볼 수 없었던 게이나 트랜스젠더, 날으는 고슴도치 아가씨로 자유로이 행동반경을 조정할 수 있다. 이렇게 진영을 달리하여 캐릭터와 문법을 새로 설정하거나 보수(補修)하는 것은 몸이 날랜 척후의 일이다. 그리고 한편으로 전위라는 것은 이와 같은 새로운 가면, 아니 표현을 도치시켜 가면을 새롭게 만들 수 있는 순발력의 문제로 보이기도 한다. 그들이 가면의 문법을 이전보다 더 효과적으로 활용할 수만 있다면 말이다.

2000년대의 여러 시도들 중에는 이와는 좀 상이한 방식도 있다. 가면을 바꾸는 것이 아니라 거세된 자아가 주변을 둘러보고 더 이상의 의미 체계가 효력을 발휘하지 않음을 발견하는 것이다. 의미가 무효로 변하는 순간을 포착하는 이 작업은 그렇게 몸을 이동시키거나 어떤 새로운 놀이를 요구하지 않는다. 자아는 자신이 "귓속말"의 세계로부터 구축되었을 때,

그것이 다름 아닌 의미의 세계로부터의 구축이며, 자신이 밀려난 곳이 유력한 상징의 고리가 풀리는 지점이라는 것을 증언하는 자가 된다. 이 증언은 물론 성실한 채록만으로 이루어지는 것은 아니다. 그것은 때로 의미의 낡은 결절 지점에 대한 감각적 포착과 이의 제압이라는 보다 집중적인 힘의 분산을 필요로 한다.

조연호에게 이 작업은 표면적으로는 여러 방면에서, 때로 사소한 감상이나 우주적 명상으로, 때로 감각과 의식의 간극으로, 그리고 보다 많은 말들의 물질적 교합으로 진행된다. 이제 기호와 의미의 무의식적인, 패턴화된 조응이 사라지고 어떤 종류의 조응이 이루어지기 직전의 현란한 사태가 분별화되어 펼쳐지든가,("아버지와 하녀 사이에 도착하기 전에 비는 죽는다."—「고전주의자의 성」) 그 조응의 순간이 뒤집히는, 기호와 의미의 무차별적 교환이 등장한다. 그러나 이것은 좀 더 들여다보면 보다 섬세한 자각과 솜씨에 기인하는 것이다.

하늘의 문자에서는 분무 살충제를 뒤집어쓴 벌레처럼 소름끼칠 정도로 아름다운 소리가 들려왔다.
고전주의자로서의 나는 별의 운동을 스스로 지켜볼 수 있기 때문에 별과 나 사이가 투명하지 않다고 여긴다.
전달에 대한 의문은 거기서부터 시작해서

성난 가족의 얼굴을 보는 것만으로도 분노에서는 평화로운 멜로디가 떠올랐다.

달 앞의 우리는 외양간 같은 영혼을 숨기기 위해 작은 판이 되어 있었다.
내가 너를 갚아 줄 것이다.
물 밖에서 자기의 이해되지 않는 몸을 바라보았던 흔적이 밤에겐 적혀 있다.
내가 너에게 겨를 묻혀 줄 것이다.

(중략)

웅덩이와 달라붙은 남자여, 나는 소년의 이름을 그렇게 불렀다. 이별은 보통의 추위처럼 격벽 밖에서 쓸쓸한 것들과 달라붙고 있었다. 깊은 잠을 상속받은 사람은 (자동)떨어지다, (타동)떨어지다, 이등변에서 얼마만큼 탈락의 넓이를 가질 수 있을 것인가.
나는 붙이면 없어지는 그런 표현이 된다.

가장 밑에 고인 바람을 움직이기 때문에 나는
머나먼 인간을 별의 이행시대라고 부를 수 있다.
계는 방점에서 결점으로 이행한다.
나는 소맥을 한 줌 쥐고 '그리하여, 만일'이라는 우주 한가운데 떠 있었다.

—「천문」부분,『천문』

조연호 시에서 전형적으로 찾아볼 수 있는 관습적인 지평의 탈각은 의미의 각도를 요구치 이상으로 꺾어 버림으로써 의미 발생을 저지하는 전면전에서 비롯하여 의미의 반대의 지점을 탈환, 생산하는 데 이르기까지 의미의 무력화를 기도하는 치밀한 기획에 의한 결과이다. 그는 이 기획을 통해 완강하고 근심에 차 있는 말들의 방목을 거쳐 기호의 실패라는 상태에까지 더듬어 나아가고자 한다. "분무 살충제를 뒤집어쓴 벌레"의 "소름 끼칠 정도로 아름다운 소리"나 "분노에서는 평화로운 멜로디가 떠올랐다"는 의미의 무력화에서, "내가 너를 갚아 줄 것"이라는 기호의 실패로 나아가는 것이 그 한 예이다. 도처에서 이해되지 않는 말들이 서로를 난처하게 겨냥하고 있다. 그리고 의미의 소멸이나 치환이라는 현상이 대담하게 기호를 실패케 하는 곳에는 기호의 무산이라는 금단의 사과가 매달려 있다. 생각해 보면, 의미와의 싸움이 아니라 기호들의 쾌락이 문제가 아니었던가.

조연호 시가 자리하고 있는 국외성, 그가 「맹지(盲地)」라 일컫는 곳은 확실히 이전의 시들에서 그 정도를 찾아볼 수 없는, 상징체계와의 불연속성을 특징으로 하고 있다. 이곳은 말의 다른 초대와 뉘앙스가 활보하는 곳이다. 언어는 자신의 계통 속에서 처리되기를 기다리지 않고 그 처리를 거절함으로써, 처리의 체계를 가시화시키고 붕괴시킨다. "웅덩이와 달라붙은 남자"는 웅덩이에 빠진 남자가 아니다. 남자는 웅덩이 속으로 도식적으로 함몰되는 것이 아니라, 불가능하게도 웅덩이 그 자체가 된다. 이로써 언어의 잊혀진 계기성이 노출되고, 언어의 새로운 시연이 전개된다. 언어는 자신의 등록을 원천적으로 거부하고 있다.

기획이든, 쾌락이든, 조연호 시의 가능성은 그가 거세, 탈락을 순연하게 받아들이고 있는 데서 비롯된다. 그는 탈락이라는 것을 다른 방식의 개입에 의해 희석시키지 않는다. 한마디로 탈락을 다른 무엇과도 바꾸려 하지 않는다. 그가 가질 수 있는 가장 큰 것이 역설적이게도 "탈락의 넓이"이기 때문이다. 그를 어느 곳에도 붙일 수 없다. 탈락은 한 지점에 집결되지 않기 때문이다. 그런 까닭에 그는 "붙이면 없어지"게 되고 만다. 조연호의 시가 불편할 정도로 확장되고 "우주 한가운데 떠 있"을 수 있는 것은 그가 이 탈락을 아마도 성심껏 실행하고 있기 때문이다. 하지만 바로 그와 같은 이유 때문에 그는 기호의 무산이라는 금단의 열매 앞으로 지속적으로 돌아갈 수밖에 없다. 과연 이 열매에 손을 뻗어야 할 것인가. 그는 기호들을 완전히 무장해제시킬 수 있을 것인가. 탈락의 넓이는 과연 어디까지인가. 이곳에 당도했던 선배 시인들의 예를 보건대, 어떻게 해도 남는 것은 열패감일지도 모른다.

4 경계의 교란 — 김언

조연호가 의미의 거절이라는, 언어 상징이 무효가 되는 순간의 증언자라면 김언은 의미, 사건, 체계의 생성과 성장을 직면하고 가상하는 증언자이다. 그는 조연호처럼 체계의 밖에 있는 듯하지만 의미를 무화시키기보다 의미가 어떻게 발생할 수 있는가에 관심을 기울인다. 그는 로고스를 그렇게 적대적으로 바라보지 않는데, 왜냐하면 작동하는 모든 것은 생각처럼 기계적이고 강인한 것이 아니라, 가까스로 유지해 나가는 생명체에 가깝기 때문이다. 생명체가 생명과 죽음의 혼합체이듯이, 의미나 사건은 발생과 소멸을 거듭해 나가는, 때로 방향 없이 무모하게 역류하는 어떤 현상에 가깝다. 이 현상은 쉽사리 지속되지 않는다. 어쩌면 이에 다가가기 위해서는 현상 자체를 부축해야 할지도 모른다.

김언에게 세계는 설득력 있는 경계를 가지고 있지 않다. 그것이 그가 경계에 주목하는 이유이다. 그에게 의미는 의미적이지 않으며, 체계 역시 체계를 갖추고 있지 못하다. 이 충분치 않음이 그를 각성시킨다. 그렇다면 사건은 도대체 어떻게 위장되는 것인가. 그를 거세시킨 저 '의미' 코드는 과연 타자인가. 그는 정말로 거세된 것인가.

이 소설의 등장인물이 그들의 주요 서식지다. 사건과 사건을 연결하는 등장인물은 광대하고 모호하고 그만큼 일처리가 늦다. 기다리는 것은 사건이다.

섣불리 움직이는 사건을 본 적도 있다. 그들이 인물을 파고드는 순서는 사건이 일어나는 순서와 무관하다. 이 소설을 보면 시간도 결론을 내리지 못하고 공간도 누군가를 향해서 뛰어들지 않는다. 누군가를 중심으로 사건은 모이지도 않는다. 고유 번호처럼 인간의 본성은 여전히 암흑이다. 난장판에 가까운 그들의 서식지는 사람의 서열을 따지지 않는다.

(중략)

종결된 사건은 더 이상 책을 만들지 못한다. 자신의 몸이 공간이라고 생각하는 사람은 이제 책을 덮고 한 권의 소설이 될 것이다. 그것은 밤하늘의 천체처럼 빛나는 궤도를 가지지 않는다. 스스로 암흑이 되어 갈 뿐이다. 소문처럼 텅 빈 공간을 이 소설이 말해 주고 있다. 등장인물은 거기서 넓게 발견될 것이다.

———「사건들」 부분, 『소설을 쓰자』

「사건들」은 자아를, 자아의 보다 물화된 형태인 인물을 덮치는 사건에 대한 보고서이다. 우선 사건이 시간과 공간을 유의미하게 접촉시켜 인간을 통해 발현되는 것이라 본다면, 사건은 분명 기투된 인간이 인간을 행사하게 만드는 의미 체계의 일환이라 할 수 있다. 사건은 개인의 한 특유한 결집을 불러일으킨다. 자아가 출현할 수 있는 지점이며, 그 지점을 선점하고 있는 것으로 보이기 때문이다.

하지만 김언은 이렇게 유의미한 사건이란 것이 선험적으로 인간을 배제한 체계로 존재하지 않는다고 생각한다. 사건이 의미 있는 것은 그것을 의미 있게 만드는 "서식지", 즉 인물 때문이지 그 역은 아니다. 의미의 체계라는 것은 인간에게 걸릴 때 움직일 수 있는 고리와 같은 것이다. 그렇지 않으면 쓸모없이 공전하는 고리에 지나지 않는다. 어떠한 형태로든 인간을 배제한 의미나 체계라는 것은 무의미한 허사에 불과하기 때문이다. 그런 의미에서 거세된 자아라는 것은 자아를 일시적으로 유보시킨 지적 편향이나 설정일지도 모른다. 사건은 오히려 인간에게 구애하고 있다. 김언의 시는 외재적 거리에서의 사건이나 의미의 무화에 관심을 갖기보다 그것이 작동하는 경로를 추적하려 하는 쪽에 가깝다. 그는 사건을 모형화시키고 분발케 한다. 하지만 이를 기대하는 자에게 사건은 부정확하기만 하다. 그것은 인물을 "기다리"고, "섣불리 움직이"고,

순서도 없으며, "모이지도 않는다". 사건이나 사건이 유발시키는 의미가 뚜렷하게 개인에게 결집되는 것도 아니다. 사건의 가능성 자체가 선재하는 계기가 아니라는 것을 그의 시는 역설하고 있다.

그렇다면 대체 사건, 나아가 우리를 분리시키고 거세시키는 의미를 가능하게 하는 것은 무엇인가. 만약 의미가 상상되는 것이라면, 만약 "사건 다음에 문장이 생기는 것이 아니라 문장 다음에 사건이 생긴다"(「이보다 명확한 이유를 본 적이 없다」)면, 김언에게는 거세된 자아가 불가능하다. 그에게는 유의미한 사건이라는 것은 자아의 등장('문장')을 필요로 하는 것이기 때문이다. "귓속말"의 세계는 그것을 가정하거나 의식하는 '나'라는 자아가 없이는 불가능하다. 따라서 원칙적으로 자아의 배제는 말할 것도 없고 이분된 영역은 존재하지 않는 것이어야 한다. 경계는 교란되었다. 그는 말하고 있다. "등장인물은 거기서 넓게 발견될 것이다."

물론 김언에게 등장인물 역시 확정적이라기보다는 언제나 만들어지는 중이다. 그리고 그에게 "인간의 본성은 여전히 암흑이다". 그는 확실히 어떠한 성격의 자아를 기반으로 하는 것에 관심이 없다. 자아는 선명한 구도의 체현물이 아니라, 그의 많은 시를 보건대 차라리 '거품'이나 '바람', '유령'과 같은 것으로 존재한다. 자아의 발생은 사건이나 의미의 발생만큼이나 몽매한 것에 지나지 않는다. 그에게는 애초에 역할이나 놀이를 떠맡을 자아가 존재하지 않는 것이다. 더불어 경계 밖에서 경계 안의 세계를 무화시키고 둔화시킬 기획도 매력적이지 않다. 그는 부정이나 회의보다 생성에 기우는 것이다. 그에게이 세계는 무력한 산물이다.

김언의 글쓰기는 과도한 부정과 비틀기라는 2000년대 초반 우리 시단의 과부하가 걸린 성향에 다소 거리를 갖는 것이면서도, 또 한편으로 보면 경계와 영역을 도식화한 동시대적인 공유를 탈수시키고 있다는 점에서 더 과격한 문제 제기로 보이기도 한다. 그는 전략 자체를 달리함으로써 온건하기 이를 데 없는 급진의 양상을 보인다. 단어나 문장, 사건에 대한 그의 진술은 억압된 적대성을 전위로 갈음하거나, 불편한 대립 구도에 의지하지 않는다. 그는 사건과 인물을 잊고 그것들을 불러내는 듯이 보인다. 중요한 것은 발생된 것이 아니라 발생하는 것이며, 발생에 참여하는 요소들의 짧은 관련인 것이다. 그는 발생시킴으로 현시할 뿐이다. 이것이 그의 시를 항상입장보다는 관찰 편에 서게 한다. 비록 관찰이라는 것이 어느 순간 또 다른 입장으로 환원되는 것이기는 하지만 말이다.

5   전망

　2000년대의 시인들은 거세되고 단절된 자아라는 1990년대의 기류를 유효하게 호흡했다. 그들은 체제 밖에 있는 미성년으로, 성이나 역할에 있어 확정된 정체성을 갖지 못하는 존재들의 놀이로, 거절과 미결의 언어들로 이 자아를 조우했다. 때로 강한 부정과 일탈에도, 회의와 교란에도 이것은 언뜻 내비쳐졌다. 각자의 전열을 다듬는 방식 속에서 이를 내향적으로 소진시켜 왔던 것이다. 거세된 자아에 몰입하고, 이와 대결하고, 이로부터 성장해 가면서, 스스로를 내파해 가는 힘은 강력하여 시의 영역과 가능성이 새로이 실험되었고, 우리는 다시 시로 인한 사유와 감각의 극지를 탐험하게 되었다. 그리고 이들의 의욕에 찬 포진과 화려한 실험을 가리켜 2000년대의 전위라 부르기도 했다. 역사적으로 볼 때 부정은 아방가르드에 늘 진지를 구축해 왔던 것이다. 젊은 시인들에 의해 진행된 이 작업은 불연속적 연대를 형성하는 듯 보였고, 이들의 중심에 황병승, 김민정, 김경주, 조연호, 김언들이 있었다. 대등하면서도 다소 차별적인 전략들을 구사하고 있는 이들은 현재 시단의 가장 유니크한 모험 지대라 할 수 있다. 놀이나 자아, 의미, 경계, 문장을 둘러싼 각개격파가 진행되었고, 각자의 과정 속에서 문제는 예각화되어 갔다.

생각해 보면 문학은 거의 언제나 전 세대에 대한 응전의 성격을 띠는 것이지만, 대체적으로 보아 현금에 이르기까지 우리의 시문학은 삶의 제반 조건과 이에 처한 인간의 내면적 상황에 대해 긍정과 부정의 대립적 시각을 되풀이하여 견지해 왔다고 할 수 있다. 서정시 계열이 주로 긍정에 기울었다면, 리얼리즘이나 모더니즘은 반대로 부정의 힘에 의지해 왔던 것으로 보인다. 1970~1980년대의 가열했던 리얼리즘의 직선적 부정에 비하면, 1990년대 이래로 현재의 만화방창의 모더니즘 시단이 치르고 있는 부정의 네트워크는 보다 가볍고, 다양하고, 무목적적이다. 실제적이거나 가상적인 상흔에 의지하고 또 이를 밀어내기 위해 이토록 다양하게 전진할 수 있다는 사실을 보건대 부정의 힘은 분명 놀라운 것이라 할 것이다.

이 부정의 힘이 다가올 2010년대의 시단을 또 어떻게 넓혀 나갈지 기대해 보지만 예단하기는 쉽지 않다. 아이러니하게도 부정의 창의성이라기보다는 부정의 압도적 팽창 때문이다. 이전에는 문학 내의 소수를 차지했던 부정의 아웃사이더들이 오히려 문학의 전체 경향을 탐지케 하는 기능을 수행했다. 그들은 다가올 미래를 예감하게 하는 선두의 표시자였다. 이에 비해 현재 젊은 시인들의 작업은 고도(高度)의 난점을 지니고 있음에도 불구하고 문학의 장 안에서 널리 공유되고 있으며 생산과 소비의 동시적 유통이 이루어지고 있는 실정이다. 이들의 모험은 어떤 방식으로든 이해되고 있다. 전위의 가장 큰 특징이었던 아웃사이더적 경향이 사라져 버린 것이다. 동시에 전위의 선시대성이 동시대성으로 모습을 바꾸어 버린 형국이다. 젊은 시인들의 모험은 한편으로 코드화되었고, 파일은 풀려 가고 있다.

2000년대에도 그러했지만, 다가올 2010년대의 시인들의 작업은 아마도 이와 같은 위기를 스스로 부각시키는 가운데 필사적으로 이루어질 것이다. 자신의 시가 새로움이라는 낙후됨을 부추기는 방향으로 놓일 수 있다는 위기감 말이다. 더욱이 "문학 자체가 문화의 아웃사이더가 된 시대"(보토 슈트라우스, 『커플들, 행인들』)에 비대해진 부정의 육체가 수행할 수 있는 일이 무엇인가 하는 고민이 겹쳐진다. 문학은 점점 주변화되고 문화의 변방이 되어 가는데, 아니 더 비관적으로 말해 침몰해 가는 배와 같이 되어 가는데, 이 기울어 가는 배에서 부정은 예봉을 제대로 휘두를 수 있을 것인가.

역설적이지만 이렇게 앞뒤로 곤란하기에, 우리는 젊은 시인들을 바라보고 시의 진전을 기대하는 것이다. 자신의 비대해진 육체를 의심하면서, 스스로를 탈피하는 형식의 모색이 과연 가능할 것인가. 부정은 보다 과감하게 도전하고 도전받을 수 있을 것인가. 이러한 자문과 함께 각자의 모험이 충분히 공허한 공전을 유지할 수 있기를 바라는 것이다. 모험은 아주 멀리서, 동행보다는 독자적으로 진행되어야 모험적일 수 있기 때문이다. 이 모험 속에서는 그들을 선명하게 만들어 주었던 긍정과 부정의 몸이 구별되지 않을 수도 있다. 부정의 형식이 긍정을 무겁게 견디고, 부정을 유지하는 것이 곧 긍정을 전면화시키는 입체적 부정이 될 수도 있는 것이다. 긍정이든, 부정이든, 21세기의 시의 운명은 각자의 형식으로, 문학의 도난이라는 미증유의 사태와 가상 전쟁을 벌여야 하기 때문이다. 그리고 한편으로 이 전쟁이 무색하게 문학은 예기치 않은, 또 다른 도래를 준비하고 있는지도 모른다. 이제 모험가들의 시는 비로소 모든 것의 뚜껑을 열어 두고 모험에 돌입하게 될 것이다.

한국 아방가르드 시의 계보에 대한 노트

한국의 아방가르드 시와 그 전개에 대해 논의하는 것은 2010년대에 이른 지금, 보다 흥미로운 일이 될 수 있다. 그렇지만 기본적인 몇 가지 어려움을 지적해야 하는데, 우선 아방가르드라는 개념이 서구의 역사와 문화를 배경으로 탄생하고 변모해 나갔다는 점이다. 주지하다시피 아방가르드는 프랑스의 사회운동과 역사에 기원하고 있으며 최초로 그 용어가 태동한 것으로 알려진 생시몽(C. Saint-Simon)의 글("왕족이나 귀족같이 게으른 자들과는 달리 인습적인 권위와 전통에 맞서고, 사회의 발전을 앞당기는 사람."—「어느 제네바 주민이 동시대인들에게 보내는 편지」)에서 1820년대의 아방가르드 예술로의 발상("우리가 진정한 아방가르드라고 부를 수 있는 사람은 예술가다."—로드리게, 「예술가, 과학자, 생산자」)로 이어지기까지, 그리고 19세기를 넘어

20세기에 이르기까지 사회변혁 운동이나 이와 관련된 예술 사조의 성장과 퇴조에 밀접하게 연결되어 있었다. 즉 파리 코뮌에서부터 양차 대전에 이르는 시기의 사회적 진동의 경험들과, 예술에서는 보들레르(C. Baudelaire), 랭보(A. Rimbaud)를 지나 세기의 전환기의 미래주의나 다다, 초현실주의 같은 다종한 급진적 예술의 역사가 아방가르드의 역사와 겹친다는 것이다. 서구의 아방가르드는 이러한 배경과 무관하게 순수하게 개념적인 자각 상태로 논의될 수 있는 것이 아니다.

물론 아방가르드에 대한 논의가 진행된 곳이 프랑스만은 아니며 이탈리아나 러시아에서 특종의 역사를 형성하기도 했다. 특히 혁명의 소용돌이에 휘말렸던 러시아에서는 정치의 예술화나 예술의 정치화와 같은, 초기 아방가르드가 내장했던 유토피아적인 프로젝트의 실현을 둘러싼 보다 과격한 논의가 진행되기도 했다. 이 논의는 일면 복잡한 것이기도 하다. 러시아 아방가르드를 해체시킨 것으로 생각되는 스탈린 식의 사회주의 리얼리즘을 만들어 낸 것은 바로 아방가르디스트들 자신이었으며 이 사회주의 리얼리즘은 한편으로 "아방가르드의 꿈을 실현"(보리스 그로이스, 『아방가르드와 현대성』)한 것으로 비쳐지기까지 하는 것이다.

따라서 각국에서 상이한 경험을 지니는 아방가르드의 위상을 다만 이론적으로 압축하는 것은 쉽지 않다. 양국의 경우를 살펴보건대 아방가르드는 쉽게 일반화되지 않는, 시대적인 변천의 양상과 더불어 존재하며, 이 배경 안에서 논의되는 것이 보다 적절하게 보이는 것이다. 그러므로 한국의 아방가르드를 논의하는 것은 당연하게도 격변해 온 한국의 현실적 맥락과의 연관을 필요로 할 것이다. 최초에 아방가르드는 사회의 혁신이라는 동기로 발생한 운동이며, 이 동기는 아방가르드의 예술적 전환 속에 부단히 잠재되어 있기 때문이다. 하지만 역사적 상황으로 논의를 확장시키는 것은 이 짧은 한 편의 글에서 혼란과 어려움을 가져올 것이다.

둘째, 역사적 맥락 속에서 용어의 배경과 성장을 추적해야 하는 어려움에 덧붙여, 이를 충분히 고려하더라도 아방가르드를 선명하게 정의하기 어렵다는 점이다. 단적으로 말해서 아방가르드는 사회변혁 운동인가, 그렇다면 이것이 일반적인 정치적 운동과 다른 점은 무엇인가, 다른 한편으로 아방가르드를 예술적 급진주의로 다만 폭넓게 이해할 수 있는 것인가, 예술의 제 영역들, 이를테면 미술이나, 문학, 연극 등에서 다양하게 출현하는 양상들을 어떻게 구획, 동류화해 낼 것인가 하는 등의 문제가 있는 것이다. 이러한 논의 하나하나가 세밀한 분석과 논증이 따라야 하는 것은 말할 것도 없다.

아방가르드론을 정리한 것으로 알려진 페터 뷔르거(P. Bger)의 논저를 검토하면, 아방가르드론이 그야말로 난제임을 단적으로 알 수 있게 해 준다. 그는 단순함을 무릅쓰고 '생활 실천'과의 관련이라는 항목 아래 "생활 실천으로부터의 예술의 이탈"과 "생활 실천 속에서의 예술의 지양"으로 유미주의와 아방가르드를 분류하고, 아방가르드의 특징을 작품, 새로움, 우연, 알레고리, 몽타주로 요약하고 있다.(페터 뷔르거, 『아방가르드의 이론』) 그의 논의는 아방가르드에 대한 기본적인 생각들을 공유할 수 있게 해 주면서도 이후 유미주의와 아방가르드의 양태와 실천을 둘러싸고 많은 비판을 불러일으켰는데, 이는 그만큼 아방가르드에 대한 개념적 정립이 불가함을 보여 주는 것이다. 뷔르거 이전에는 아방가르드 개념의 곤란함 때문에 다른 표현들이 택해지기도 했다. 피카(V. Pica)는 "예외적인 예술 내지 문학"(『예외적 문학』)을, 오르테가 이 가세트(J. Ortega y Gasset)는 "비인간화 예술", "추상 예술", "새로운 예술", "젊은 예술"(『예술의 비인간화』)이라는 말을 사용했다.

이처럼 아방가르드 개념의 정립에 어려움이 있기에 한국의 아방가르드 시를 논하는 것은 이러한 난점 위에서, 단지 기본적인 전제 위에서 진행될 것이라는 지적을 할 필요가 있다. 다시 말해서 이 글은 한국의 아방가르드 시들을 통해 여러 난제들을 해결하고 새로이 아방가르드론을 기초하기 위한 탐색이 아니며, 한국의 고유한 아방가르드론을 설정하고자 하는 것도 아니다. 아방가르드에 대한 논의를 할 때마다 주로 등장하는 파괴, 새로움, 부정, 저항, 대립, 탈출, 대담, 난해성, 이율배반, 결렬 등등의 정신을 세밀하게 분석하지도 못할 것이다. 이는 사회 문화사로의 확장과 시문학사로의 압축을 동시에 요구하는 일일 것이다.

따라서 이 글은 다만 한국의 몇몇 아방가르드 시인들을 기본적인 특징으로 유형화해 보려는 1차적인 시도에 지나지 않는다. 유형화는 각 시인들의 고유성을 침범할 우려가 있지만 한편으로 그 고유성을 지표화하는 효과를 가져올 수 있다. 이를 위해 한국 아방가르드 시사의 특징을 압축적으로 보여준 여섯 명의 시인, 즉 이상, 김구용, 김수영, 김춘수, 이승훈, 황지우를 살펴보려 한다. 몇 가지의 특징을 중심으로 이들의 아방가르드 성향을 우선 도표화해 보면 다음과 같다.

	정치성	사회 세력	역사적(+) 복제적(-)	예술사적 타당성
이상	-	-	+	+
김구용	-	-	+	+
김수영	+	+	어느 쪽도 아님	-
김춘수	-	+	어느 쪽도 아님	-
이승훈	-	+	-	+
황지우	+	+	-	+

처음 '정치성' 항목은 작품의 정치성의 유무를 +와 −로
나타낸 것이다. 정치성이 있다고 판단될 때 +로, 없다고 생각
될 때 −로 표시하고 있다. '사회 세력'은 '정치성'의 실질적 기
반을 보여 주기 위해 보충한 것이다. 이것은 시인들의 아방가
르드 성향이 당시의 사회 세력과의 직, 간접적 연관 아래 작용
하고 있는가 하는 것이다. 이상, 김구용에게는 사회 세력이 없
었고, 김수영, 김춘수, 이승훈, 황지우에게는 있었다. 분기점은
1960년대이다.

'역사적/복제적'은 아방가르드의 역사성과 복제성을 분
류한 것이다. 아방가르드의 성향이 역사적인 것은 +로, 복제
적인 것은 −로 표시하고 있다. 자세한 개념은 후술한다. 이상
과 김구용은 역사로서의 유한한 아방가르드에 속하고, 이승훈
과 황지우는 복제적 아방가르드이다. 김수영과 김춘수는 예술
적 아방가르드의 역사에 속하지도 않고 복제적이지도 않다.

'예술사적 타당성'은 시 세계가 아방가르드의 예술사적
타당성 안에서 작용하고 있는가이다. 이 개념 역시 후술한다.
이상, 김구용, 이승훈, 황지우는 그 타당성 안에 있고, 김수영,
김춘수는 아방가르드 예술사의 맥락 안에 포함되지 않는다.

이 표를 기초로 한 항목씩 좀 더 검토해 보겠다.

1   정치적인가, 예술적인가

정치적인가, 예술적인가 하는 것은 아방가르드 예술가인
이상 부딪히게 되는 최초의, 가장 기본적인 대립항이다. 이와
같은 선정적인 시각은 때로 불가피한 것이다. 물론 선발대를
뜻하는 군사 용어에서 출발한 아방가르드는 사회의 최전선에
서 사회변혁을 꾀하는 전위를 지칭하는 만큼 본래적으로 정치
적인 성격을 내장한 것이다. 이 정치성은 아방가르드 예술에
도 전이되어 시대의 선두에 서서 전복을 꾀하는 예술 작품이
라는 성격을 형성하기에 이른 것으로 생각된다. 그러므로 많
은 논란에도 불구하고 아방가르드 예술은 정치적이라는 테제
는 아방가르드 예술의 불온성을 정치성으로 이해하는 데서 비
롯된다.

하지만 그러한 전제 위에서라 할지라도 어떤 작품이 정
치성을 가지고 있는지의 여부는 쉽게 판별될 수 있는 것은 아
니다. 이를테면 뒤샹(M. Duchamp)의 변기는 정치적인가, 비정
치적인가? 그것을 예술가와 예술 제도에 대한 도전과 혁파로
바라보았을 때에도 정치성 유무의 논란은 쉽게 해결되지 않는
다. 제도를 공격한다고 해서 제도가 사라지는 것은 아니라는
관점에서 보면 이 도전의 성격이 단지 조롱이나 해프닝으로,
또 다른 예술적 변주로 결과할 수도 있는 것이다.

따라서 여기에서는 선택된 아방가르드 시인들의 시가 어떤 정치적 함의를 가졌는지의 정체성 탐구로 기우는 어려움에 들어서지 않으려 한다. 이를테면 이상의 「오감도 1호」에서 "막다른 골목"이 식민지 상황을 의미하며 이에 대한 폭로로 해석되어 이 시가 정치적 성격을 갖는다고 하는 식의 추론을 하지 않으려는 것이다. 대신 보다 간명해 보이는 방식을 택하고자 한다. 작품이 정치적이라 판단되는 것은, 그것이 "반항을 밖으로 표출해 경직된 규범, 시대에 뒤진 도덕, 억압적인 사회 구조에 맞서는 예술을 창조하는 것",(마크 애론슨, 『도발 — 아방가르드의 문화사, 몽마르트에서 사이버컬처까지』) 즉 다시 말해 "예술이라는 게토로부터의 탈출"(페터 뷔르거, 『아방가르드의 이론』)에 초점을 맞추는 경우이다. 이때 억압적인 정치, 사회적 구성물에 대한 공격이 예술의 변형보다 더 중요한 것으로 제기된다. 혹은 후자는 전자를 위해 기획된다. 그러한 까닭에 정치적 상황의 변화에 시는 민감하게 대응하게 된다. 극단적으로 말하면 어떤 순간에 시가 정치에 종속된 듯이 보이거나 정치와 갈등 상황에 빠지게 되는 것이다. 이러한 작품들에서 중요하게 여기는 것은 새로운 정치 질서의 구현인 까닭이다. 이에 해당되는 시인은 김수영과 황지우이다.

김수영의 4·19 시들, 「우선 그놈의 사진을 떼어서 밑씻개로 하자」와 같은 시는 예술적 태도와 형식에 대한 자의식을,

정치적 감각과 실천이라는 장을 위해 여과시켜 내고 있는 것처럼 보인다. 예술이라는 갑옷을 벗어 버린 직설적인 진술은, 시가 정치이면 왜 안 되는가 하는, 예술의 대담한 폐기이다. "예술이라는 게토로부터의 탈출"이 기도되는 것이다. 이 전진은 의식적으로 예술성을 희생시킴으로 진행된다. 이를 통해 그가 공격하고 싶은 것이 억압적인 권력임은 자명한 일이다.

김수영 식의 선언과는 다른 싸움을 벌이는 황지우의 궁극의 목표는 기성 사회질서의 교란에 있다. 그의 미학 양식의 파괴는 정치적 함의를 지니고 작동한다. "양식을 파괴한다. 아니, 파괴를 양식화한다."라는 그의 진술은 미학과 정치를 둘러싼 독특한 상호작용을 포착한 것이다. 그의 시들은 예술 내부에 머무르지 않는다. 언제나 예술 밖으로, 정치적 효과를 향해 촉수를 뻗고 있다.

이와 대조적으로 아방가르드 예술이라 할지라도 아방가르드적인 정치성보다는, 예술적 급진주의로 경도되는 경우가 있다. 반항은 밖으로 표출되기보다 잠재적이고 내면화되어 복잡해진다. 공격의 대상이 암시적으로 기성의 사회나 정치적 구성물인지, 예술의 형식이나 제도인지, 아니면 어떤 공격이라기보다는 차라리 유희, 환상, 신비주의의 양상인지 뚜렷하지 않다. 대개 정치적 이슈보다는 예술적인 파괴와 도락에 골몰해 있는 것으로 보인다. 이들의 시는 정치적인 시들의 공격성과 대조적으로 차라리 방어적인 양상을 띤다. 따라서 정형화되어 있는 표현 기법이 아니라 낯설고, 불안하고, 그로테스크한 방식으로 예술적인 도발을 하는 경우가 많다. 이상, 김구용, 김춘수, 이승훈 시인은 여기에 해당된다. 이들은 한국의 시사에서 모두 각각의 방식으로 독특한 예술적 전위의 시편들을 남기고 있다. 이상의 불안과 환상, 김구용의 표상과 치환, 김춘수의 삭제와 억압, 이승훈의 분열과 강박들은 예술적으로 첨예하게 도모된 한국 아방가르드 시의 색다른 이정표라 할 수 있을 것이다.

2   역사적인가, 복제적인가

아방가르드 예술이 사회적이고 정치적인 맥락과의 직간접적 연대 속에서 이루어진다는 생각은 아방가르드를 무엇보다도 역사적인 과정과 진화의 관점에서 바라보게 만든다. 하지만 언제나 그러한 것은 아니다. 시대성과 역사성을 발견할 수 없는 아방가르드 작품도 얼마든지 출현할 수 있다. 마치 사회현상의 모든 것들이 그러하듯이, 아방가르드도 복원되고 복제되는 것이다.

포지올리(R. Poggioli)는 정치적인 급진주의의 이상들에 속하는 사회적, 정치적 아방가르드와 예술적 아방가르드가 역사상으로 분리와 양립을 거치는 계기들을 짧게 고찰하는 가운데, 1880년대 이후 아방가르드 예술과 문학이 유행처럼 번져 나가면서 "아방가르드는 예술적 아방가르드와 동의어가 되고 정치적인 개념은 그저 수사적인 기능을 유지했으며 혁명적 내지는 전복적인 이상을 추구하는 신도들이 배타적으로 사용"(레나토 포지올리, 『아방가르드 예술론』)하게 되었다고 술회하고 있다. 물론 이 말은 예술적 아방가르드의 확장이 정치적 아방가르드를 밀어냈다기보다는 두 개의 아방가르드의 관계 양상이 변모되었음을 지적한 것이라 할 수 있다. 이제 아방가르드는 예술적 아방가르드라는, 새로운 실천과 모색으로 변천해나가게 된 것이다. 그리고 이것은 또한 예술적 급진주의의 모호해진 정치적 성격을 암시하는 구절이기도 하다.

역사적으로 보면 아방가르드의 저항이 직접적으로 정치적 목적과 유토피아의 실현을 겨냥하는 것이 아닌 경우에도, 작품이 출현한 문맥은 전쟁이나 혁명과 같은 급변하는 현실의 어느 갈피였음을 찾아볼 수 있다. 혹은 역사적 아방가르드라는 것은 이렇게 역사적 아우라를 가지고 그 미적 가치를 역사적 효과 속에서 달성하는 것으로 생각된다. 물론 여기에는 아방가르드 본래의 이상 사회를 지향하는 낭만적 아이콘이 순수하게 보존되어 있지도 않을뿐더러 기이한 방식으로 왜곡되거나 퇴출되어 있을 수도 있다. 하지만 이러한 아방가르드의 탄생은 고유하고 독자적인 면모를 보인다. 우리의 경우, 이러한 역사적 아방가르드에 속한다고 생각되는 시인은 이상, 김구용이다.

이상과 김구용의 시는 유럽에서 퍼졌던 초현실주의의 맥락을 당대적으로 보유하고 있는 것으로 생각된다. 이상의 시편들은 양차 대전 사이에서 극성했던 서구 초현실주의의 절정과 동시대성을 보여 주고 있다. 「오감도」 연작이나 「이상한 가역반응」을 위시하여 무의식, 환상, 유희의 시편들은 자동 기술이나 데페이즈망, 꿈과 착란 등 초현실주의의 기법들을 완전한 형태로 녹여 낸다. 현실과 비현실이 '가역(可逆)'적인 세계가 창출되는 것이다. 의식과 무의식은 그에게 언제나 동시적이다. 이상은 한국의 초현실주의를 거의 단독적으로 단번에 완성시켰으며, 한국에서 아방가르드 문학이 문학의 최고봉이 되도록 결정짓는다.

이상의 뒤를 이어 초현실주의의 운명을 드러낸 시인이 김구용이다. 김구용의 「뇌염」을 비롯하여 「소인」이나 「꿈의 이상」 같은 기이한 작품들은 오토마티즘이나 콜라주 같은 초현실주의의 기법들이 환유나 비문법적 해리를 통해 활성화된다. 반장르, 반예술적인 과격한 탈경계 문학은 가히 초현실주의의 과도한 불꽃이라 할 수 있다. 이상을 넘어서 초현실주의를 극한화하고 붕괴해 버린 김구용에게서 한국 아방가르드의 가장 심오한 결절을 발견할 수 있다.(이에 대해서는 졸고 「1950년대 초현실주의의 운명」을 참조) 이들의 작품이 역사적 아방가르드에 속한다고 하는 것은 이들에게서 아방가르드의 생장곡선과 운명을 생생히 엿볼 수 있다는 의미이다.

이후 아방가르드는 새로운 변모를 겪게 된다. 제도의 혁파를 궁극적으로 겨냥하는 아방가르드가 스스로를 제도화하게 되는 것, 즉 반란이 보존되고 전시되어 아방가르드의 부정 정신이 부인되는 계기를 뷔르거는 신아방가르드로 명명한다. 여기서 중요한 것은 신아방가르드의 출현이 역사적 아방가르드의 종언을 의미한다는 점이다. 현실과의 접면에서 상상했던 아방가르드의 기획에 변화가 오는 순간이라 할 수 있다. 그러나 뷔르거가 신아방가르드를 부정 정신이 부정되는 계기에서 찾는 것은 적절하지 않은 것으로 보인다. 신아방가르드에게서 부정은 약화되기보다는 활성화되고 다변화되는 측면이 있기 때문이다. 부정이 정착되고 제도화되는 것은 작품 내부의 문제라기보다는 수용과 유통의 영역에서 벌어지는 일이다. 여기서 한 가지 주목할 것은 신아방가르드는 자신의 발생을 이제 현실적 문맥에서 도출하는 것이 아니라 이전 시대의 아방가르드의 혈통 속에서 발견한다는 것이다. 이것이 그들의 작품을 복제적으로 만든다. 신아방가르드에서 눈여겨보아야 할 것은 부정의 부인이라기보다는 바로 이 복제성에 있다. 신아방가르드는 아방가르드를 상대화하는 것이다.

이승훈에게서 복제의 성격은 최초로 가장 뚜렷하게 자각되어 나타났다. 「사물 A」나 「이승훈 씨를 찾아간 이승훈 씨」 등에서 그를 각성시킨 것은 폭압적인 정치 현실이라기보다는 이상이나 김춘수와 같은 앞 세대 시인들의 정신의 규모와 극한성으로 보인다. 그가 아방가르드 역사에서 한 중요한 역할은 아방가르드의 정치적 압축을 풀어 버렸다는 점이다. 이승훈 이후로 한국의 아방가르드는 현실의 기복이나 변전에 지배당하지 않게 되었다. 1950년대 김구용의 마지막 역사성이 사라지고 1960년대 이승훈의 복제성이 등장한 것이다. 이로써 아방가르드는 사회 현실의 맥락과 관계없이, 그 현실을 추동하는 세력의 존재 여부와 무관하게 전면화되고, 항상적으로 되었다. 아방가르드가 생성하고 소멸하는 것이 아니라 언제, 어디서든 가능하게 된 것이다.

이 복제성은 한편 아방가르드의 현대성이라고도 할 수 있다. 아방가르드는 최초의 기획으로부터 자유로워졌으며, 현대적인 아이템으로 활동할 수 있게 되었다. 나아가 오늘날의 기술 복제 시대에는 더 다양하게, 더 색다르게 복제되고 있다. 이승훈이 최초로 복제를 자의식적으로 실천하려 하였고, 1980년대에 황지우가 복제를 희화적으로 전시했다면, 2000년

대에 항시화된 아방가르드는 이제 복제의 일상적인 포진으로
보인다.

3   예술사적 타당성이 있는가, 없는가

뷔르거는 상징주의, 인상주의, 표현주의들을 유미주의에,
미래파, 다다이즘, 초현실주의, 러시아 아방가르드를 아방가
르드의 범주에 넣어 고찰했다. 아방가르드의 기획이 현실화되
어 나타난 것이 유파라고 생각해 보면 그가 후자로 분류한 유
파들은 아방가르드의 정신을 계승하고 있다고 할 수 있다. 뷔
르거의 분류를 대체로 공유하는 가운데 이 글은 각 시인들의
아방가르드의 성격을 대비하는 방식으로 진행되어 왔다. 아방
가르드가 저항과 부정에 입각하여 새롭고도 전위적인 움직임
을 보이는 정치적이고도 예술적인 운동이라는 암묵적인 일반
화 위에서, 이를 역사적인 것과 복제적인 것으로 나누어 살펴
본 것이다. 두 경향은 모두 아방가르드 예술사를 구성한다. 자
신의 세대의 고유성을 확증해 주는 아방가르드가 있으며, 한
편으로 앞 세대가 이루어 낸 예술과 접촉하거나 반목함으로
써, 반복과 대체를 통해 새로운 역사를 쓰고 있는 아방가르드
가 있다. 어느 쪽이든 아방가르드 예술사의 맥락 속에 존재한

다. 신아방가르드도 아방가르드의 한 페이지라는 것은 부언할 필요도 없는 일이다.

아방가르드 시에서 흔히 나타나는 영감, 광기, 유희, 착란, 도발, 극단 등은 한국의 아방가르드 시들에서 많이 찾아볼 수 있다. 그것은 예술사로서의 아방가르드의 징후에 해당될 것이다. 이상과 김구용, 그리고 이승훈과 황지우는 역사적이거나 복제적 아방가르디스트로서 이러한 아방가르드 예술의 정신적 면모와 형식/탈형식에 대한 의식을 공히 지니고 있는 것으로 생각된다. 그런 점에서 이들의 시는 별개지만, 서로 친화적이다.

앞서 한국의 아방가르디스트로 논의하기는 했지만 엄격히 말해 김수영과 김춘수는 상이한 이유로 아방가르드의 예술사적 타당성을 지니고 있지 않다고 할 수 있다. 먼저 김수영의 경우 「공자의 생활난」이나 「달나라의 장난」 같은 초기 시에서는 미학적 전위의 모습을 찾아볼 수 있다. 특히 「공자의 생활난」은 초현실주의적인 편집과 연상으로 이루어진 독특한 시편이다. 하지만 그는 이 미학적 전위를 곧 그만두고 4·19혁명과 함께 자신의 모습을 일신하는데, 이때 쓴 참여시들은 매우 다른 성격을 가지고 있다. 이미 언급한 「우선 그놈의 사진을 떼어서 밑씻개로 하자」나, 「가 다오 나가 다오」, 「거대한 뿌리」로 이어지는 시들은 미학적 전위라기보다는 어떤 정치적 정체성의 선명한 노출이라 할 수 있을 것이다. 이 정치적 과격은 미학적 과격으로 비치기도 하였다. 그러나 그것은 아마도 초기 시의 미학적 후광 때문일 것이며, 바로 이것이 전체로서의 김수영 시가 만들어 내는 착시 현상이고 지배력의 비밀인 것이다.

김춘수의 시편은 이와 전혀 다른 양상으로 전개된다. 1950년대에 관념론으로 출발한 김춘수는 1960년대 들어 「처용단장」 시편에서 이제껏 아무도 하지 않았던 새로운 실험에 몰두하게 되는데 이것이 이른바 대상/비대상 놀이이다. 하지만 정확히 말해 이것은 매우 독특한 개인적인 탐험이었다. 역사적 아방가르드가 막을 내린 시기였고, 그는 이승훈과 같은 현대적 복제의 길을 가지 않았다. 대신 그는 초기부터 자신을 지배해 오던 어떤 이데아로부터의 탈출을 강구하는 중이었고 이것이 비대상시로 나아간 계기가 되었던 것이다. 그의 이러한 행로는 역사적이라기보다는 지극히 개인적인 것이었다고 할 수 있다. 그것이 아방가르드와 어떤 점에선가 교차했을 수도 있지만 그렇다 해도 거의 무의식적인 것이었고 심지어 무관한 양상일 수도 있다. 이러한 점에서 비역사적이며, 비복제적인 그의 실험은 아방가르드 예술사의 맥락과 거리를 둔 것이다. 하지만 아마 이것이 「처용단장」을 의미 있는 실험으로 만드는 요인일 것이다.

이상의 논의를 토대로 한국의 아방가르드 시인들에 나타난 주요한 특징을 정리해 보면 다음과 같다.

첫째, 이상과 김구용은 서구의 아방가르드 시기와 일치하는 동시대성을 지니고 있으며 그 역사적 효력이 미치는 범위에서 작업했다. 예술사로서의 아방가르드와 직접적인 상관관계를 가지고 있는 것이다. 이상은 아방가르드의 세계적인 정점들 중의 하나이다. 그리고 김구용은 아방가르드가 쇠퇴한 후, 전쟁이라는 한국적 특수성 때문에 점화된 아방가르드의 마지막 지표일 것이다. 이것이 그들의 아방가르드적 역사성이고, 예술사적 타당성이다. 이상과 김구용은 그 외의 특징들도 일치하고 있다. 시 세계가 정치적이지 않았으며 식민지 현실과 전쟁이라는 각각의 상황 속에서 아방가르드적 사회 세력을 보유하고 있지 않았다. (앞서 지적했듯 사회 세력이 등장하는 분기점은 1960년대이다.)

둘째, 김수영과 김춘수는 아방가르드의 예술사적 타당성에 포함되지 않는 것으로 분류됐다. 그들의 시는 초기보다 1960년대에 중요한 정체성을 갖기에 각각 참여시와 무의미시를 대상으로 한 것이다. 이 시기는 초현실주의로 대표되는 세계 아방가르드 예술이 이미 종언을 고한 뒤였다. 김수영이 그의 선명한 참여시에서 예술(적 불편)을 넘어서 정치로 나아간 모습을 보여 주었다면, 김춘수는 자신의 관념 극복을 위한 열쇠로 이미지와 대상을 지워 버리는 실험에 몰두하게 되었다. 김수영의 정치적 환원과 김춘수의 의식적인 관념 도피는 예술로서의 이전의 다다나 초현실주의와는 거리를 두는 것이었다. 두 시인은 정치성의 유무에서 양극에 위치하고 시 세계로 보면 완전히 상이한 길을 걸어갔지만 문학사적 위상과 의미는 가장 비슷한 지표로 나타났다.

셋째, 이승훈과 황지우의 아방가르드는 역사적이었던 이상과 김구용과는 달리 복제적인 것이다. 시대적으로 종언을 고한 아방가르드를 그 정치적, 역사적 맥락으로부터 분리시켜서, 이와 무관하게 미학의 형식으로 만들어 버린 것은 이승훈이다. 이제 중요한 것은 현실이 아니라 미학에 대한 미학이다. 역사적 아방가르드를 현재 진행형으로 만드는 것은 바로 이 복제적 아방가르드인 것이다. 복제적 아방가르드는 역사적 아방가르드의 이면이고 표면이다. 현재와 미래이다. 후기 아방가르드의 예술사적 타당성 자체라고도 할 수 있다. 이승훈과 달리 황지우는 정치성을 갖는 것으로 나타났는데 그가 정치적 감각을 가지고 정치적 효과를 향해 움직여 나가면서도 아방가르드 미학 내부에 있을 수 있었던 것은 이처럼 복제가 가능해진 1980년대라는 예술적 풍토에서 활동했기 때문으로 보인다.

3부

횡보

직선을 그을 수 있는 무한

― 김구용 시인과의 가상 인터뷰

김구용 시인은 1922년에 태어나 2001년 타계했다. 이 글은 김구용 시인론을 가상 인터뷰라는 형식으로 2010년에 집필해 본 것이다. 시와 문학에 대한 김구용 시인의 생각들을 그의 『일기』(솔출판사, 2000)나 산문집 『인연』(솔출판사, 2000) 등을 참조하여 대화체로 구성하였지만, 이 대화는 전적으로 나의 상상 속에서 이루어진 것이다. 하지만 내 생각으로 모든 걸 덮어 버리기보다 될 수 있는 대로 육성을 그대로 전하고 싶어 중요한 부분은 원문 그대로 인용하고 인용한 페이지를 밝혀 놓았다. 가상 인터뷰를 통해 가능한 한 그의 생각에 가까이 다가가 보려 시도는 하였으나, 그보다는 워낙 깊고 도저한 그의 문학 세계를 마음껏 오독한 기회였다고 생각한다.

이수명 선생님, "존경할 줄 알아야 배우"는 것(『일기』, 84쪽)이라는 선생님 말씀으로부터 시작하겠습니다. 선생님께서는 다른 문맥에서는 "남에게 글을 배우는 것을 무슨 수치로 알고 있다."(『일기』, 78쪽)고 하십니다. 배움은 혼자 이루는 걸까요? 배움이 아니라 존경이라는 것, 배움을 통해 존경에 이르는 것이 아니라 존경을 통해 배움에 이른다는 말씀이 여러 가지를 생각나게 합니다.

김구용 젊었을 때 동학사에서 10년 정도 책에 파묻혀 지냈을 때를 가끔 생각하곤 합니다. 존경은 타자와의 핵심적인 정신의 연계를 가능하게 하는 소로이지요. 배움은 이 연계를 완성하기보다는 지연시킨다고나 할까. 배움은 뭔가를 부지런히 찾는 것이지요. 하지만 "찾기에 앞서 잃어야만 할 상황에 묶여 있"(『인연』, 367쪽)는 것은 아닐까 합니다. 우리가 뭔가를 배워야 한다면 그건 아마 존경의 능력일 겁니다.

이수명 동학사 시절을 말씀하시니까 여쭙겠습니다. 기록을 보면 선생님께서는 젊었을 때 읽으셨던 책들을 평생 가까이하셨음을 알 수 있는데요. 동학사에서 가까이하셨던 동서양의 정전이나 종교 경전, 특히 불교 경전이 선생님의 문학 세계에 어떻게 들어와 있는지 추측해 보곤 합니다. 또 선생님께서는 어렸을 때부터 절에 많이 계시기도 했고 가족이나 주변의 친지분들이 독실한 불교 신자이기도 했지요. 하지만 선생님의 이런 경험들에도 불구하고 저는 개인적으로 종교는 선생님의 문학에 강력한 무엇이었다고 생각하지 않는 편입니다. 경전이나 선학들에 대한 선생님의 존경에는 뭔가 시적인 이빈, 존경으로 도달해 있지만 내부적으로 문학적 함몰의 장소가 있는 것은 아닌가 생각하는 쪽입니다. "시에는 거리가 있어야 한다."(『일기』, 546쪽)라는 선생님의 말씀이 떠오르기 때문인지도 모르겠습니다.

김구용 태어나면서부터 절을 들락거리고 어머님이나 고모님이 돌아가셨을 때 불교 경전을 품에 넣어 드릴 만큼 불교는 나와 내 가족에겐 자연스러운 환경이었어요. 하지만 생각해 보면 "인생을 제외하고 종교가 따로 있는 것은 아닐"(『일기』, 731쪽) 겁니다. "부처님은 분명 석가라는 사람이었"고 "불경은 그가 이룬 예술이며 인생이며 세계였"지요. "그 세계에서 궁금했던 것, 미처 몰랐던 것, 상상도 못했던 것을 듣고 보았다."(『일기』, 85쪽)고 할 수 있어요. 결국 종교란 인생으로 인해 가능한 것이 되지요. 요컨대 "불교가 바로 인생이라 해도 별 대과(大過)는 없을" 것이어서, "불교는 종교라는 테두리에서 벗어난 것으로 나는 짐작해 왔"(『일기』, 731쪽)어요. 불교는 인생보다 크지 않으며 인생의 문도 아니고, 길도 아니지요. 또 문이 있고 길이 있다 해도 "문에서부터 길은 달아나"(『일기』, 540쪽)기 마련 아닐까요. "시에는 거리가 있어야 한다."는 말은 아마도 시가 거리가 없다는 것에 대한 역설적 표현이 아닐까 싶습니다. 애초에 "시정신은 그 전체를 제시할 수 없는 무한에 내포되어 있"(『인연』, 441쪽)는 것이기에, 이 본능적 구성에 대한 감각적, 이념적 조응으로서 거리나 이반을 이야기할 수 있을 것 같습니다. '거리'로 인해, 혹은 '거리'를 상상함으로써 시는 자각된다는 것이겠지요.

　　이수명　그렇다면 시라는 것은 자신을 포위하고 있는 무한에의 인식 과정이라 할 수 있겠군요. 그것이 작은 꽃 한 송이, 짧은 한순간의 빗줄기의 경우라 할지라도 말입니다. 선생님께서 말씀하신 "직선을 그을 수 있는 무한"(『일기』, 203쪽)이라는 말이 떠오릅니다. 현실태로서의 직선을 통해 무한이 가능해지는 것일까요?

　　김구용　직선을 긋는다는 것은 직선을 넘어서지 않는다는 것입니다. 직선은 그 자체로 개체이며 전체입니다. 직선이 전체일 때 무한 역시 전체가 되겠지요. 존재하는 것들은 직선이 아니겠습니까. 우리는 "무한에서 무한성을 찾을 수는 없"으며,

"차라리 생·로·병·사에서 무한을 보아야 하"(『일기』, 105쪽)지요. "무한은 망각이 아니기 때문"입니다. 무한은 개체, 개별의 회오리를 통해, 망각되지 않고 얼굴을 드러내는 것입니다.

이수명 하지만 우리의 인식은 물질적 언어를 가지고 이루어지기에, 무한을 인식으로 표면화시킬 수 없다는 점에 애초에 시의 불가능이 있지 않을까요? 물론 이 불가능을 가능으로 변이시켜야 하는 것이 시의 숙명이라 생각도 해 봅니다. 시이기 때문에 이 불가능을 넘어 움직이는 것이겠지요.

김구용 모든 인식이라는 것은 결국 방향이 아닐까 해요. 언제 어디서건 자신이 하고 있는 일의 방향을 탐지하는 것이지, 최종 목적이라는 것은 설령 있다 해도 부차적이게 마련이지요. 문제는 방향이라는 게 분석의 대상이 아니라는 점에요. "분석의 요설은 방향감각을 잃은 느낌"(『일기』, 642쪽)의 후발적 문맥화라고 할 수 있어요. 따라서 방향으로서의 인식은 분석되지 않으며, 인식되지 않는다는 적극적인 차단을 떠안고 움직이게 마련이에요.

시는 이 역설을 스스로 강화하는 것이지요. 최대의 각도로 벌려진 의식의 자기부정, 나아가 자기 방목으로 위태로워지는 것, 이것이 시라 할 수 있어요. 시에서 의식은 질주하지만 이것은 끈을 놓치는 데 이르기 위해서인 것처럼 보입니다. 의식이란 알려고 하는 것이지만 어떻게 생각하면 아는 것으로부터 달아나려고 하는 이중성에 의해 성립되는 것이지요.

이수명　의식의 끈을 놓치는 곳은 어디일까요? 저는 시란 부딪쳐 버린 어떤 것에서 발원한다고 생각해 왔습니다. 부딪쳤을 때에야 놓치게 되는 것으로 말입니다.

김구용　우리는 시로 이를 수 있는 곳이 없어요. 언제든 시로 놓치게 되는 것만 있을 따름입니다. 시는 나를 놓치게 하지요. "나는 거의 완벽에 가까우리만큼 내가 없"(『일기』, 254쪽)어요. 우리는 사태를 관장하지 못해요. 우리는 정확해지려 하지만 오히려 "정확성은 모두를 염려하"(『일기』, 86쪽)지요.

이수명　선생님께서 "중요한 문제는 막연한 데에 있다."(『일기』, 559쪽)고 하실 때 저는 대립을 떠올렸습니다. 대립은 정확해지려는 것이지만 실은 막연하게 만들기 때문인데요. 대립을 소비시킴으로 해서 놓치도록 유도되는 것이 가장 기술적인 방식일 수 있을 것 같습니다. "막연한 본질에 초점을 맞추기란 어려운 일이"(『일기』, 559쪽)니까요.

김구용 "막연한 상태에서 나타나는 것이 비교적 정확한 수가 있"(『일기』, 490쪽)어요. 대립의 패턴은 일시적인 것입니다. 인식론적으로 "대립에 염증이 났을 경우에는 새로운 방법을 찾아야"(『일기』, 105쪽) 하니까요. 그리고 "그것이 또 염증을 유발하면 다시 대립에 불과하"(『일기』, 105쪽)지요. 그러므로 대립보다는 모순을 떠올려 봅니다. "모순은 생각하게 할 것이며, 고통은 새로운 방법을 찾을 것"입니다. 그리고 결국 "어떤 방법이건 간에 과오의 씨로서 성장할 것"(『일기』, 191쪽)임을 알 수 있어요. 애초에, 과오로 출발하는 거지요. 과오로 나아가는 것이야말로 우리의 생장이겠지요. 이것을 막으려 하지 말아야 합니다. 과오를 진실이라는 확정성으로 돌려놓으려 할수록 존재의 죽음을 초래하는 것이니까요.

여기서 잠시 눈을 들어 대립이니 모순이니 하는 것을 비껴서 우리는 아마 본원적으로 미지에 유혹되어야 할 것 같습니다. 다소 역설적이지만 미지만큼 강력한 것이 없는데, 그 이유는 미지가 명확하기 때문이지요. 시가 매혹적이라면 그것은 "미지의 명확성과 엄연한 작용이 제시되어야"(『일기』, 550쪽)하기 때문입니다. 생각해 보면 아마도 우리는 이미 미지 그 자체이지요. "자신의 숲속으로 걸어 들어가기는 어려운 일이 아니"(『일기』, 541쪽)라고 할 수 있어요.

이수명　그 미지의 숲속에서 가장 개인적인 의미로 시는 어떤 것일까요. 힘겨운 겨루기를 할 때의 선생님 모습을 잠깐 스케치해 주실 수 있으세요?

김구용　문학에는 대답이 없어요. 단지 대답을 찾으려는 노력이 문학이 아닌가 생각됩니다. 하지만 나는 "문학이 무엇인가를 알고 싶기보다는 주저하는 편이었"(『일기』, 761쪽)다고나 할까. 문학이 직접적 노력에 의해 접근할 수 있는 것이라 생각하지 않았으며, 어떤 정체불명을 향한 모험의 과오를 지속해야 하는 것으로 여겼어요. 따라서 "내게 있어 시는 권태며 피로며 변덕이며 분열"(『인연』, 423쪽)이라 할 수 있어요. 나는 이것들을 이겨 내려 하지 않아요. 이것들과 공모한다고나 할까. 크게 보아 "나의 시작 방법은 도달이 아니고 비록 그것이 지지(遲遲)할지라도 항상 진행할 수 있는 불만과 여백에 있다."(『인연』, 426쪽)고 할 수 있겠네요. 피로나 불만 같은 것들의 표정 하나하나가 문학의 대축척 지도를 이루게 되지요.

이수명　개인적인 주저와 불만을 통해 시가 타락할 수도 있을까요?

김구용　"예술의 힘은 거짓에 있"(『일기』, 487쪽)어요. 그것은 진실의 회로를 통해 작동되지 않지요. 하지만 거짓으로 포괄되는 온갖 개인적인 비상사태들이 들끓음에도, "시는 타락할 길마저 없다."(『일기』, 673쪽)는 것이 시의 묘미라 할 수 있어요. 왜 그럴까요? 그것은 시가 개인의 타락 위에 서려고 하지 않기 때문이며 한마디로 그 타락을 이용하지 않기 때문이지요. 그냥 함께 존재할 뿐입니다. 예술은 불을 끄려 하지 않아요. "예술의 힘은 불에 얼음을 박아 넣는 지극한 경지"(『일기』, 678쪽)라 할 수 있는데, 이때 얼음은 불을 끄지도, 자신이 불 속에서 녹지도 않지요. 불과 얼음 중에 어떤 것이 거짓이고 어떤 것이 진실일까요. 어떤 것이 타락이고 어떤 것이 구원일까요. 예술에게로 오면 타락조차 스스로 선명해지고 빛나게 되어 더 이상의 가치론을 무력화시키지요.

이수명 선생님, 이제 이야기를 선생님 작품에 대한 것으로 잠깐 돌려 볼게요. 저는 개인적으로 이런 무능한 공격적 표현을 좋아하지 않습니다만, 선생님께서는 선생님 작품에 대한 소위 난해성, 난삽성 운운에 대해 어떻게 생각하시는지요. 현대문학의 난해성과 관련지어 말씀해 주세요.

김구용 "우리가 살고 있는 이 현실보다 난해한 것은 없다는 정신적 체험을 안다면 독자는 현대문학에서 많은 흥미를 느낄 것"(『인연』, 396쪽)이라 생각해요. 난해하다는 말을 많이 쓰는 것은 사실은 사람들이 이미 현실의 난해함에 익숙하기 때문이지요. 표현을 좀 바꾸어 보면 어떨까요. "가시(可視)의 세계와 가사(可思)의 세계는 항상 그 극한을 전개"(『인연』, 397쪽)하는 것이라고. 현대문학이 난해하다는 것은 불가능하게도 그 극한의 전개에 가까이 다가가려 하기 때문일 겁니다. 물론 극한이라는 것이 도달할 수 있는 어떤 지점은 아니지만요. 극한은 극지가 아니라 극도이겠지요. 이 극한을 표현하는 데 현대문학이 낡은 수사를 동원할 수는 없겠지요. 사실 "문장은 친절할수록 생각과 빗나가"(『일기』, 506쪽)게 마련이니까요.

이수명 현대문학의 어려움이라는 것을 말할 때에 문학 내부적으로 더 정치한 접근을 해야 할 것 같습니다. 왜 현대시는 읽기 어려운 것이며, 또 쓰기 어려울까요.

김구용 짐작하겠지만 "예술은 예술을 반역하는 것"(『인연』, 398쪽)입니다. 극한이라는 것은 이러한 양상으로 나타나기가 다반사예요. 그런데 문제는 이 반역을 제대로 완수하기가 쉽지 않다는 것이지요. 예술가들은 "급히 서둘렀으나 실패하"고 또 "정지하였으나 실패"(『인연』, 398쪽)하지 않겠습니까? 반역은 대개가 실패로 돌아가기 마련이고, 따라서 예술은 실패의 운명을 향해 나아가는 것이지요. 이 불가항력의 운명이 예술을 점점 어렵게 만드는 것이라 생각합니다.

자신이 반역하고자 하는 대상에 대한 뜨거운 접점이 예술에는 있어요. 이 때문에 예술은 결국 아무것도 넘어설 수 없으며, 뒤틀리게 되지요. 예술은 진화할 수 없어요. 더 지혜로워지지도 않으며, 더 모순에 가득 차게 되지요. 예술은 이해할 수 없는 자기 분열의 현시입니다. 일례로 현대문학이 침몰해 가는 배와 같다고 생각했을 때, 하지만 "만일 배도 엎어지기 전에 수중으로 뛰어드는 격"(『인연』, 380쪽)이 된다면 우리는 이 분열증을 어떻게 분석해야 할까요? 예술을 파악하는 것은 어려운 일입니다. 다양한 준동을 몇 가지의 자세로 설명하기란 용이한 일이 아닐 것입니다.

이수명 현대시가 이러한 어려움들을 가지고 어떻게 진전할 수 있을지 궁금합니다. 현대시의 미래는 어떤 모습일까요. 쓰기도 어렵고 읽기도 어려운데, 어떤 사람들에게 시는 지속적으로 의미가 있는 걸까요. 대형 서점에서 시 코너가 사라져 가는 형국을 보면 갈수록 시의 자리는 좁아지고, 비가시화되어 가는 분위기인 것만은 분명합니다. 눈앞에서 찾아볼 수 있는 시의 자리가 없더라도 시는 인간의 위상의 유의미한 지표일 수 있을까요?

김구용 "시는 자유일 수 있는 정신을 가장 효과적으로 실현할 수 있는 것"(『인연』, 439쪽)입니다. 인간이 자유로운 존재이고자 한다면 시는 사라지지 않을 것이라 생각합니다. 시의 자리가 위축되고 시가 상실되는 것 같은 최근의 상황을 시의 또 다른 가능성으로 읽어야 하지 않을까요. "상실은 모든 것이 끝났다는 것과는 다르"며 "이제야 정신은 자유를 돌아보는 것"(『인연』, 440쪽)이 아닐까요. 이런 점에서 오히려 "시가 없다는 현대는 어느 시대보다도 시적 밑천을 확보하고 있는 듯"(『인연』, 369쪽)합니다. "시는 다수의 이목을 끌지는 못하나 그만큼 은혜를 받은 것이라고 생각"(『인연』, 369쪽)할 수 있어요. 이목 여부와 관계없이, 혹은 이목을 받지 못하기에 시는 자력을 키워 나가게 되겠지요. 그리고 그것은 자유가 강력한 만큼 강력해지지요. "시는 어둠에서도 빛나고 있"(『인연』, 369쪽)다고 해야 할 것 같습니다.

이수명 선생님께서는 동학사에서의 청년 시절에서부터 이후 평생을, 한학이나 종교에의 애정과 더불어 학문과 창작의 길로서 오직 문학에 정진해 오셨는데요. 그 오랜 시간 선생님의 문학을 살아 있게 한 가장 중요한 원인은 무엇일까요? 마지막으로 드리는 질문입니다. 시정신의 최전선에 존재하는 것은 과연 어떤 것일까요. 궁금합니다.

김구용 "시는 독자를 위한 생산품이 아니며 어디까지나 자아에의 집중이며 극복인 것"(『인연』, 429쪽)입니다. 여기서 집중과 극복의 대상으로서 자아란 무엇일까요. 내가 어딘가에 메모한 것을 인용하지요. "시간은 과거가 없었다. 시간은 미래가 없었다. 시간은 진리라든가 1초, 1초의 변화가 바로 영원 그것이라든가 이런 주장은 거짓말이었다. 왜냐하면 내가 살아온 과거는 사실이 아니었다. 그와 마찬가지로 앞날은 아직 시간이 아니었다. 언제나 내 자신이 시간이었다."(『일기』, 568쪽)

내 자신이 시간이라는 말은 내 자신이 항상 그 자체로 현존한다는 것이지요. 과거나 미래를 이야기하는 것은 의미가 없어요. 자아는 지금, 바로 여기에서의 시간으로 존재합니다. 자아가 있기에 시간이 있고, 텅 빈 시간이 움직이겠지요. 또한 바로 그 시간을 찢고, 시간의 틈을 만드는 것도 자아이겠지요. 이 세계의 상처 난 시간이 바로 자아인 것이며, 자아는 빠져나갈 수 없는 현재이지요. 여기서 출발하는 것이 문학이고 시입니다.

자아는 살아 있기에 부유(浮游)합니다. 분별과 가치가 덧씌워지기 이전의 것이지요. 그것은 무엇보다도 구조화되지 않는, 표류하는 현재라 할 수 있어요. 그리고 이렇게 "부동(浮動)하는 자기 위치의 설정, 즉 극난(極難)한 시정신의 탐구에서 (이제 문학의) 방법론은 자연 발생적으로 동시에 요청된다"(『인연』, 429쪽)고 하겠습니다. 다시 말하면 자아의 탐색은 바로 문학의 방법론적인 탐색으로 불가피하게 전개되어 나가겠지요. 아마도 이 과정은 긴밀하게 결합되어 있지 않을까 하는 생각을 해 봅니다.

누가 비누를 보았는가
— 이승훈의 『이것은 시가 아니다』

1 이승훈 삽화를 바라보는 어떤 비인칭의 시선

이승훈 시인의 열네 번째 시집이다. 시인의 구체적 삶의 항목들이 특별한 질서나 미적 치장 없이 들어 있다. 가족들, 제자와 문우들, 습관과 생활에 관한 것 등등. 이 소박한 삶의 기록은 시인의 동선을 따라 작성된 것이다. 그는 약이나 낟고 추, 김밥, 통닭을 사러 가고, 술이나 멸치, 잡채밥을 먹고 담배를 피우며, 산책, 강의, 설거지를 하고, 제주도나 인제에 간다. 이러한 세부의 묘사들은 시란 무엇인가에 대한 질문과 아랑곳 없이 시인의 모습을 보여 주고 있다. 시인 이승훈은 이러이러한 사람이라는 것 말이다. 그러나 정말 그럴까.

사실 시인 이승훈은 시 속에서 잘 보이지 않는다. 보이지 않는다는 것은 단적으로 말해 시인이 어느 쪽에 속해 있지 않다는 것이다. 어떤 사람이 잘 보인다는 것은 그가 확실히 어느 쪽엔가 속해 있어 하나의 인물로 제한되어 있을 때이다. 하나의 입장을 대변하고, 한 가지의 주장과 행위를 하고, 특정한 정서를 보여 줄 때이다. 그것은 이를테면 경계로 설명될 수 있다. 자신과 세계와의 경계를 선명히 긋고 있을 때 그 사람은 잘 보일 수밖에 없다. 그는 경계의 이쪽에서 저쪽을 향하여, 저쪽과 구별되는 몸짓을 한다. 경계는 이것과 저것을 구분해 주는 것이다.

　시 속에 출연하는 이승훈은 이 경계를 가지지 않는다. 시집 전체를 통하여 울려 나오는 느낌은 시인 이승훈은 이승훈에게 속해 있지 않다는 것이다. 시인 이승훈은 이승훈에게 익숙하지 않고 이승훈이 하는 행동은 낯설기만 한 것이다. 그것은 그가 「나는 내가 없는 곳에 있다」, 「난 나를 본 적이 없다」, 「나는 다른 누구일 뿐이다」라고 시의 제목을 달기 때문만은 아니다. 시 속에서 이승훈은 뚜렷한 형체를 가진 존재가 아니다. 그는 내면의 응축된 정서, 타자에 대한 집약된 감정, 세계에 대한 가시적 관계, 삶에 대한 표현적 태도를 가지고 있지 않다. 그는 아무것도 가지지 않는다. 무엇도 그와 비천한 한 몸이 되어 있지 않으며, 심지어 자신도 예외는 아니다. 그는 한주먹거리의 단서가 되지 않는다.

제자들과 함께 들른 인사동 어느 술집 그 집에도 멸치가 없었다 동우, 동옥, 경아, 지선 등등이 탁자에 둘러앉았다 멸치가 없군! 내가 말하자 동옥아 네가 나가 사와! 동우가 시키자 동옥이가 말없이 일어나 나갔지 그러나 아무리 기다려도 오지 않고 이상하군 동옥이가 강릉으로 간 거 아니야? 아니 멸치 사러 순천으로 갔나? 내가 말했지 순천은 그의 고향이다 한참 지나 동옥이가 들어온다 동옥아 너 강릉까지 갔다온 거야? 누군가 물었지만 그는 말없이 주머니에서 멸치를 한 주먹 꺼내놓는다 그리고 낮은 목소리로 말을 꺼낸다 선생님 멸치 파는 가게가 없어 한참 헤매다 어느 술집엘 들렀어요 그 집엔 멸치가 있다는 거야요 그래서 맥주 한 병과 멸치를 달라고 했죠 맥주만 마시고 돌아올 때 멸치를 주머니에 넣고 왔어요 모두들 하하하 즐겁게 웃던 밤

─「모든 게 잘 되어 간다」

멸치 에피소드로 구성되어 있는 이 시는 멸치를 원하는 시인보다 그것을 구해 오게 되는 과정, 동우나 동옥이의 행동이 중심이 되고 있다. 주체로서의 이승훈은 별 의미도 없이 이 현장에 속해 있다. 무엇보다 이 장면은 주체의 눈에 보이는 풍경이 아니다. 주체마저도 포괄하는 더 커다란 눈, 등장인물들 모두를 고르게 바라보는 제3의 눈이 있다. 그 눈은 인물들에

게서 약간 떨어진 자리에서 "모두들 하하하 즐겁게 웃"는 장면을 바라보는 눈이다. 주체도 이 눈에 의해 바라보여진다. 이렇게 이승훈의 시는 이승훈 삽화를 바라보는 어떤 비인칭의 시선을 느끼게 한다. 이 시선 속에서 이승훈도 삽화의 한 구성 요소일 따름이다. 그것은 누구의 시선일까. 어떤 타자의 시선일까.

이 시선이 중요한 것은 이것으로 인해 주체의 탈골이 일어나기 때문이다. 주체는 자신을 바라보고 있는 시선에 포착되는 즉시 주체의 지위를 잃고 대상으로 전락된다. 시 속의 이승훈은 언제나 바라보여진 대상으로 나타난다. 따라서 삽화에 나타난 이승훈은 주체의 페르소나를 가지고 있지만 대상화된 존재이다. 주체는 주체의 골격을 유지하지 못하는 것이다.

주체에 대한 이와 같은 공격은 한편으로 주체를 잘 보이지 않게 한다. 보여진 존재는 파악된 존재이다. 보여진 대상으로 국한되어 제시되었을 때, 제시된 대상의 미지는 제거되기 때문에 이 대상화된 존재의 이면은 보이지 않게 된다. 한마디로 이승훈은 보여짐으로 보여지지 않게 되는 것이다. 이승훈은 어딘가 이승훈 너머에, 이승훈과 무관한 곳에, 흩어진 채로 존재한다. 등나무 아래 벤치에 밤새 놓여 있던 김밥이거나, 바닥에 떨어져 깨진 물컵이거나, 아니면 물컵을 깨지게 한 떨리는 손이거나, 멸치를 구하러 간 동옥이거나, 문을 열어 놓고 나가는 호준이, 혹은 그 열린 문이거나, 쾌락을 모르는 멀쩡한 육체, 또는 흩어지고 조각나고 뒹구는 육체에 존재한다. 이 모든 것 속에 그림자처럼 어른거리는 것이다. "난 언제나 말하지 그래 그게 좋겠군 난 언제나 그를 따라간다"(「가을 도배」)에서처럼 주체는 전일적인 존재기 아니다. 다른 것을 따라가며, 잠깐씩 비치는 것이다.

하지만 이와 같이 주체를 대상화시키는, 주체에의 공격의 목적은 다른 데에 있다. 주체를 바라보는 이 타자는 라캉(J. Lacan) 식으로 이야기하면 주체 안에 있는 것이다. 이 비인칭의 대타자는 이승훈 안에 있는 이승훈의 무의식이다. 그의 시는 대타자에 의해 포획된 주체를 포획된 상태로 제시함으로써, 주체를 대상으로 감각하려는 시도이다. 그에게는 주체의 전체적 구도, 주체의 진실을 아는 것이 관건이 아니다. 그런 것은 그에게는 존재하지 않는다. 또한 바라보여진 존재의 일면성 역시 전혀 문제가 되지 않는다. 대상화를 개의치 않는 것이다. 그가 원하는 것은 자신이든, 대상이든, 단지 존재에 대한 감각이다. 존재는 꿈과 같이 존재하기 때문이다.

2 거대한 불일치

살아간다는 것이 꿈만 같다는 이야기를 많이 듣는다. 이승훈은 이렇게 말한다. "삶은 무엇이고 꿈은 무엇인가? 결국 삶이 꿈이다. 오늘도 나는 사는 게 아니라 꿈을 꾸는 것 같다. (중략) 내가 할 일은 이 꿈을 그대로 옮기는 것, 그런 점에서 이런 행위도 뜰 앞의 잣나무다. 나는 무엇을 만드는 게 싫다. 나는 예술의 본질을 믿지 않는다. 나는 오늘도 꿈을 꾼다."

삶이 꿈과 같다는 진술의 기본적 의미는 그가 다른 부분에서 지적한 것처럼 자성이 없다는 것이다. 삶은 실체가 없고, 그러므로 붙잡을 수 없다. 존재, 행위, 감정, 관계, 사건 들 하나하나가 모두 잡을 수 없는 것이다. 모든 것은 순간에 지나지 않고, 그 순간조차 손을 댈 수도 없이 부서져 버린다. 삶의 본질, 시의 본질, 예술의 본질 운운은 어리석은 짓이다. 본질이랄 게 어디 있는가, 모두 흩어져 버리는 것 앞에서.

그러므로 존재의 본질을 찾고, 위치를 찾고, 내면과 이면을 가르는 행위들은 부질없는 짓이다. 이승훈 시인에게 중요한 것은 그와 같은 가치 개입적인 정황이 아니다. 흩어져 버리는 존재와 대상에 대한 감각, 우연히, 일시적으로 현상된 현실에 대한 인식, 비현실적인 현실의 옷에의 갑작스러운 직면, 이것이 그에게 중요한 것이다.

버스는 화양강 휴게소에 잠시 서고 버스에서 내려 담배 피울 때 선생님 뭐 드실래요? 윤정이가 묻는다 응 괜찮아 새파란 하늘에 하얀 구름이 떠 있다 녹차 어때요? 그래 녹차나 할까? 잠시 후 윤정이가 돌아와 말한다 녹차는 없고 쌍화차가 있어요 그럼 쌍화차로 하지 새파란 가을 박인환 문학상 시상식은 오후 다섯 시 버스가 인제에 도착한다 터미널 부근 2층 찻집에서 제자들과 차를 마시고 계단을 내려가면 길가 노점에서 구두를 팔고 난 구두에 떨어지는 가을 햇살을 본다 갑자기 목이 메인다

— 「새파란 가을」

문학상 시상식에 가는 장면을 묘사한 이 시는 윤정이, 녹차, 쌍화차, 박인환 문학상 시상식, 인제, 터미널 등의 구체적이거나 고유한 명사들을 동원하여 삶을 세워 보려는 노력을 보여 주고 있다. 새파란 하늘, 하얀 구름, 가을 햇살도 이렇게 또렷한 자태를 과시하고 있는 것이다. 이렇게 구체적인 현실이 삶이 아닐 수는 없는 노릇일 것이다.

하지만 그럼에도 불구하고 모든 것이 꿈만 같다. 윤정이는 윤희이고, 녹차는 쌍화차이고, 문학상 시상식은 누군가의 퇴임식이고, 터미널은 공원이다. 무엇이 다르단 말인가. 하늘은 파랗고 구름은 하얗지만, 그것은 잠시의 서성거림일 뿐, 구두에 떨어지는 가을 햇살의 이 구체성까지가 모두 환상이다.

현실감은 비현실감과 묶여 있다. 분명 구두가 있는데, "구두에 떨어지는 가을 햇살"이 있는데, 이토록 선명한 현실을 붙들 수가 없다. 삶이라 부르는 매 순간이 있는데, 삶은 없는 것이다. 그는 "갑자기 목이 메인다". 누가 '비누를 보았는가'.

존재와 대상에 대해 감각하고 이를 전유하려는 노력은 이렇듯 그가 주변의 고유명사들을 실명으로 불러들이게 했다. 하지만 실명이어도 고정되는 것은 아무것도 없다. 그가 여러 번 "옮긴다"라는 말을 하는 것은 현실의 비현실성까지를 아우르는 말이다. 옮길 수 있는 현실 자체가 없다는 것, 이것까지 옮겨야 하는 것이다. 옮기는 것은 혁명적인 과업이다. 모든 것은 날아가 버리려 한다. 혹은 이미 날아가 버렸다.

"무엇을 만드는" 것, 손을 대는 것은 예술이 자랑하는 유치한 행위이다. 사실상 예술은 아무것에도 손을 대지 못한다. 모든 것은 사라지는 중이며, 손대기도 전에 사라지기 때문이다. 예술이 손을 대서 붙잡아 놓았다고 생각하는 것은 예술이 뒤집어쓰는 껍데기에 불과한 것이다.

그러므로 이승훈이 만들지 않고 옮길 때, 그것은 그 특유의 대상 지향성으로 나타난다. 옮기는 것은 만드는 것과 달리 대상을 놓치지 않으려는 것이다. 이것이 창조라는 신화에 대한 뒤샹 식의 비판으로 의도된 면이 있다 할지라도 이승훈에게는 대상의 생존이라는 방식으로 더 중요하게 작용했다. 그에게는 대상의 현현이 가장 문제였다. 왜냐하면 그에게 대상은 있는 것이 아니라 없는 것이기 때문이다. 그에게 '사물 A'는, '너'는 없는 것이다. 그는 닻이 없는 시인이었다. 대상을 선취할 수 없는 것은 그의 시의 강력한 추동력이었지만 그를 분열적으로 만들었다. 대상이 없으므로 그에게는 언제나 의사 대상들이 출몰했고, 그는 분열되었다. 그리고 그는 자신의 분열을 유희하기보다는 자각하고 돌파하려 하였기에 이승훈에서 또 다른 이승훈으로 옮겨 다녔다. 이 부단한 이동이 그의 시력의 전체를 관통한다.

시는 형태이고 형식이고 스타일이다 40년 넘게 시를 써 온 나는 그동안 시를 쓴 게 아니라 형태와 싸운 거야 등단 시절엔 연구분 있는 시를 쓰고 싫증이 나 그 후 산문 형태를 시도하고 산문 형태도 지겨워 이른바 단련 형태를 시도했지 물론 이 형태도 지겨워 단련 형태이면서 시행이 가늘고 긴 형태도 시도하고 이런 형태도 다시 지겹고 그래서 이번엔 변형된 산문 형태를 시도하고 도모하고 기획하고 기도하고 무릎 꿇고 아멘! 하고 비 오는 저녁 의자에서 일어나 방황하고 떠돌고 그러나 또 지치면 이젠 정사각형 형태다 정사각형은 죽음을 상징하지 다음엔 직사각형 형태 그것도 지치면 산문 속에 정사각형을 넣어도 보고 토막글을 넣어도 보고 그러면서 40년이 간 거야 내 친

구들은 언제나 같은 형태의 시를 쓰지만 나는 왜 이렇게 형태
앞에서 형태를 보면서 형태 속에서 형태와 싸우며 형태를 끌어
안고 뒹굴고 헤매야 하는가? 결국 그동안 난 시를 쓴 게 아니라
형태를 찾아 헤맸지

—「나를 쳐라」 부분

시의 여러 형태를 실험하고 형태를 찾아 헤매는 것이 그
가 40년 동안 한 일이다. 형태란 무엇인가. 언어를 보이게 하
는 것이다. 추상적인 언어들의 나열에 육체를 부여하는 것이
형태이다. 형태를 찾아 헤매는 것은 언어의 추상성과 비가시
성 속에서 잠행하지 않고, 언어에 매혹되는 형식을 찾고자 하
는 것이다. 이런 의미에서 형태는 그에게 영원히 존재하지 않
는 대상과도 같다. 그가 형태를 찾아 헤매는 것은 없는 것에서
있는 것, 비대상에서 대상 사이를 시계추처럼 이동하며 대상
으로 나아가고자 하는 그의 시적 행로와 겹친다. 그에게는 대
상이 없고 세계가 없고 따라서 자성이 없는 선의 세계가 근본
적으로 근친적인 것이지만, 한편으로 평생을 형태를 찾아 헤
매듯, 대상에의 강박이 자리하고 있는 것이다. 이 거대한 불일
치가 그의 시를 크게 만든다.

3 비누는 있는 것인가 없는 것인가

시인은 말한다. "이것은 시가 아니다." 여기에서의 시는 그가 부정하는 시적 관습을 일컬을 것이다. 이승훈 시인은 시론이 강한 시인이라고들 한다. 그는 수많은 시론을 썼다. 나는 그의 시론의 가치가 사실은 아무것도 주장하지 않는 데에 있다고 생각한다. 그는 물론 기존의 이론을 세밀하게 검토하고, 작품을 치밀하게 분석, 적용하고, 시론의 방향을 정돈한다. 서정시를 비판하고, 시의 본질주의자들, 근대적 미학 이론의 숭배자들을 강하게 비판한다. 하지만 누구나 흔히 하듯이 칼로, 망치로 비판하지 않는다. 그의 무기는 거품이며 텅 빈 것이다. 무엇을 주장하는 듯이 보여도 그는 또 다른 기둥을 세우지 않는다. 대체 상품을 개발하지 않는다. 그는 문학의 다양한 변종 중의 하나가 아니다. 새로운 규칙을 만들지 않으며 규칙이 아예 존재하지 않는다.

그에게는 현실의 어른거림, 실체 없는 이 현실의 표류와 어떻게 몸을 섞느냐가 문제될 뿐이다. 그것은 감각이기도 하고 의식이기도 하고 대상과 형태 추구의 문제이기도 한 것이다. 이번 시집에 수록된 언어들은 이 어른거림을 현상하는 필름들이다. 일체가 비누와 같을 때, (비누는 있는 것인가, 아니면 없는 것인가) 없음과 있음의 고단한 반복으로 사라지는 비누의 순간순간들을 포착하는 필름이 언어인 것이다.

그러나 그는 여기서 더 나아간다. 언어도 환상이라고 말하고 있는 것이다.

> 내가 시를 쓰는 것은 언어가 있기 때문이고 시는 죽음을 표상하는 언어를 매개로 이 죽음과 싸우는 방식이다. 그러나 시는 이 언어, 현실, 상징계를 극복할 수 없고 그런 점에서 언어와의 싸움이 아니라 언어를 버리는 시가 요구되고 이런 시는 언어도 환상이라는 인식을 동반한다. 앞에서 말했듯이 현실이 꿈이고 환상이라면 언어도 꿈이고 환상이다.
>
> ──「누가 코끼리를 보았는가」 부분

언어가 환상이라면, 필름도 존재하지 않는다. 잡을 수 있는 그물은 없다. 결국 시란 환상으로 환상을 좇는 것이다. 이것이 그가 현재 도착한 지점이다. 그는 출발점에서 얼마나 멀어진 것일까. 이 이중의 환상 라인은 그동안 그의 시의 중심을 차지했던 형태와 대상에의 연모를 돌아보게 만든다. 그는 이제 형태와 대상에의 오랜 착지 연습을 버리고 무의 거대한 품으로 녹아 갈 것인가. 비누가 되어 사라질 것인가.

빈 과일 바구니를 뜯어 먹는 벌레의 꿈

― 최승호의 『모래인간』

아직도 나는 거미가 왜, 끈적한 거미줄에 걸리지 않는지
이해 못 하고 있다. 이해할 수 없는 법이 佛法이고 不法이다.
커브를 튼다. 택시들이, 자전거들이 거미줄을 타고
굴러간다,

―「거미줄」 부분

1987년에 나온 시집 『진흙소를 타고』에서 최승호는 거미
줄에 걸리지 않는 거미의 이야기를 하고 있다. 자신이 쳐 놓은
거미줄에 기거하면서도 그 끈끈한 줄에 걸리지 않는 거미를
신기해하고 있는데 이러한 거미의 모습은 바로 시인의 이미
지를 연상시킨다. 2000년 8월에 나온 시집 『모래인간』을 보면
최승호는 자신이 짜 온 거미줄에 대해 이제 확연한 인식에 도

달한 듯이 보인다. 거의 20년에 달하는 시력에서 그는 그 거미줄이 모래나 재에 불과하다는 것을 깨닫게 된 것이다.

　『모래인간』을 찬찬히 살펴본다. 이 시집에서 그가 하고 싶어 하는 이야기는 공(空)이다. 문득 그가 『대설주의보』의 시인이라는 것을 상기해 본다. 그는 이 싱싱한 시집으로 등장했고 사물들은 구체적이고 명료했다. 그가 "저놈은 숫소다./ 눈썹이 검고/ 불알은 크고/ 머리엔 도깨비의 뿔이 솟아올랐다./ 저놈은 숫소다./ 콧구멍이 내뿜는 콧김은/ 증기 기관차의 증기처럼 거세고/ 다리는 다리의 다리처럼 튼튼한데/ 쯧쯧, 저런/ 숫소가 쿵 하고 드러눕는다./ 빼빼 마른 백정 앞에서/ 덩치 큰 숫소가 드러눕는다."(「숫소」) 하고 숫소에 대해 말할 때 그 거침없고 사실적인 어조엔 힘이 넘쳤다. 그리고 이 힘은, "은하수가 펑펑 쏟아져 날아올 듯 덤벼드는 눈,/ 다투어 몰려오는 힘찬 눈보라의 군단,/ 눈보라가 내리는 백색의 계엄령."(「대설주의보」) 하고 토로하는 부분에서는 장엄한 아름다움까지 갖춘 위용을 하고 있었다.

　최승호의 시 세계는 크게 두 가지의 축에서 생각해 볼 수 있다. 하나는 그가 시적 대상으로 삼아 온 세계이다. 초기 시에서부터 그에게 세계는 비판적인 인식의 대상으로 나타난다.

그는 세계를 변기, 자동판매기, 통조림, 냉장고, 정육점이나 푸 줏간 등으로 그리고 있는데, 이와 같은 세계 내에서 서식하고 있는 존재를 그리고 있는 것이 또 하나의 축이다. 그것은 주로 북어, 오징어, 낙지, 뿔쥐나 시궁쥐, 대머리독수리, 쥐며느리 등으로 대표되는 곤충이니 동물들이다.

이 두 축을 운용하여 그는 닫혀 있는 세계와 그 안에서 다양하게 생존을 영위해 가는 존재들의 양태를 세밀하게 포착 하고 있다. 자동판매기 속에서 바퀴벌레 일가가 살아가고 있 는 모습을 묘사한 것은 그 좋은 예이다.(「바퀴벌레 일가(一家)」) 이와 같은 양상으로 전개되는 세계와 존재라는 두 축은『고슴 도치의 마을』,『진흙소를 타고』를 거쳐『세속도시의 즐거움』 에서 절정에 달한다.

그리고『회저의 밤』에 이르면서 그는 어조의 변화와 함 께 다른 모색을 하게 되고,『반딧불 보호구역』,『눈사람』,『여 백』은 그 전의 시집과는 확연히 다른 세계를 보여 준다. 확실 히 이 시집들에 오면 이전 세계의 두 축, 특히 존재의 축이 부 서지는 것을 느낄 수 있다. 북어나 거미나 낙지와 같은 존재 가 눈사람으로 변모하는 것이다. 그리고 이와 함께 감옥과 죽 음으로 이어지던 변기, 통조림, 정육점, 수족관의 세계는 재나 모래로 부서진다. 그는 존재와 세계를 모두 부쉈다. 재와 모래 의 세계 안에서 언제나 녹아 버리는 눈사람이 존재하게 된 것이다.

　우리는 보통 부수려 하지 않는다. 무엇이 되었든 부순다는 것은 우리 스스로를 보존하는 것과 거리가 있기 때문이다. 대신 기억하려 하고 쌓아 두려고 한다. 일용할 양식이 거기 있다는 것을 모두들 알고 있는 것이다. 그렇다면 어떤 경우에 이 '부숨'이 발생하는 것일까?

　그것은 본질에 이르고자 하는 욕망이다.

　본질에 이르고자 할 때 우리는 생략하게 되고, 외양을 넘어서고자 하고, 집중하고자 한다. 이 집중의 힘, 숫소의 콧김이나, 몰아치는 눈보라 군단에 집중하던 힘은, "자신은 똥칠이 되어도 아무것도 원하지 않고／ 아무것도 두려워하지 않는／ 6尺의 똥 막대기"(「희귀한 성자(聖子)」)에 집중하던 힘은 사물을 잘 볼 수 있게 해 주는 사물과의 거리마저 불편하게 만들어 버린다. 본질에 이르고자 할 때 집중은 사물과의 거리를 소멸시키고, 나아가 사물의 경계를 건드리게 되는 것이다. 경계를 넘어서는 것, 이 집중의 힘은 "누에들은 언제나 자신들이 벽을 뚫어야 하며 안쪽에서 뚫어야 한다"(「누에」)는 자각을 거쳐, 존재와 세계의 내면으로 이동하면서 그 파괴력을 발휘한다. "커다랗게 입을 벌리고/ 거 봐, 너도 북어지 너도 북어지 너도 북어지/ 귀가 먹먹하도록 부르짖고 있"(「북어」)는 북어란 존재는 무엇인가? "죽어서야 짐 벗은 인간"이 "알몸거지로 누워 있는" 시체 냉동실(「세속도시의 즐거움 2」)이란 무엇인가? 이 시끄럽고 번잡한 목록들이 본질의 세계에서 눈이나 재, 모래의 세계였던 것이다.

존재와 세계의 본질이 눈, 재, 모래라면, 녹거나 흘러내리는, 흩어지는 것이라면 무엇이 남는 것일까? 아무것도 없음인가?

『회저의 밤』에서부터 등장하기 시작하는 무(無)나 허공이라는 말은 이후의 시집들에서 그의 주요한 주제로 자리 잡기 시작한다. 그리고 『그로테스크』를 거쳐 『모래인간』에 오면 이것이 그의 시집을 관통한다. 『모래인간』은 공(空)에 대한 그의 생각의 정밀한 지도이다. 공(空)은 이 시집에서 두 가지 모습으로 나타난다. 공(空)의 자리에서 세계를 보는 것과 공(空)을 객관화하고 맞서고 탐문하는 것이다.

1 공(空)의 자리에 서기

공(空)의 자리에서 세계를 본다는 것은 무엇일까? 존재와, 존재가 거주하는 세계 모두를 공(空)으로 사유하는 것이다. 여기에는 세 가지 길이 있다. 사물들은, 생명들은 스스로가 공(空) 그 자체이거나, 혹은 재나 모래와 같은 본질로 소멸되는 과정을 통해 공(空)에 이르거나, 아니면 공(空)의 세계에 존재론적으로 합류한다.

1-1 그 자체가 공(空)이다

우선, 최승호의 시에서 사물들은 그 자체가 공(空)으로 나타난다. 필름이 없는 사진기, 만년 뒤에 발굴하면 출토품이 아무것도 없을 지하 주차장, 식탁에 잔뜩 널려 있는 조개껍질들, 텅 빈 건물들은 이미 그 존재 자체가 공(空)의 세계를 현현한다. 이 사물들은 공(空)의 은유이다. 이들은 대부분 죽음의 형식을 취하고 있다.

부서진 머리를 뒤적거리던 숟가락이 건져 올리는

희멀건 눈알

흰자위도 눈동자도 수정체도 없을 때, 속눈썹도 눈물도 없을 때, 망막도 없다. 허상도 없다. 근시도 없고 난시도 없고 노안도 없다. 눈조리개도 없다. 시신경도 없다. 껌뻑거릴 눈꺼풀이 없다. 낮도 없고 밤도 없고 보이지 않는 것을 더 이상 볼 수 없을 때, 텅 빈 눈에 어울리는 것은 도수 없는 안경, 허공이 안경이다. 테 없는 안경, 안경알 없는 허공이 안경이다.

—「보이지 않는 것」 부분

위의 시는 존재 그 자체가 취하는 공(空)의 실상을 극명하게 보여 준다. 그로테스크하게 묘사된 숟가락에 건져 올려진 희멀건 눈알은 분명 물질로서 존재하는 것이지만 물질로서의 역할이나 기능을 상실하고 다른 것이 되어 버렸다. 눈알은 이미 텅 빈 눈이며 아무것도 없는 무(無)의 세계, 그러나 그 없음은 보이지 않는 것을 더 이상 볼 수 없는 공(空)의 세계로 나타난다.

아무것도 볼 수 없는 텅 빈 눈이기에 세계는 낮도 없고 밤도 없는 텅 빈 것인가? 아니면, 텅 빈 눈이기에 허공이라는, 우주를 갖게 되는 것인가?

1-2 소멸을 통해 공(空)에 이른다

공(空)의 자리에서 세계를 보는 두 번째 방법은 사물의 본질이 되는 먼지, 모래, 재의 형태로 공(空)에 이르는 길이다.

모래에서 끝나는 육체, 모래에서 다시 시작하지 못하고 모래로
흘러 다니는 육체, 더 쪼갤 수 없이 잘게 쪼개져서 사막을 흘러
다니고 바람에 불려 다니는, 더 이상 육체라고 부를 수 없는 육
체, 방황하는 모래들, 표류하는 모래들, 폭풍에 들려 빈 하늘에
서 빈 하늘로 떼 지어 날아가는 모래들, 누구의 것도 아닌, 그
누구의 뼈도, 그 누구의 살도 아닌,

―「모래인간」 부분

육체는 애초에 모래였다. 따라서 모래가 되어 떠다닌다.
방황하고 표류하는 모래들은 존재의 공(空)을 현시한다. 보라,
존재들은 결국 흩날리는 모래가 되어 공(空)으로 돌아가는 것
이 아닌가. 그러면서도 더 이상 육체가 되지 못하는 모래들의
표류는 오히려 표류의 시간 속에서 육체가 된다는 것, 그 누구
의 뼈와 살이 된다는 것의 의미를 되묻게 한다. 육체가 된다는
것과, 육체가 되지 않고 떠도는 것의 차이는 무엇인가. 빈 하
늘에서 빈 하늘로 떼 지어 날아가는 모래들은 지금 모래의 육
체를 가지고 있는 것인가, 아닌가. 다시 말하면 잠시 육체를
입었다 할지라도 그것은 존재의 공(空)을 가시화시키는 것에
지나지 않는 것은 아닌가.

1-3 공(空)의 세계에 존재론적으로 합류한다

그러나 최승호의 공(空)의 세계가 무한한 가능성과 확장으로 존재하는 것은 이상과 같이 사물이 죽음이나 본질로 소멸되는 과정을 통해서가 아니라, 현존재 그 자체로 공(空)과 하나가 될 때이다.

불길 속의 북어는 허공을 물어뜯을 듯 아가리가 벌어져 있다. 몸통은 없다. 말라붙은 눈이 있던 자리엔 구멍이 났다. 그 구멍엔 이제 허공눈알이 들어앉았다. 참 맑은 눈알들, 시력은 제로. 시선은 無限. 북어대가리는 점점 구워진다. 그러나 허공눈알 두 짝은 절대로 구워지지 않을 것이다.

―「불」부분

불길 속에서도 북어의 두 눈이 구워지지 않는다면 그것은 북어의 눈이 일시적인 물질의 성격을 떠나 공(空)을 받아들여 공(空)과 합일한 상태이기 때문이다. 공(空)과 하나가 된 눈은 이제 더 이상 보이는 것이 없는 "텅 빈 눈"이 아니라 "절대로 구워지지 않"는, 다시 말해서 절대로 파괴되거나 소멸되지 않는 눈이다. 그리고 파괴되거나 소멸되지 않는다는 소극적인 상태를 넘어 다른 차원의 의미를 획득하게 된다. 공(空)에 합류한 것이기에, 공(空)이기에, "허공눈알"은 단순한 무

(無)가 아니다. 무한한 시선을 가지게 되는 것이다.

공(空)의 자리에서 세계를 본다는 것, 사물들이 스스로가 공(空) 자체이거나, 혹은 재나 모래와 같은 본질로 소멸되는 과정을 통해 공(空)에 이르거나, 아니면 공(空)의 세계에 존재론적으로 합류한다는 것, 이 세 가지 길은 결국은 같은 길일 것이다.

공(空)의 자리에서 세계를 본다는 것, 이때 공(空)은 곧 사물의 자리이다. 사물들은 삶이나 죽음으로 공(空)을 암시한다.

하지만 이것은 결국 초월적인 인식에 귀의하는 것은 아닐까? 공(空)이라는, 밑그림 없는 설계도에 의지하는 것은 아닐까?

2   공(空)의 맞은편에 서기

여기까지 왔을 때 최승호가 접어든 길은 예상치 못한 것이었다. 그는 시인이었다. 공(空)의 자리에 서거나 공(空)을 향하는 것에 그치지 않고 그는 공(空)의 맞은편에 서서 공(空)을 객관화하고, 맞서고, 탐문하고 있다. 이것은 공(空)을 인식과 감각의 대상으로 놓는 것이다. 물론 공(空)의 정체를 추적한다는 것 자체가 불가능한 싸움이라는 것을 보여 줄 따름이지만, 따라서 그 싸움의 한계를 보여 주는 것에 그치고 마는 것이지만, 이러한 시도들은 존재와 공(空)이 갖는 거리를 보여 줌으로써, 공(空)을 수동적으로 수용하거나 그 세계의 일부기 되게 하는 것이 아니라 그것을 인식의 대상으로 삼게 만든다. 그리고 바로 이 부분이 『모래인간』의 가장 빛나는 부분이다. 그는 새로운 돌파를 시도하고 있는 것이다.

> 그러나 공의 형상을 유지하면서 공은 찢어진 채 너덜너덜 굴러다닌다. 그 방향들, 얼크러진 선, 공의 방향이 바람 방향과 같다고 말할 수 있을까. 그렇지 않다. 때로 공은 바람과 다른 방향으로 굴러간다. 공터 한구석에 처박힐 때도 있다. 그걸 다시 물고 나오는 건 개다. 공은 물어뜯기고 개 침에 젖지만 완전히 찢어지지 않는다. 공은 의외로 질기다. 다른 공, 제로(zero)는 더 질기다고 할 수 있다. 그 공은 물어뜯을 수 없고 입에 물 수조차 없다. 공터에 밤이 온다. 공에도 밤이 있다. 너덜너덜 찢긴 공안에 어둠이 들어앉는다. 그 어둠은 공 밖의 어둠보다 조금 더 어둡다.

— 「공터의 공 하나」 부분

물어뜯기고 찢어진, 개 침에 젖은 공에 대한 상세한 묘사는 "다른 공, 제로"를 물질화시키는 효과를 갖는다. 너덜너덜 굴러다니는 공이 의외로 질기지만 "다른 공, 제로는 더 질기다."라고 할 때 형체를 갖지 않는 "다른 공, 제로"가 굴러다니는 공과 비교되면서 비교 대상의 성질을 갖게 되는 것이다. 그렇다면 여기서 "다른 공, 제로"는 무엇을 뜻하는 것일까? 그것은 최승호가 관심을 가지고 있는 공(空)에 다름 아닐 것이다. 제로는 근원이고 출발이며 비어 있는 상태라는 점에서 공(空)이다. 그리고 굴러다니는 공과 제로와 공(空)이 연관을 가지면서 얽히는 "다른 공, 제로"는 『모래인간』의 가장 중요한 지점이다.

그리고 "다른 공, 제로는 더 질기다고 할 수 있다. 그 공은 물어뜯을 수 없고 입에 물 수조차 없다."라고 할 때, 공(空)은 그렇게 할 수 없다고 가능성이 부정되고는 있지만 물어뜯기거나 입에 물리는 대상으로 대상화된다. 더 질기다는 것, 입에 물 수 없다는 것은 언뜻 보기에 공(空)을 강력하게 절대화하는 것 같지만 사실은 공(空)이 굴러다니는 공에 비교될 만큼, 개에 물어뜯기는지 여부로 판단될 만큼 상대적인 어떤 것이 된 것이다.

개는 공(空)을 물어뜯거나 입에 물 수가 있는 것이다.

부정과 긍정은 항상 같이 존재한다. 부정을 통해 긍정이, 긍정을 통해 부정이 존재하는 것이며 어느 쪽도 배타적으로 한쪽을 배제하지 못한다. 물어뜯을 수 없다고 할 때 이미 물어뜯은 것이다.

이제 개는 공(空)에 맞서고 있다. 이것은 존재가 공(空)의 자리에 서는 것과는 사뭇 다른 양상이다. 존재가 어떠한 가치나 철학이나 진리를, 세계를 자신의 준거로 삼아 그 자리에 서거나 자신보다 우위에 두었을 때 이러한 존재를 다루는 시는 시보다 뛰어난 어떤 것이 된다. 공(空)을 다루는 것도 그렇다. 공(空)이라는 것이 분해되지 않는 어떤 전제가 되는 것은 시에 어울리지 않는다. 최소한 공(空)을 앞에 놓고 그것을 존재화하는 것이 필요하다.

따라서 개가 공(空)에 맞선다고 했을 때 이때의 공(空)은 사물의 뒤에 숨어서 사물의 본질이 되는 것이 아니라 개와 마찬가지의 존재나 사물로 나타나는 것이며 존재화된, 사물화된 공(空)은 시의 대상으로서 시적 상상력을 증폭시키는 역할을 한다. 이제 공(空)은 그 의미와 질서를 시의 형상화 과정 속에서 탐문받게 된 것이다. 다음의 예는 『모래인간』의 백미라 할 수 있다.

과일 바구니 속의 악몽이란 빈 과일 바구니를 한없이 뜯어 먹
는 벌레의 꿈 같은 인생을 말한다.

—「과일 바구니 속의 악몽」

과일 바구니 속에 과일이 없음을 벌레는 알고 있을까? 알
든, 모르든 벌레의 인생은 차이가 없을 것이다. 벌레는 과일이
없는 과일 바구니 속에서 추락과 소멸을 겪는 것이 아니라 빈
과일 바구니를 한없이 뜯어 먹는다. 물론 이것은 깨어나야 하
는 악몽이다. 그럼에도 불구하고 빈 과일 바구니를 벌레가 뜯
어 먹을 때 그 순간 벌레는 과일 바구니를 인식할 수 있다. 하
찮고 유한한 벌레 같은 존재들이 공(空)을 인식할 수 있는 방
법은 공(空) 속에 담기는 것이 아니라 공(空)을 물어뜯고 감각
하는 것임을 이 시는 잘 보여 주고 있다. 이 과정이 영원한 것
이며 악몽은 지속된다고 할지라도 말이다.

"눈이 녹으면 그 흰빛은 어디로 가는가?"
하고 물은 사람은 셰익스피어였다. 소멸에 대한 아름다운
명상이다. 동시에 불멸에 대한 불후의 화두이다. 눈은 녹지만
눈의 흰빛은 녹지 않는 것일까?
눈이 녹는 것과 눈의 흰빛이 남는 것은 다른 차원이다.
존재의 본질에 따라 눈이 녹는 것이라면, 공(空)이라면, 흰빛

이 이동하는 것은 인간의 세계이다. 인간의 시선이고, 기억이고, 질문이고, 상상이다. 그 흰빛이 어디로 가는지 우리는 영원히 알 수 없을 것이다. 하지만 우리는 기억하고, 질문하고, 상상한다. 그러면서 눈이 녹아 버린 후에도 녹지 않는 흰빛을 언제까지나 보게 된다. 그 흰빛은 우리 속에 있다.

불멸은 인간의 것이다.

죽음 놀이, 질문하지 않는 방식
— 홍신선의 『우연을 점 찍다』

1　사유의 반사

　　홍신선의 새 시집 『우연을 점 찍다』는 몇 가지 점에서 주목을 요한다. 단지 일곱 번째 시집인 것이 아니라 시력 40년을 망라한 2004년의 시 전집 출간 이후에 쓰였다는 것, 오랜 교단생활을 마감하고 퇴직한 후의 심리적 자장을 품고 있다는 것, 그리고 청년 시절부터 중년에 이르기까지 자신이 천착했던 존재론에 대한 사유의 반사(反射)를 보여 준다는 점에서 그러하다. 왜, 어느 지점에서의 반사인가. 어떠한 반사인가. 우선 다음 시를 보자.

　　그동안 나는

허공에서 허공을 꺼내듯
시간 속에서 숱한 시간들을 말감고처럼 되질로 퍼내었다
말들을 끝없이 혹사시켰다.
(중략)
이제 다시
어디에다 무릎 꿇고 환멸의
더 깊은 이마 조아려야 하는가

　　　　　　　　　　　　　──「퇴직을 하며」 부분

　자신의 작업이 허공에서 허공을 꺼내고 시간 속에서 시
간을 꺼내는 행위였다고 토로하는 목소리는 특별히 결곡하게
들린다. 그는 지금까지 허공 속에서 꽃이나 새, 구름을 꺼냈던
것이 아니었으며, 시간 속에서 시간을 제압하는 비시간을 보
았던 것이 아니라고 하고 있다. 그는 일면 무용하다고 할 수도
있는 추상적 행위 속에 자신이 그동안 있었음을 고하고 있다.
허공 속의 허공, 시간 속의 시간이라는 것, 그는 그 허공 밖으
로, 시간 밖으로 머리를 내밀지 않았다. 지금까지 지순하게 그
러한 것들에 머리를 숙였던 것이다. 하지만 그러한 것들이 허
공이었다고 통찰하는 순간, 그리고 지금 또 어느 허공과 시간
에, "어디에다" 머리를 숙여야 하는지 묻고 있는 순간, 이러한
물음, 반사는 이번 시집을 특징짓는 지난한 표정으로 보인다.

2 숙임과 숨음

그동안의 작품들을 살펴보면 홍신선의 특유의 '머리 숙임'은 까다로운 함의를 가지고 있다는 것을 알 수 있다. 머리 숙임이란 무엇인가. 그것은 대상의 호출이다. 머리를 숙인다는 것은 무엇보다도 대상을 불러들이고 현실화시키는 것이다. 대상이 있어서 머리를 숙이는 것이 아니라 머리를 숙임으로써 대상이 존재하는 것이기 때문이다. 그리고 그 대상을 통해 내가 현실이 된다. 이것은 삶의 불투명성에 대한 저항의 한 방식이라 할 수 있다. 내가 현실이기 위해서 내가 숙지해야 하는 대상들, 현실의 목록들이 존재해야 하는 것이다.

물론 세계와의 합일이나 일치에서 찾아볼 수 있는 직접성과 즉자성은 여기에는 나타나지 않는다. 머리 숙인 존재는 그렇게 단번에 드러나는 적시성과는 관련이 없다. 그는 자신을 드러내거나 보여 주려는 것이 아니라 머리 숙임으로써, 대상이라는 현실을 세우고 그것을 간직하려는 것이다. 그것을 통해 존재하려 한다. 자신이 간직하게 된 현실이 생의 불확실함과 때로는 불가능을 감내하고 나아가게 해 주기 때문이다. 이러한 의미에서 숙인다는 것은 표류를 잠재우는 것이다. 홍신선의 숙임, 세계를 불러들이는 방식, 그것은 농촌이나 고향, 이웃, 시대를 현실화시키는 것이었고, 그것을 통해 자신이 삶의 현실이 되는 것이었다. 이로써 그는 젊은 시절의 수사적 은닉을 뚫고 세계에 가담하는 감각과 눈을 만들어 갈 수 있었다.

오목내 약국, 자전거포, 미니슈퍼, 능참봉,
무엇인가 앞에
낮게 깊이 몸 숙인 것들
—「우리 홍씨 3」 부분, 『우리 이웃 사람들』

나는 돌 싱거운 웃음만 입에 물고 있어요
사는 동안 눈길 숙이고 구르는 일만
일로 알았어요
—「왕십리」 부분, 『겨울 섬』

누가 장대높이뛰기를 하였는가
나는 어디에 고개 묻고 있었는가
비닐 씌운 두둑에 고추모 옮겨 심고 멍석딸기꽃 밑에 마른 짚깔기
젖먹이 기저귀 갈아 주듯 갈아 주며
언젠가 풋딸기들이 뾰족한 궁둥이로 편히 주저앉을 것을 생각하는

나날의 이 道와 躬行은 얼마나 사소한가 거대한가

                         —「황사바람 속에서」부분, 『황사바람 속에서』

    약국, 자전거포, 슈퍼, 이러한 상점들은 무엇인가, 길가의 돌 하나는 어떤 존재인가. 이렇게 구체적인 사물들이지만 이 사물들을 구체적으로 만드는 것은 다름 아닌 이들의 자세이다. 사물들은 스스로를 현현하고 있는 몽유적이고 자립적인 자세가 아니라 무엇인가에 숙이고 있기 때문에 구체적인 것이다. 홀로 고립적인 확신으로 흘러가지 않고, 자신의 외계를 감지하고 이에 몰두해 있으므로 사물들은 이러한 관계 속에서 현실적인 보통명사, 고유명사가 될 수 있다.

    몰두의 가장 깊은 자세는 머리 숙임일 것이다. 과거나 미래의 어떠한 시간들, 얼굴을 보여 주지 않는 운명의 힘, 자연이나 세계의 원리, 사회나 관습, 생활 습속의 변화 등등의 그 무엇인가에, 아니면 단순히 바로 앞에 있는 다른 사물에 머리 숙임으로써 사물들은 자아의 불확실함 속으로 침몰하지 않고 현실의 부표 위로 떠오를 수 있다. 외계가 현실의 견인 역할을 함으로서 존재들이 현실적 감각을 찾을 수 있게 되는 것이다. 그리고 이러한 의미에서라면 존재는 자신의 외부 세계에 직면하기 전까지는 언제나, 아직 형성되지 않은 채로 현전하는 것이다. 약국과 슈퍼가 약국과 슈퍼일 수 있는 것은 무엇인가에

"낮게 깊이 몸 숙인" 때문이며 돌은 "눈길 숙이고 구르는 일"에 몰두함으로써 현실적인 돌이 된다.

시인의 눈에 "장대높이뛰기"는 참으로 낯선 것이다. 그는 고추모를 옮겨 심고 "멍석딸기꽃 밑에 마른 짚 깔기"를 함으로써 "고개 묻고 있"다. 고개를 묻는다는 것은 이와 같이 눈에 보이는 구체적인 행위이다. 이 구체성이 존재를 현실적 존재로 만들며 "나날의 이 도와 궁행"으로서 존재는 세계와 연결된다. 여기서 자신이 숙인 대상이 정확히 무엇인지, 어떠한 의미를 가지고 있는 것인지 한두 마디로 규정하는 일은 일어나지 않는다. 중요한 것은 '숙임'의 자세인 것이다.

> 시간의 황량한 헛간처럼 누운
> 아비의 곁에서
> 나는 채울 수 없다.
> 그 헛간을 흙물로는 내가 지껄이는
> 정신으로는 다 채울 수 없다.
> 내가 불 피운 정신이란
> 이 한 칸 토방의 어둠도 밝히지 않는다.
> (중략)
> 덧없다
> 누가 정신 하나로 이 들을 견디는가

한마디 기개로

이 산들과 마주 견디는가

쉽게 용서하며 견디며 나는

들과 산을 안고 살았을 뿐이다.

살아 있다는 것들이

소리 삭여 잠잠함을 만들어 흐르는 것을

—「용서하는 법」 부분, 『겨울 섬』

시인은 정신이나 기개와 같은 자아 중심적인 것들을 과
신하지 않는다. 그보다 더 근본적인 어떤 것이 존재하고 있
음을 토로하고 있다. 예컨대 위의 시에서 그는 그것이 "시간
의 황량한 헛간"이라 말하고 있다. 그가 보기에 정신은 여기
에 무력하다. 정신이나 기개야말로 표류적인 것일 수 있다. 그
것들은 헛간을 채울 수도 어둠을 밝힐 수도 없다. 헛간을 견
디는 일, 이것은 헛간에 머리 숙이는 일일 것이다. "쉽게 용서
하며 견디"는 것은 자신을 세우는 것이 아니라 자신을 숙이
는 행위이다. 숙이면서 "들과 산을 안고 살"아가는 일이다. 그
것이 헛간에 대한 인지이며 자신에 대한 감지이다. 그와 같은
숙임은 또한 "나를 줄이고 다시 더 줄여"(「하숙에서」) 가는 일
이다.

홍신선의 특유의 '머리 숙임'은 시인의 긴 시력에서 '숨어

듦'의 미묘한 맥락으로 연결된다. 고개를 숙이는 것은 숙이는 대상에게로의 숨어듦, 스며듦이라 할 수 있다. 대문자로 세우는 것은 자신이 아니라 자신이 숙이고 숨어든 그 무엇이다. 존재는 숙임을 통해 자신을 보이지 않게 하며 대상 속에 숨어서 존재하고 이동한다. 미학적 자의식이 돌올했던 등단 무렵의 몇 편의 시를 제외하면, 첫 시집 『서벽당집』에서 『자화상을 위하여』에 이르기까지, 약간의 차이는 있어도 그의 존재론적 행보를 표현할 수 있는 말이 바로 이 숨어듦이다. 1970~1980년대에 현실적 관심 아래 쓰인 시들도 이데올로기시나 참여시와 거리가 먼 것은 바로 이 때문이다. 그는 세계를 인식하고 이에 대해 발언하려 하기보다는 세계 속으로 숨는다. 그의 시적 자아는 보는 자, 발견하는 자, 인식하는 자, 나아가 대변하는 자라기보다는 숨어 있는 자이다.

그렇다면 어디에 숨는가? 고향 마을의 삶의 풍속, 농촌의 해체와 몰락, 혈연 의식과 대가족제도의 붕괴, 가난한 이웃들의 떠돌이 삶, 그 폐허와 상실 속에, 유교나 불교 등의 동양 정신 속에 숨어든다. 그에게 한 인간을 에워싸고 있는 공동체, 사회나 삶의 역사라는 것은 무엇인가. 개인들의 부단한 자맥질로 이루어진 퇴적층 같은 것이 아닐까. 그에게 퇴적층은 단지 흔적이 아니라 결이 선명한 삶 그 자체이다. 시인은 이의 깊이와 넓이를, 그리고 살아 움직임을 느끼고 호흡한다. 매번 더 깊은 자맥질로 나아간다. 그러므로 아주 작은 사물이나 순간들 속에서도 그는 이 숨음의 현장을 발견한다.

구절초 뒤에 숨은 구절초
그 뒤에 숨은 팻말, 한쪽 머리통이 조금 기울어져 나와 있고
그 뒤에 숨은 더 작은
그 뒤에 숨은……
그 뒤에……

— 「수원 가는 길에서」 부분, 『우리 이웃 사람들』

너희들은 누구인가
헛소리들 옆으로 또 헛소리들
헛소리들 앞에도 헛소리들
헛소리들 뒤에도 헛소리들
그 헛소리들의 뒤통수, 뒤통수……

— 「봄꽃들 떨어지다」 부분, 『황사바람 속에서』

구절초는 구절초 뒤에 숨으며, 구절초를 명기한 팻말도 역시 구절초 뒤에 숨는다. 팻말 뒤에는 또 다른 것이, 그리고 그 뒤에는 더 작은 어떤 것이 숨는다. 이 숨음의 지속적인 연쇄는 끝이 보이지 않는다. 스스로 솟아오르는 것은 아무것도

없다. 숙이고 숨는 존재들의 파노라마가 이어질 뿐이다. 뜻밖의 생이라는 것은 이 파노라마 속에서 효력을 발휘할 수 없을 것이다. 그것은 무례한 일이다. 이와 같은 풍경은 떨어지는 봄꽃들에서도 찾아볼 수 있다. 봄꽃들이 또렷한 소리로 서로 분별되고 가시화되지 않는다. 서로의 앞에서, 옆과 뒤에서 헛소리가 됨으로써 숨는다. 숨어서 헛소리가 된다. 누가 진실한 말을 하는가. 본래적인 말이라는 것은 특수한 경우에서의, 제한된 수사에 지나지 않을 것이다. 그것은 가정된 것이다. 우리가 보거나 들을 수 있는 것은 헛소리의 헛소리, "헛소리들의 뒤통수"일 뿐, 떨어지는 봄꽃들뿐일 것이다. 그렇다면 구절초가, 봄꽃들이 숨는다는 것은 어떠한 의미일까.

3 잠행의 시학

홍신선의 시에서 특징적인 숙임과 숨음의 제 양상에 대해 그 의미를 좀 더 살펴볼 필요가 있다. 한편으로 가족과 사회의 공동체나 풍속, 사회 구성의 물질적, 철학적 기반, 시대의 지침과도 같은 생의 조건들에 고개를 숙인다는 것은 시인이 그와 같은 제반 상황에 대해 비판하려 하기보다는 관조하고 이해하려는 쪽에 선다는 것을 의미한다. 여기서 중요한 것은 평가와 달리 이해는 어느 쪽에도 고개 숙이지 않는다는 점이다. 평가는 특정한 가치에 봉사하는 것이지만 이해는 그것을 벗어 버리는 것이기 때문이다. 따라서 그의 숙임이란 역설적으로 숙이지 않음의 자세를 가리키는 것이다. 그는 함몰되기보다 사려하고 있다. 그의 숙임과 숨음은 무엇보다도 개인을 둘러싼 제도적, 공동체적, 상징적 가치들의 무게와 변화에 대한 내밀한 이해의 방식이라 할 수 있다.

　이렇게 생각해 보았을 때 그의 특유의 숨음의 미학을 잠행의 시학으로 정의해 볼 수 있다. 홍신선의 초기 시부터 후기 시까지를 관통하는 특징이 바로 이 잠행이다. 잠행한다는 것은 보이지 않게 이동하는 것이며 흡수되어 사라져 버리는 것과는 분명 다르다. 그는 자신이 묘사하는 것 위로 떠오르려 하지 않으며, 자신이 바라보는 현상에 깊게 침윤되지만, 그것 속으로 용해되어 버리는 것은 아니다. 움직임 없는 이동처럼 느껴지는 그의 묵직한 행보는 일곱 권의 시집을 지나는 동안 커다란 관문들을 경유하였으며 여러 중심 지표들을 품어 왔다. 그러면서도 그러한 지표들로 요약되지 않는다. 그는 특정한 시대성이나 이데올로기로 압축되지 않고, 그것에 의해 희석되지 않는 행보를 지속해 왔다. 그리고 그가 이렇게 개인적이고 지속적으로 자유로울 수 있었던 것은 바로 그의 시적 행보가 선언적인 것이 아니라 잠행적이었기 때문일 것이다. 세계 속에 보이지 않게 스며드는 것, 세계 속에 들어 묵묵히 이동하는 것이 자아의 현실 원리로 작동한 덕분이다.

물론 문학은 일차적으로는 어떠한 경우에도 잠행이 아닐 수 없을 것이다. 문학은 가치에 편입되는 것이 아니라 가치를 무력하게 만드는 것이기 때문이다. 문학이 특정한 가치의 문제가 아니라 태도의 문제로 나타나는 것은 이를 잘 보여 주는 것이라 할 수 있다. 하지만 홍신선에게 있어서처럼 표면적으로는 대상과 세계의 전개로 이동해 나아가는 것처럼 보이면서 다른 한편 스스로를 비가시화시킴으로써 세계에 복종하지 않는 방식으로 작용한 잠행은 독특한 것이다. 그는 오랫동안 태도를 가지는 것마저 거부해 왔다. 태도라는 것은 손쉬운 복종이기 때문이다. 그것은 무의미한 솟아오름, 그에게 일시적 눈가림에 지나지 않는다. 그에게 잠행이란 태도를 내려놓는 행위이다.

시인의 잠행은 이번 시집 『우연을 점 찍다』에서도 뚜렷한 양상으로 나타난다. 이것은 홍신선이 초기 시부터 현재까지 이러한 존재론적 형식을 지속시키고 있다는 점에서 유의미한 정황으로 포착되어야 한다.

굽은 것 앞에서는 굽은 대로
곧은 것 앞에서는 곧은 대로

하루에도 몇 번씩 그는 둔갑술 하듯 신색(身色) 바꾸어 산다

순천만 뻘밭가
내력 없는 기진개처럼
내 마음속 어느 철면피한 사물이여

———「마음 經 42」

"굽은 것 앞에서는 굽은 대로/ 곧은 것 앞에서는 곧은 대로" 산다는 것은 외계의 사물이나 현상과 마찰하지 않고 그에 스며들어 그와 같은 모습이 되어 자신을 숨기는 것이다. 그 속에서 생을 잠행하는 것이다. 이러한 일은 "하루에도 몇 번씩" 일어나며 마치 "둔갑술"을 하고 있는 것 같고, 자신의 "신색(身色)"이라는 것에 유의치 않고 벌어지는 일이다. 이것은 "내력 없는 기진개"에 비유된다. 시인은 기진개라는 풀의 예를 통해 자신의 고유한 '내력'의 논리나 방향과 무관하게, 마치 내력이 없는 것처럼 살아가는 삶에 대해 이야기하고 있다. 정체성 없이 떠밀려 온 어느 풀의 생과 같이 고유한 내력이라는 것 자체를 부정하고 있는 것이다. 내력이 있다면 그것은 신색을 바꾸어 온 내력일 것이며 따라서 자체의 정합성을 갖는 것이 아니다.

물론 간과하지 말아야 할 것은 내력 없는 삶이란 것을,

시인이 외부 세계에 의한 변형과 거대한 통합의 과정으로 보지 않고 작은 풀의 둔갑술로 읽어 낸다는 점이다. 모습은 바뀌는 것이 아니라 바꾸는 것이다. 풀이 내력이 없는 것은 내력을 갖지 않기 때문이며, 이것이 뻘밭가를 견디는 방식이다. 바로 뻘밭에서의 생에 대한 풀의 간취인 것이다.

> 깊이 감아 둔
> 제일 긴 결은 꼭 풀어내야 한다고
> 겹겹이 안으로만 둥글게 두 무릎 감싸 안듯
> 결 쫓아 들어간 옹이
>
> ──「마음 經 46」 부분

"내력 없는 기진개"의 비유는 "옹이"에서 다시 한번 확인된다. 옹이가 만들어지는 것은 옹이 자체의 내력에 의한 것이 아니다. 말하자면 옹이는 자신의 내력을 가진 것이 아니다. 다만 "결"을 쫓아 들어간 결과이다. 결을 쫓아 들어가 결에 숨으려 한 흔적이다. 옹이가 둔갑술에 다소 미흡해 결이 되지 못하고 옹이로 남았다 하더라도 또한 바로 그 때문에 옹이는 자신이 결과 동일하지 않은 것임을 보여 준다. "굽은 것 앞에서는 굽은 대로" 행위를 하지만 굽은 것과 동일해지는 것은 아닌 기진개의 경우와 마찬가지이다. 기진개가 다시 "곧은 것"이 될 수 있듯, 옹이 역시 다른 결을 쫓아 다른 옹이가 될 수 있다.
잠행은 존재의 끝없는 가동인 것이다.

> 어느 때는 처마 끝 녹슨 풍경 안에 은신한 청동 물고기로
> 후, 다, 닥 튀어 올랐다가 잠적하는
>
> 어느 때는 엉뚱하게 도청길 바쁘게 날리는 낙화들 틈새
> 잠깐 뒷모습 두었다가 잠적하는
>
> 그렇게 잠적에서 잠적으로
> 뭇 현상들의 뒷길로만 경공술로 나는 듯 자취 없이 달리는
> 천 길 깊숙한 잠행이여
>
> ──「마음 經 45」 부분

　'은신', '잠적', '잠행'이라는 어휘들로 이루어진 위의 시
는 홍신선의 잠행의 미학을 잘 엿볼 수 있게 해 주는 작품이
다. 1연의 "청동 물고기"나 2연의 "낙화들"로 구체적 사물화를
꾀하면서도 존재는 모습을 드러내지 않는다. 물고기가 되거나
낙화들 틈새 잠시 모습을 드러내기도 하지만 곧 잠적해 버리
고 마는 것이다. 모습을 나타내는 것이나 잠적해 버리는 것이
나 일시적이고 상대적인 것이며 모두 잠행하는 것이다. "잠적

에서 잠적으로", 결국 "자취 없이 달리는" 잠행이 시인이 본 존재론이다.

하지만 누가 잠행하고 있는가. "자취 없이 달리는/ 천 길 깊숙한 잠행"을 하고 있는 것은 무엇인가. 시인은 제시하지 않는다. 주이가 사라진, 주어가 잠행 중인 세계, 존재가 철저하게 가려진 이 잠행의 세계가 홍신선 시의 근간인 것이다. 그는 보이지 않는 존재이다.

몸이란 그렇듯 한때 유동하는 근기들
판형 따라 집합했다가
다시 해판되는 것,
금강경?
타고 건너온 말의 뗏목 내버리듯
경전이란 없고 실은 뭇 가명들이 있는 것,

─「낙엽 사경」 부분

존재들이 보이지 않고 "천 길 깊숙한 잠행"을 하는 본래의 이유는 무엇일까. 시인은 여기서 "해판"이라는 말을 꺼내고 있다. 그에 의하면 우리의 "몸이란 그렇듯 한때 유동하는 근기들"에 불과하다. 따라서 일정한 "판형" 따라 모이기도 하지만 그것은 일시적인 것에 지나지 않으며, 우리는 언제나 "해판"되는 존재이다. 여기서 존재의 흩어짐, 부서짐, 바로 이것이 잠행 그 자체임을 알 수 있다. 물론 "해판"될 존재들이 "판형"에 숨어드는 것, 그것 역시 잠행의 한 순간이다. 잠행을 통해, 잠행의 순간을 통해 존재들은 일시적이고 현실적인 "집합"을 하게 되는 것이다. 하지만 시인은 어느 순간, 돌이킬 수 없이 "경전이란 없"다고 말함으로써, 존재들이란 "가명들"이라 말함으로써, 이 "집합"의 일시적 가능성도 허락하지 않는 듯이 보인다.

4   죽음놀이

하나의 사물에서 다른 사물로, 현상에서 현상의 뒷길로, 움직임에서 부동으로, 다시 또 다른 움직임으로, 집합했다가 해판하는, 보이는 듯 보이지 않는 이 잠행 중인 존재는 그의 시의 어느 곳에서도 만날 수 있다. "나는 기억의 등고선을 읽는다⋯⋯ 나는 망각 속을 둥둥 떠다닐 것이다."(「또다시 고향에서」)라고 말하는, 기억하면서 동시에 망각하는 자아는 잠행의 존재론에서 온 것이다. 그것은 여기에서 저기로 계속 숨어들고 떠다니고 있다. 하지만 기억과 망각을 한 번에 관통해 온 이 자아는 이제,

오, 끝 모를 이 광야에서 나는

누구와 대면하라는 것입니까 누구와 오래 참구 면벽하라는 것
입니까

— 「경천 고속도에서」 부분

하고 문득 외친다. 이것은 앞의 「퇴직을 하며」에서 "이제
다시/ 어디에다" 머리 숙여야 하는지 물었던, 이번 시집의 반
사에 해당하는 것이다. 지금까지 집합과 해판을 거듭하게 했
던 판형, 즉 "경전이란 없"음을 토로하는 목소리이며, 잠행의
불가능성에 대한 뼈아픈 토로이다. 잠행의 존재에게 대면하여
머리 숙일 대상이 없다는 것, "참구 면벽"할 대상이 없다는 것
은 그가 스며들 잠행의 대상이 사라졌다는 것을 의미한다. 그
에게는 오직 "끝 모를 광야"만이 존재하는 것으로 보인다.

홍신선이 이 광야에서 보는 것은 그러므로 이제 죽음이
다. 광야는 죽음 그 자체이다. "천 길 깊숙한 잠행"은 죽음 앞
에 멈춰 있다. "그에게서/ 이념의 마비에서 풀린 송장을 발견
한다."(「매화」)라고 할 때, 잠행의 마비에서 풀려 죽음을 발견
하는 존재를 떠올릴 수 있다. 어떠한 것에도 멈추지 않음으로
써 잠행을 지속할 수 있었던 존재는 이제 정거해야 할 지점에
도달해 있음을 깨닫는다. 죽음은 '머리 숙임'이 아닌 '대면'을
요구하는 것이다. 죽음은 잠행할 수 없는 텅 빈 날것의 현실,

그 자체이다. 죽음은 이제 그의 시 도처에 자리하게 된다.

하지만 시인은 죽음에 놀라지 않는다. 그 앞에 참회하지
도 않는다.

놀이 가운데 가장 판 큰 놀이는

죽음 안에 번데기만 한 뼈골로 누워 영겁을 데리고 노는 일

머지않아 누군가 출구를 열어 이곳의 모든 시간들

죽음 안으로 사납게 몰아넣으리라

(중략)

대낮 동안 누가 또 내려와 죽음놀이 놀 것인가

─「죽음놀이」 부분

죽음이라는 것이 최초이자 최후의 위엄이라는 생각이 여
기에는 나타나 있지 않다. 어쩌면 죽음은 이제까지 벌여 온
놀이들 중의 하나에 불과할지도 모른다. 좀 다르다면 무엇보
다 "판 큰 놀이"라는 것일 뿐이다. 생을 드러내기보다는 묵묵
한 잠행으로 생각해 온 지금까지의 진지함이 역설적으로 죽음
을 가볍게 해 준 기나긴 과정이었던 것일까. 죽음과의 대면에
서 놀라움이나 엄숙함보다는 한 판의 '놀이'적 무대성을 읽는
것은 시인의 '잠행' 속에서 무르익은 자유로움에 기인할 것이
다. 모든 것에 머리 숙임으로써 실제로는 어느 곳에도 숙이지

않았던 자유로움이 죽음 앞에서도 죽음을 놀이로 보는 자유로움으로 발현되고 있는 것이다. "죽음 안에…… 누워…… 노는 일", 이것은 죽음에 대한 색다른 흥취이다. 죽음 속에 들어 있음으로, 그에게 특유한 역설의 방식으로 죽음에 속해 있지 않은 것이다.

놀이는 이치의 타당성을 묻지 않는다. 질문하지 않는 것이다. 질문이라는 것이 세계를 세우는 그럴듯한 방식이라 할지라도, 그것이 질문하지 않는 자의, 세계에 대한 선취성을 항상 따라잡을 수 있는 것은 아니다. 질문이란 질문하는 자를 드러내는 것이다. 경우에 따라서는 질문하지 않는 것이 질문을 아우를 수 있다. 자신을 드러내는 일 정도에는 흥미를 가지고 있지 않은 시인에게 '죽음놀이'는 일종의, 질문하지 않는 잠행의 방식을, 그 형식을 계속하는 것이라 할 수 있다. 시인은 잠행이 아니라 자신이 비로소 대면하고 있는 죽음 앞에서, 죽음을 묻지 않는다. 죽음이 놀이라는 것이 그에겐 놀라운 일도, 되짚어 볼 일도 아니다. '죽음놀이'가 벌어지는 삶이라는 무대는 오랜 세월 그가 떠돌던 곳이다. 그는 이곳을 이미 알고 있지 않은가. 따라서 이제 "일장춘몽 생애에 대한 가장 빛나는 포상은 죽음임을"(「포상, 빛나는」) 수긍하는 것은 죽음의 놀이성을 훼손하는 것이 아니다. 생에 대한 포상이 바로 죽음이라는 것 자체가 죽음의 아이러니, 유희성을 가리키는 것이기 때문이다.

여기서 또 한 번, 이번 시집의 가장 두드러진 목소리를 떠올릴 필요가 있다. "이제 다시 / 어디에다 무릎 꿇고 환멸의 / 더 깊은 이마 조아려야 하는가"(「퇴직을 하며」)라는 대목과 "끝 모를 이 광야에서 나는 / 누구와 대면하라는 것입니까 누구와 오래 참구 면벽하라는 것입니까"(「경천 고속도에서」)라는 구절이다. 이 구절들은 표면적으로는 질문의 형식을 띠고 있다. 하지만 이것은 순진하고 온전한 질문이라기보다, 반어적 성격이 강한 토로로 보인다. 즉 "어디에다" 무릎 꿇어야 하는지에 대한 질문이 아니며, 마찬가지로 "누구"와 대면해야 할 것인지에 대한 질문이 아니다. 그보다는 오히려 지금까지의 잠행, "무릎 꿇고", "참구 면벽"해 왔던 잠행에 대한 격렬한 고백을 나타내고 있다. "어디"와 "누구"가 아니라 잠행이라는 것 자체가 드러나는 날카로운 지점인 것이다. 그리고 이것이 날카로운 이유는 그가 오랜 세월 "어디"와 "누구"를 통해, 그 누구도 아닌 바로 자기 자신에게 잠행하고 있었음을 비로소 들여다보고 있기 때문은 아닐까.

잠들지 못하는 세계의 눈
― 김민정의 『날으는 고슴도치 아가씨』

김민정의 시는 지금까지 쓰여 왔던 여러 종류의 시들과는 표 나게 다른 전략을 가지고 있다. 많은 경우 시인들은 언어가 누리는 제도의 혜택을 포기하지 않는다. 언어는 양식화되어 있고, 우리는 양식화된 언어를 일용하며, 이 양식은 법과 질서, 사회, 가족, 학교, 병원 따위를 구성한다. 인간이 이루고 있는 크고 작은 사회집단은 그 정체가 언어로 표현되고 수용되며 길들여진다. 문학 예술도 마찬가지다. 언어의 힘을 빌려 시를 쓴다는 것은 언어라는 제도에 내재되어 있는 의미와 가치, 이데올로기를 직간접적으로 수락하는 것이다. 설사 이를 따르지 않고 반기를 드는 경우라 하더라도 그 저항 역시 언어라는 제도 내에서 행해진다. 소란은 항상 A가 아니라 B, 혹은 그도 저도 아닌 C이어야 한다고 목청을 높이는 데서 벌어지게 마련이다. 리얼리즘이니 모더니즘이니, 구상이니 추상이니 하는 분류들은 모두 언어라는 붓을 어떻게 놀려야 하는가 하는 관점의 차이를 보여 주는 것이다.

김민정의 시는 언어라는 제도를 명확하게 거부하고 있다. 그것은 언어로 쓰여 있어도, 완강하게, 언어로 봉합하지 않거나 봉합이 뜯어져 있는 세계이다. 언어 제도로 편리하게 처리해 버리지 않는 세계이다. 그의 언어들은 숙성된 구조로 세계를 읽어 내는 이러저러한 방식이나 관점이 되기보다는 스스로 결핍과 파열, 과열의 소용돌이를 일으킨다. 소용돌이는 어떠한 인식의 먼지도 묵인하지 않으려는 과격한 몸놀림이다. 그것은 일정한 요리법에 따라 구워지거나 소스를 뒤집어쓰기보다는, 원래의 손질되지 않은 재료 그대로 헝클어진 채 뛰노는 것이다. 예컨대 도처에서 쏟아져 나오는 거침없는 육두문자들은 그것을 시로 읽으려는 노력을 속수무책으로 만들어 버린다. "이 고얀 년아, 육실헐 년아, 벼락 맞아 뒈질 년아."와 같은 욕설이 내뱉어질 때 폭풍의 언어 사이로 세계가 맨 얼굴을 드러낸다.

그는 일단 성공한다. 성공적으로, 세계를 밀봉하는 역할을 하지 않는 그의 언어들은 무질서나 교란의 분방함으로 해방을 구가하는 듯 보인다. 거리낌 없는 말들의 교접은 문장이 끝나도 지속되는 것 같은 속도와 힘을 겸비하고 있다. 그러면서도 그 휘몰아치는 언어의 난장 한가운데는 희석되지 않는 독극물 같은 것이 있는데, 그것은 방향이 분명치 않은 어떤 적의, 공격성이다. 확실히 그의 언어들은 어떤 광적인 에너지로 들끓고 우글거리고 서로를 물어뜯는다. 게걸스럽게 덤벼드는 언어의 폭식은 언어의 기아증을 낳고 이 괴정은 다시 역전된다. 쉴 틈 없이 끓어넘치는 언어들의 마그마, 다발성과 적의는 시집 전체를 관통한다.

그가 이렇게 언어들을 방류함으로써, 언어의 휘장을 찢어버림으로써 드러난 세계의 적대성은 가족을 묘사할 때 특별히 선명해진다. 가족은 그의 시에서 가장 직접적이고 노골적으로 파괴가 감행되는 곳이다. 엄마와 아빠, 나, 이 가족 구성원들은 성을 매개로 서슴지 않고 서로 폭력과 살해를 저지른다. 피와 고름과 오물만이 뒤엉켜 있는 곳이 가정이다. 아빠는 "오늘도 쥐약 먹은 개처럼 날뛰"면서 "재떨이를 박살 낸 엄마의 이마에서 끈적끈적한 혓바닥이 널름거"리게 하거나 "다락에서 도끼를 꺼내 와…… 도끼로 잠긴 방문 위를 두 손으로 내리찍"으며 "죄다 나와 이 빌어먹을 딸년들아!" 하는가 하면, 엄마는 "달군 다리미로 죽은 아빠의 몸을 주름 잡아 다리고 있"거나 내 "머리털이 뽑혀 나가 입 벌어진 모공 속에다…… 색색의 셀로판지로 깃대 단 이쑤시개를 꽂아 넣는다". 나는 "씩 웃으며 ZIPPO 라이터로 죽은 아빠의 주름 잡힌 몸을 지글지

글 지져 대고 있"거나 "쇠도끼로 엄마 아빠의 머리뼈와 종지뼈를 쳐내 그걸 고아 프림색 국물을 우려…… 큼직큼직하게 살점을 떼어내…… 살수제비"를 끓이고 "하관은 이제 끝났어요, 아버지 그만 아가리 닥치고 잠이나 퍼자요" 하며 아버지를 묻어 버린다.

여기서 가족은 이미 제도가 아니다. 가족이라는 말로 형성시켰던 이데올로기도 찾아볼 수 없다. 이 가족은 가족의 역사와 관습, 관념과는 완전히 무관하다. 가족이라는 복잡한 중력이 박살 난 것이다. 대신 왜 가족인지 알 수 없는 구성원들 사이에 벌어지는 성폭행과 살해의 다양한 변주들이 끈덕지게 지속된다. 서로의 육체에 가하는 폭력의 카니발은 지루할 정도로 선명하고 자세하며, 멈출 줄 모르고 확대 재생산된다. 가족이란 존재하지 않으며 인간의 원초적 얼굴이 드러날 뿐이다. 그것은 집단 속에서 엉켜 서로에게 위해를 가하고야 마는 인간 존재의 폭력성이다. 이에 대해 가부장적 질서의 왜곡이나 해체, 남근 중심의 가족 패턴에 대한 화학전이라 보는 것은 안이한 접근이다. 문제는 더 근본적인 곳에, 언어를 가지고 언어 자체를 활화산으로 만들어 폭발시켜 버리려는 결벽성에 있다. 이 결벽성이 세계를 노출시키고, 세계의 적대성을 노출시킨다. 언어에 의해 잠들거나 언어의 괄호 속으로 사라져 버리는 세계, 바로 이 세계의 불가시성이 우리의 삶과 꿈의 터전임을 생각해 볼 때, 언어를 쳐드는 김민정 시의 불편함은 시집을 읽기 어렵게 만든다. 그는 언어를 쳐들고, 틈을 만들고, 틈을 벌리고, 그 속에서 시종 눈 떠 있다. 그의 시에서 눈에 띄게 많이 등장하는 '눈'은 잠들지 못하는 세계의 눈이다.

> 나는 한 그루의 거대한 눈알나무, 밤마다 내 몸에서는 사랑스런 난자 대신 눈알들이 자라났다 개중 뼈가 휘도록 탱탱하게 살찐 녀석들은 고무공처럼 이리 팅 저리 팅 튀겨 다니더니 나만 모르게 꼭꼭 숨어 버리곤 했다 어디 갔을까, 어디로 사라져 버렸을까 어느 날 맞아 죽은 개의 악다문 입속에서 말똥말똥 눈동자를 굴리고 있는 눈알 한 개를 찾아냈다. 하지만 망치로 개의 이빨을 깨부수는 동안 부풀대로 부푼 눈알은 오히려 죽은 개를 한입에 삼켜 버리고 마는 것이었다.
>
> ─「멀리 개 짖는 소리 들리더니」

죽은 언어의 입속에서도 말똥말똥 살아 있는 세계의 눈알을 보여 주는 것, 그 그로테스크한 세계를 폭로하는 것이 시집의 의미라면 일단 김민정은 자신이 원하던 지점에 도달한 것으로 보인다. 그러면서도 한편으로 언어의 입을 벌리고 이빨을 깨부수는 이 전면전이 초래한 결과가 우리가 묵묵히 감추고 묻어 버렸던, 견뎌 냈던, 그래서 공공연하게 퇴화한 세계를 다시 건드리는 것이라면 그의 노력은 아쉬운 것이다. 서로 파괴하면서 기생하고 살아가는 것이 그에겐 왜 그토록 과격한 공격의 대상이 되어야 했을까. 그것이 하찮은 것이고, 또 날마다의 구원인 것은 아니었을까.

4부

선회

흙냄새를 맡으며 비스킷을

― 전봉건의 「BISCUITS」

5시나는호(壕)속에있다수통수류탄철모봉대(繃帶)압박봉대대검
그리고M1나는내가호속에서틀림없이만족하고있다는사실을다
시한번생각해보려고한다BISCUITS를씹는다오늘은이상하게
5시30분에또피리소리다9시방향13시방향나는BISCUITS를다
먹어버린다6시밝아지는적능선으로JET기가쉽게급강하한다나
는잠자지않은것과BISCUITS를남겨두지않은것을후회한다6시
20분대대OP에서연락병이왔다포켓속에뜯지않은BISCUITS봉
지가들어있다6시23분해가떠오른다나는야전삽으로호가장자리
에흙을더쌓아올린다나는한뼘만큼더깊이호밑으로가라앉는다야
전삽에가득히담겨지는흙은뜯지않은BISCUITS봉지같다

참호 속에 한 사람이 있다.

참호는 누락을 꿈꾸는 공간이다. 일시적 누락, 일시적 누락이 영원한 누락과 다르지 않은 곳, 그곳에서는 시간과 공간이 희박해진다. 5시, 5시 30분, 6시 23분이 희미해지고, 공간의 긴장된 혈압이 낮아진다. 누락된 곳은 모두 참호이다. 그곳은 세계의 침식이 멈춘 곳이다. 집도 동굴도 터널도 참호이다. 인간은 어제 참호를 팠고, 오늘도 참호를 판다. 참호 속에서 먹고 잠자고 후회한다.

전쟁이 멈춘 곳,

이상에게 참호는 묘혈로 나타난다. 그는 묘혈을 판다. 하지만 묘혈은 보이지 않는다. 그는 "보이지 않는 묘혈 속에 들어앉는다."(「절벽」) 재차 묘혈을 파고 그래도 묘혈은 보이지 않고 다시 보이지도 않는 묘혈 속에 들어가는 모습은 강박적인 죽음 충동을 암시한다. 그의 묘혈을 파는 행위는 묘혈을 무화시키는 행위와 일치한다. 계속해서 묘혈을 파는 것은 묘혈이 존재하지 않기 때문이다. 그는 묘혈 안에 머무르고 싶다. 하지만 죽음을 이루는 순간에 죽음이 사라지는 것을 본다. 그는 죽음을 반복해야 하는 운명을 지녔다. 묘혈은 보이지 않음으로써, 비존재로, 그를 지배한다. 그리고 때로 그 지배조차 철회하려는 냉엄함을 보인다. 이상의 묘혈에의 강박과 달리 묘혈은 그에게 무관심하며 관련을 가지지 않으려는 듯 보이는 것이다. 묘혈은 끝내 모습을 드러내지 않는다.

무관심, 참호의 무관심,

전봉건의 참호를 들여다본다. 그는 참호 속에 있고 참호에 "만족하고 있다". 그는 참호를 의심하지 않는다. 참호는 사유와 무관하다. 수통과 수류탄, 대검, M1소총, 그리고 비스킷은 사유와 무관하다. 어두운 땅속을 파 내려가는 것은 어떠한 사유와도 무관하다. 그것은 땅 위로부터 멀어지면서, 동시에 땅속으로부터 땅속으로 멀어지는 일이다. 그것은 공간을 가지지 않으려는 것이다. 공간을 피하며 공간을 회복하는 일이다.

불통의 공간, 절대적 환유를 그는 꿈꾼다. 지상의 지도로부터 누락된 어떤 공간으로 파고듦으로써 그는 존재의 지위를 소멸시키고자 한다. 존재는 모든 인유를 벗어 놓는다. 벗어 놓은 무기들, 그것들을 지운다. 아니 지우기 전에 이미 지워져 있다. 참호 속에서는 어떠한 것도 의미가 없다. 무용하다. 사물들은 어리둥절하게 놓여 있을 뿐이다. 철모와 비스킷, 다 씹은 비스킷과 봉지도 뜯지 않은 비스킷이 낯설다. 참호 속에서 의미의 세례는 이미 지워진 것이다. 압박붕대와 대검으로 무엇을 할 것인가. 이들에게 남은 것은 미지일 뿐이다.

하지만 이 미지도 자라나는 것은 아니다. 아무것도 궁금하지가 않다. 물건들은 이윽고 놓인 자리에서 흙 속으로 파묻혀 갈 것이다. 참호 안에서 계속 흙을 쌓아올리는 한 인간과 함께, 깊어지는 호 속으로 사라지는 것이다. 흙은 이 모든 것을 덮을 테니 말이다. 벌써 그는 조금 더 깊이 호 밑으로 가라앉았다. 곧 보이지 않게 될 것이다. 참호의 무관심.

진행 중인 참호를 본다. 9시 방향, 13시 방향, 둥근 정다면체의 웅덩이, 이토록 물질적이고 구체적인 함몰을 그리워한다. 아무것도 잡을 수 없는 함몰을. 해리의 사치함이 여기에는 있다. 너무 구체적인 것은 주소를 갖지 않는다. 참호는 이 세계에는 존재하지 않는 것이다. 모든 관련이 사라진 그리움, 사각지대, 흙냄새를 맡으며 비스킷을 먹는 일.

참호 속에서 한 사람이 참호를 파고 있다. 그는 자신이 어디에 있는지 모른다. 그는 이 세계에 존재하지 않는다. 단지 참호를 파 내려감으로써 참호로부터 지속적으로 등을 돌리는 일, 진지를 구축함으로써 진지로부터 자유로워지는 일, 그는 알고 있다.

참호는 그의 속에 있다.

뼈 없는 뿔

— 김춘수의 「처용단장 3부-40」

40

새장의 문을 닫고 새의 날갯짓을
생각했다. 그것이 곧
내 몫의 자유다.
모난 것으로 할까 둥근 것으로 할까
쭈뼛하니 귀가 선 서양 것으로 할까, 하고
내가 들어갈 괄호의 맵시를
생각했다. 그것이 곧
내 몫의 자유다.
괄호 안은 어두웠다.
불을 켜면

그 언저리만 훤하고 조금은

따뜻했다.

서기 1945년 5월,

나에게도 뿔이 있어

세워 보고 또 세워 보고 했지만

부러지지 않았다. 내 뿔에는

뼈가 없었다.

괄호 안에서 나서 괄호 안에서

자랐기 때문일까 달팽이처럼,

『처용단장』 3부에 있는 시이다. 김춘수는 "새장의 문을 닫고 새의 날갯짓을/ 생각했다."고 하지만 그는 새장의 문을 닫을 필요가 없었을 것이다. 시에서 새는 존재하지 않기 때문이다. 새를 두려워하는 것일까. 그는 새를 꿈꾸지 않고, 새의 환영을 보지 않는다. 대신 "새장의 문을 닫"는다. 문을 닫음으로서 '생각'할 수 있기 때문이다. 그는 그것을 '자유'라 말하고 있다. 그에게 자유는 문을 여는 것이 아니라 문을 닫음으로 가능하다.

자유 속에는 무엇이 있는 것일까? 새장, 괄호, 뿔이다. 새가 없는 새장과, 그 안이 어두워 보이지 않는 괄호, 뼈가 없는 뿔이다. 이것들은 무엇일까? 형식이다. 형체가 드러난 형식이다. 형식이 눈을 뜨고 있다. 무엇의 형식일까? 언어이다.

언어의 운명은 기이한 것이다. 언어는 아무것도 모른다. 언어는 존재의 세계 속으로 스며들 수 없다. 존재의 세계를 투명하게 비추지도 않는다. 오히려 언어는 존재를 차단한다. 세계와의 접촉면을 막는다. 언어의 세계에 머무른다는 것은 날개 달린 갑옷을 입은 것과 같다. 부유하고, 떠돌고, 춤추듯 날아다니며 이동할 수 있지만 세계와는 절연된 채로이다.

존재를 막고 서서 언어는 다른 세계를 이루어 낸다. 그것을 뚫고 통과할 수 없을 정도로 언어는 다층적이고, 질퍽거리고, 미끄럽고, 흩어져 버린다. 언어는 눈먼 세계이다. 아무것도 볼 수 없고, 보지 않는다. 언어가 외부를 향하지 못하는 것은 이 때문이다. 언어는 그저 눈먼 채 자신의 세계 속을 흘러 다닐 뿐이다.

김춘수의 시는 언어의 이런 운명에 몰두해 있다. 언어의 다리를 건너 존재 세계에 이를 수 없음을 그의 언어는 체득하고 있는 것이다. 따라서 언어를 통해서는 존재의 세계가 지워져 가거나 괄호 속으로 사라져 버렸음을 자각하게 된다. 그는 존재의 세계로 나아가는 길을 막고 있는 이 거추장스러운 언어를, 거치적거리는 걸림돌을 달래거나 무시할 수 없었다. 그는 본능적으로 여기에 충실해야 했다. 아니, 언어의 형식, 나아가 언어라는 형식밖에 의식할 수 없었다. 한 걸음 앞으로 내

딛을 때마다 그에게 더 뚜렷이 감각되는 것은 새장이나, 괄호, 뿔 같은 추상들이다. 이 추상들은 존재와 물질의 세계를 대체하는 언어의 신호등들이다. 그는 새를 보려 해도 새장밖에 볼 수 없었다.

김춘수에게는 새를 보는 것은 자유가 없는 것이다. 새를 보면, 새에 사로잡힌다. 물질이라는 것은, 존재의 속성상 그를 압도하고 지배하기 때문이다. 이에 반해 새장이라는 추상은 그에게 자유를 준다. 다행히 그는 여기에 끌렸다. 언어에 사로잡혔다. 그래서 자유가 있다. 물론 그 자유는 물질이 사라진 건조한 것이다. 새가 없는 새의 날갯짓이나 새장, 이런저런 모양을 가지고 있긴 하지만 불을 켜도 언저리만 훤하고 안이 어두워 보이지 않는 괄호, 부러지는 것조차 할 수 없는, 뼈도 없이 텅 빈 뿔은 그가 누리는 자유의 불모성을 보여 줄 뿐이다.

하지만 추상의 자유란 이렇게 내용이 사라진 형식의 회오리 같은 것인지도 모른다. 언어는 생래적으로 이 운명을 감당해야 하는 것이다. 언어는 새를 새장으로 대체하는 것이다. 김춘수의 자유는 비록 불모성이지만 그는 이 불모성에서 역설적으로 자유를 본다. 그에게는 불모성이야말로 유일하게 자유스러운 것인 까닭이다. 자유란 애당초 생산적인 설계에서 비롯되거나 그에 이르지 않음을, 그래서 자유임을 어찌할 것인가.

상처와 꽃
— 이성복의 「무언가 아름다운 것」

    "뿔 달린 가오리들은 나무를 쓰러뜨리지 못한다. 그것들은 나무에 기어오르지도 못한다. 자연에는 아직도 경건한 분리가 남아 있다."라고 한 것은 미쇼(H. Michaux)였다. 미쇼는 자연을 예찬하는 시를 쓰지는 않았지만, 인간 세계와 달리 자연을 경건한 분리가 남아 있는 곳으로 표현함으로써, 자연이 가지고 있는 질서에 대한 존중을 나타내고 있다. 우리는 자연이 언제나 인간이 도식화할 수 없는 질서 속에서 순환하기를 원한다. 우리가 자연을 크게 바라보는 것은 자연이 이러한 질서의 섭리를 스스로 이해하는 것으로 생각되기 때문이다. 때로 자연에 이형이나 기형이 나타나서 이 이해가 부정될 경우, '경건한 분리'가 망가지는 것을 보게 되는 우리의 심정은 착잡해진다.

생명의 기본적인 법칙이 있다면 그것은 일차적으로 분리이다. 존재와 존재의 분리, 존재와 관계의 분리, 존재와 세계의 분리들은 그 분리가 날카로울수록 존재의 생명성을 보다 선명하게 드러내 준다. 예컨대 인간이 자연에 속해 있지 않고 자연으로부터 분리되어 나올 때, 하지만 또한 문명에 완전히 예속되지 않고 문명과 분리되는 존재일 때 인간은 독특하게 인간적 고유성을 지닐 수 있다. 또 한편으로 인간과 국가 간의 관계, 인간과 가족 간의 관계들도 그러하다. 인간이 자신이 속한 집단에 전적으로 합일되어 있는 것이 아니라 적절한 분리 상태로 존재할 때, 인간은 그 사회 속에서 죽어 있는 것이 아니라 합당하게 자신의 생명력을 가지고 거주해 나갈 수 있다. 분리는 존재를 가능하게 하는 기초적 설계와 같은 것이다.

이러한 분리는 물론 인간 사회에서 섣부르게 위계와 결합한다. 다양한 정치적, 경제적 사회시스템은 분리라는 인간 존재의 발현 형태를 기성의 권력이 작동하는 방식 속으로 흡수시켜 나간다. 따라서 인간의 생존 조건으로서의 분리를 분리의 고착화와 위계화라는, 보다 체제 통합적인 원리로 변용시켜 나가는 것이다. 하지만 이렇게 분리가 사회적 위계와 편리하게 결합할 수 있다 하여 분리 자체를 꺼리는 것은 본말이 전도되는 것이다. 분리를 제거하려는 것은 분리를 고정하려는 것만큼이나 의심스러운 것이다. 위계는 다른 차원의, 보다 현실적인 갈등의 양상이므로 다른 상상력과 해법이 필요한 것이다.

중요한 것은 분리가 한 존재를 다른 존재와는 다른 것으로 만들어 주는 기본 조건이며 이 위에서 모든 존재가 구체적이고 개별적인 현상이 된다는 것이다. 존재가 구체화되어 나타날수록, 개별적으로 행위를 하는 영역이 넓을수록, 그 사회는 분명 더 많은 자유와 생명이 넘치는 사회이다. 우리는 혼돈과 동요 속에서 살아가지만 이 혼돈과 동요가 어떤 거대한 원리로 발전해 우리를 하나의 방향 속에 위치 짓는 단계를 꿈꾸지는 않는다. 혼돈과 동요 그대로, 그 속에서 개별적인 고통과 위로 그대로를 우리 삶의 모습으로 받아들이고 있는 것이다. 우리 개별적 존재들은 우리의 감각과 감성이 개별적 향취를 가지고 작용하기를 바라는 것이다.

한편으로 존재들의 이와 같은 개별자로의 분리는 질적으로 좀 더 새로운 국면으로 접어들 수 있다. 그 새로운 국면이란 존재가 바로 자기 자신과 분리되는 독특한 경험을 말한다. 지금까지의 분리가 존재 외적인 경계에서 이루어진 것이었다면 이제는 존재 내적인 것이 된다. 존재는 타자와의 관계에서뿐 아니라, 스스로에게도 통합된, 통일된 주체가 아니다. 그 내부에 무수히 많은 금들을 긋고 있는 분열된 존재이다. 하나의 존재로 지칭할 수 없는 분리의 선들이 항시적으로 존재를 가로지르고 있는 것이다. 이 선들 너머로 도약된 통합의 주체를 꿈꾸는 것은 어쩌면 이제 불가능한 일일 것이다.

　　아침마다 꽃들은 피어났어요

　　밤새 옆구리가 결리거나
　　겨드랑이가 쑤시거나

　　밤새 아픈 것들은
　　뜬눈으로 잠 한숨 못 자고

　　아침에 손을 뻗쳐
　　무심코 만져지는 것이

　　뭔가 아름다운 것인 줄 몰랐지요

　　내 안에는 "밤새 아픈 것들"이 있다. 뭐라고 명명할 수 없
는 것들이다. 나는 그것들을 균일화할 수 없고 통합하여 이름
붙일 수 없다. 단지 결리거나 쑤시다는 피상적 표현을 할 수밖
에 없다. "아픈 것들"은 나를 원인으로 섬기지 않는다. 나와 분
리되어 있고 스스로의 생명을 갖는다. 아픈 것들은 스스로 주
체가 되어 뜬눈으로 밤을 지새운다. 아픈 것들을 둘러싼 밤과

아침도 개별적 현상들로 나타난다. 버려진, 폐기된 늪 같은, 떠오를 수 없는, 형체를 추스르지 못하는 밤이 있고, 꽃이 피어나는 아침이 있다.

이성복의 「무언가 아름다운 것」은 "뜬눈으로 잠 한숨 못 자"고 있던 "밤새 아픈 것들"이 아침에 "뭔가 아름다운 것", 아침마다 피어난 꽃들에 낯설어하는 것을 그리고 있다. 어쩌면 밤새 아파했으므로 꽃을 피운 것일 수도 있는데, 아침에 이르러 꽃이 자신의 존재의 한 측면이 된 것임에도 불구하고 자신이 꽃을 피웠다는 사실이 인지되지 않고 있는 것이다. 다시 말하면 "아픈 것들"에게는 꽃이 비록 자신의 또 다른 발현 형태라 해도 그것은 자신이라 할 수 없다. 상처와 얼룩은 상처와 얼룩 그대로이고, 꽃은 꽃인 것이다. 상처가 꽃이 되어 있는 아침이 와도, 상처를 꽃이라 이름할 수 없다. 따라서 꽃은 '뭔가 아름다운 것'으로 무심하게 처리된다.

상처와 꽃으로 분리되어 있고, 상처와 꽃으로 날마다 피어나는 것이 삶임을 이 시는 잘 보여 준다. 상처는 꽃을 모르고, 꽃은 상처를 모른다. 상처가 있지만 꽃이 피어나고, 또 꽃이 피어나지만 상처가 있다. 어느 쪽도 다른 쪽을 덮어 버리거나 없앨 수 없다. 그리고 우리 내면에 자리하고 있는 이 불가항력적인 분리는 우리를 자유롭게 한다.

통상적으로 생각하건대 인간의 삶에서 분리시키고 개별

화시키는 것의 반대편에 서는 것이 있다면 그것은 아마도 시간일 것이다. 시간은 모든 것을 뒤엉키게 하고 자동적이고 동질화시키는 강력한 힘의 원리이다. 오랜 시간의 축적 뒤에 전후나 앞뒤의 사건들, 발생한 일의 높낮이와 파고가 평준화되는 것을 경험할 수 있는데, 이는 시간이 가진 동질화의 힘이다. 개개의 미세한 차이들이 사라지는 것이다. 하지만 이성복은 이러한 시간의 폭거 속에서도 분리는 살아남는다고 생각했다. 그는 상처와 꽃을 분리했으며 이들을 공존시킴으로써, 양자를 모두 보호하려 하였다. 그에게 인간은 일치시켜 가는 존재가 아니라 병치되어 있는 존재이다. 상처와 꽃을 모두 살아 있게 하는 일, 시인에게 그것은 밤과 아침을 뒤섞지 않는 것이다.

'그것'의 불가능성
— 이준규의 「모른다」

직박구리 하나가 모과나무에서 향나무로 이동한다

나는 그것이 무엇인지 모른다

비가 사선으로 내리다 수직으로 내린다

나는 그것이 무엇인지 모른다

여자 하나가 아우디에서 내려 재규어로 옮겨 탄다

나는 그것이 무엇인지 모른다

냄비 속의 물이 끓고 그는 손을 냄비 속에 담근다

나는 그것이 무엇인지 모른다

그가 몸을 뒤척이며 신음을 내뱉고 그는 창 밖에 녹음을 느끼고 있다

나는 그것이 무엇인지 모른다

비자나무 옆에 구상나무 구상나무 옆에 측백나무

나는 그것이 무엇인지 모른다

잔인한 묘사와 잔인한 사태의 연쇄

나는 그것이 무엇인지 모른다

1870년대의 프랑스 시와 1960년대의 한국의 시
나는 그것이 무엇인지 모른다

난로 위의 사모바르 상 밑의 고타츠

나는 그것이 무엇인지 모른다

늑대의 추격과 기러기의 이동

나는 그것이 무엇인지 모른다

쉰 보리차와 마당을 쓰는 중

나는 그것이 무엇인지 모른다

봄이 가고 여름이 오고 있다

나는 그것이 무엇인지 모른다

그가 자꾸 영원과 무한을 오갈 때

나는 그것이 무엇인지 모른다

그는 울고 그는 불쾌하고 그는 죽었다

나는 그것이 무엇인지 모른다

289 '그것'의 불가능성

그는 흔들리며 무엇인가를 바라보려 애쓰고 있다

나는 그것이 무엇인지 모른다

그가 웃고 그가 손을 내밀고 그가 문득 멈추어 고개를 돌릴 때

나는 그것이 무엇인지 모른다

빗속에서 두루미 선회한다

나는 그것이 무엇인지 모른다

그가 고개를 숙이고 슬퍼할 때

나는 그것이 무엇인지 모른다

계단 위에는 제라늄 화분이 있고 너는 제라늄 잎을 만져본다

나는 그것이 무엇인지 모른다

너는 유리 앞에서 유리 안을 바라보며 섰는데

나는 그것이 무엇인지 모른다

그는 개미를 피해 발걸음을 바꾸는데

나는 그것이 무엇인지 모른다

그는 없는 그를 찾아가 문을 두드리는데

나는 그것이 무엇인지 모른다

그가 볼펜을 떨어뜨리고 아아아 소리 내는데

나는 그것이 무엇인지 모른다

너를 사랑해

나는 그것이 무엇인지 모른다

그가 책을 덮고 의자에서 갑자기 일어나 두리번거려도

나는 그것이 무엇인지 모른다

그가 빗속에서 울고 있는데

나는 그것이 무엇인지 모른다

세월이 가고

나는 그것이 무엇인지 모른다

모든 종이가 바스러지고

나는 그것이 무엇인지 모른다

문자가 잊혀지고

나는 그것이 무엇인지 모른다

인류가 잊혀지고

나는 그것이 무엇인지 모른다

문을 열고 문을 닫고

나는 그것이 무엇인지 모른다

쪼갠 수박을 앞에 놓은 부부

니는 그것이 무엇인지 모른다

옛 겨울에 실내

나는 그것이 무엇인지 모른다

텅 빈 운동장

나는 그것이 무엇인지 모른다

허리를 꺾고 지팡이를 짚은 노파

나는 그것이 무엇인지 모른다

여기까지 왔는데

나는 그것이 무엇인지 모른다

무정한 타자들의 텍스트

나는 그것이 무엇인지 모른다

낭만적인 목소리

나는 그것이 무엇인지 모른다

내면의 목소리

나는 그것이 무엇인지 모른다

무한 지평
나는 그것이 무엇인지 모른다

나는 그것이 무엇인지 모른다

이준규의 시를 읽는 것은 재미있다. 투명하게 느껴지지만 아주 두터운 시들이 있는 반면 이준규의 시는 불투명한데도 아주 얇다. 그 특유의 불투명함과 그 특유의 피상성이 나를 매료시킨다. 투명하고, 투과할 수 있다는 것은 어쩌면 그에게 억압일지도 모른다. 불투명을 찢고 사물의 투명함에 이르는 것은 한편으로 근대적 통찰의 소산인 까닭이다. 그것은 인식의 회유일 것이다. 사물의 투명함은 인식의 투명함과 접속되어 있다. 사물을 관통한다는 자각이 사물의 투명함에 대한 환상을 불러일으키는 것이다. 사물 그 자체를 투명하게 바라보는 것은 그러므로 감각이 아니라 인지의 영역이라 할 수 있다.

이준규의 시가 불투명하면서도 얇은 것은 이러한 인식의 공백 지대에서 출현하기 때문일 것이다. 우리는 사유의 모순이나 배반이라는 것을 시에서 흔히 아이러니나 역설의 형태로 수용해 왔다. 통상적인 인식의 한계를 벗어나 인식의 전유 능력을 넓히는 데 시는 특별한 기여를 해 온 것이다. 그런 점에서 시는 인식의 기존 유통 회로를 무차별적인 방사상의 구도로 환치시켜 놓은 것이라 할 수 있다. 따라서 서로 많이 달라 보이는 시들, 흔하게 지칭되는 서정시나 급진적인 모더니즘 시들도 인식이 어떻게 구성되고 작동되는가에 대한 예를 동시에 제공해 줄 수 있다. 기억이나 상처뿐 아니라 유희나 패턴도 이에 포섭될 수 있는 것이다.

그런 관점에서 보면 이준규의 시는 명백히 차별성을 갖는다. 그의 시는 인식의 소용돌이를 일으키지 않는다. 변형이라는 각종의 시도와 무관한 것이다. 그보다는 인식의 원근법 그 자체가 사라진 지형도가 아닐까 생각된다. 인식이라는 것은 새로이 구성하는 것이며, 근대적 사유에 의지하면 이 재편에는 주체 중심의 원근법이 작용한다. 그러므로 인식의 원근법이 보이지 않는다는 것은 그 원근법을 형성하는 포커스인 인식 주체의 자리가 없다는 것을 말한다. 혹은 주체는 인식의 주체가 아니라는 것이다. 단지 세계와 평등하게 맞닥뜨리는 존재일 뿐이다. 주체는 대상들 가운데 어느 하나에 불과하다.

시 「모른다」는 시인의 이러한 시작 환경을 명징하게 보여 주는 시이다. 이 시는 몇 페이지에 이르는 다소 긴 시인데 한 행의 묘사나 진술 뒤에 "나는 그것이 무엇인지 모른다"라는 어구가 매번 반복적으로 배치되어 있다. 이 어구는 시의 마지막까지 행진하듯 지속되고 있는데 이것이 가리키는 것은 물론 어떤 전언이 아닐 것이다. 인식의 불가지론이나 회의를 표명하는 일은 시인의 관심사가 아니다. 무엇이 의미하는 그 무엇인가를 뒤지는 일의 무용함을 뽐내는 것은 더더욱 아닐 것이다. 이 어구를 어떻게 읽어야 할까.

"나는 그것이 무엇인지 모른다"라는 것은 표상적으로 '그것'을 가리키고 있다. 그렇다면 '그것'이란 무엇인가. '그것'은

"(중략) 세월이 가고/ 모든 종이가 바스러지고/ 문자가 잊혀지고/ 인류가 잊혀지고/ 문을 열고 문을 닫고/ 쪼갠 수박을 앞에 놓은 부부/ 옛 겨울에 실내/ 텅 빈 운동장/ 허리를 꺾고 지팡

이를 짚은 노파/ 여기까지 왔는데/ 무정한 타자들의 텍스트/ 낭만적인 목소리/ 내면의 목소리/ 무한 지평 (중략)"

과 같은 것들인가. 이 오브제들을, 숱한 장면들을 '그것'이라고 하는 것인가. 바로 앞의 전언들이 '그것'인가, 하는 점이다. 물론 일차적으로 그렇게 보인다. 지시대명사의 운명이 바로 그러한 것이기 때문이다. 하지만 바로 이 대목에서 나는 이준규 시에서의 지시대명사의 불가능성을 본다. 무엇보다도 언술의 표면에 주의할 필요가 있다. "그것이 무엇인지 모른다"라는 것은 '그것'이 무엇을 지시하는지 찾아 나서기 전에 우선 '그것'의 불가능성을 직접적으로 명시하는 것이다. 그는 '그것'을 모른다고 단적으로 말하고 있지 않은가. 그가 '그것'이라는 지시대명사를 알지 못한다고 또렷하게 말하고 있을 때 그에게 '그것'은 가능하지 않다. 이 표면의 언술이 이 시가 미끄러지며 나아가는 힘이다.

　　우리는 당연하게도 처음부터 '그것'이라고 말하지 않는다. '그것' 앞에는 세계의 일차성이 전제되어 있다. '그것'이라는 지시대명사는 쏟아져 있는 물질적인 대상들을 추상적으로 소유하려 할 때 발생하는 언표이다. 이미 발생해 있는 현상이나 존재들을 인식 안으로 구부려 넣을 때 그 고유성을 덮는 최초의 시도로 사용하는 말인 것이다. 요컨대 '그것'은 세계의 일차성을 메타화하는 인간의 기획과 의도이다. 그러므로 '그것'이 된다는 것은 인식에 의해 포획되었다는 것에 다름 아니다. '그것'은 인식과 인지에 의한 주체의 전유라 할 수 있는 것이다.

따라서 '그것'을 알지 못하는, 지시대명사의 세계에 들어서지 못하는/않는 이준규 시가 인식의 공백 지대에서 움직이고 있는 것은 당연한 일이라 할 수 있다. 지시대명사로 옮아오지 않는, 반사와 회임이 없는 흩어진 세계, 존재와 사건의 피상성, 그 순수한 물질성의 세계가 그의 시가 서 있는 곳이다. 바로 '그것'이 아닌, '그것' 이전의 세계인 것이다. 앎과 모름의 세계가 아니라 앎과 모름 이전의, 인식의 경계가 부재한 곳, 그곳에 그의 시는 있다.

인식이라는 것은 질서의 이해이다. 하지만 시는 이러한 이해를 넘어서는 것으로, 보다 정확하게는 이해의 허위를 드러내는 것으로 이 세계에 구멍을 내 왔다고 할 수 있다. 상징계가 작동시키는 미세한 그물을, 상징의 언어로 무력화시키는 것이 시의 요체였던 것이다. 시는 세계와의 불화를 꿈꾸는 것이 아니라 생래적으로 세계와 불화할 수밖에 없는 운명을 지닌 것으로 생각되어 왔다. 하지만 이해의 허위를 드러내는 과정에서 시는 허위의 이해에 도달하고 마는 자가당착에 빠지기도 했다. 사유 체계와의 이전투구는 기형적 사유의 한 양상으로 결과하기도 했던 것이다.

이준규의 시는 질서와 인식의 지층에서 떨어져 있다는 점에서, 이와 같은 이해에 이르지 않는다. 그가 '모른다'고 할 때, 사유의 세부 인지에 대한 의심이 아닌 것은 이렇게 확실하다. 그는 A인지 B인지, 긍정인지 부정인지를 문제 삼고 있는 것이 아니다. 질서 체계를 개편하는 데 관심이 있는 것이 아니라 시로써 이를 뛰어넘어 진정한 무지, 물질의 세계에 돌입하려 한다. 이 물질의 세계는 이해가 꽂은 화살을 털어 버리고 미지로 돌아가는 세계이다. 그것은 핵심이 없는 세계이다.

그의 시를 읽는 즐거움은 여기서 비롯된다. 바로 물질적 세계의 비결정성이다. 그의 언어와 이미지들은 간곡한 시적 결절점을 갖지 않으며 흐트러져 있다. 유의미한 지속성을 가지고 이합집산되지 않는다. 대개의 다른 경우처럼 시인 고유의 정념이나 운명에 의해 깊이와 울림을 갖는 대신, 그의 시는 무작위적이고 현재적이다. 이미지들은 언어의 순간순간의 태동에 의해 현재화할 뿐, 적절하게 배치되지도 배려되지도 않는다. 따라서 이미지라고 하기보다 차라리 어떤 파편, 부스러기, 조각들이 떠다니고 있다고 하는 편이 더 적절하다. 이들은 '그것'이 되지 못한다. '그것'의 투명함이 되지 못한다.

이 파편들의 현재는 짧지만 강인하다. 이 움켜잡을 수 없는 것들은 '그것' 너머의 어떤 광활한 미지의 지대로 우리를 인도한다. 거기서 이미 무지에 도달해 있지만, 아이러니하게도 무지에 이를 때까지 나아가고 있다. 오래전에 태어났지만 매번 갓 태어나는 것이다. 그리고 무지의 힘, 이 에너지는 정체불명의 것이다. 신기한 것은 그곳에서는 이편을 향해 어떠한 싸움도 하고 있지 않는데 인간의 모든 기획이 무산되고 있다는 점이다. 세워져 있는 것도, 세울 수 있는 것도, 아무것도 없다. 그에게 시는 지시하는 것이 아니라, 존재하는 것이다.

이준규의 시는 시어 하나하나, 장면 하나하나가 순수 오브제이다. 지금 막 벌어지고 있는, 착지되지 않은 사건이다. 그것은 무심하다. 관념적인 입체에 불과한 우리들이 영원히 알 수 없는 평면적 모티프이다. 이 모티프들은 무언가를 구성하는 듯이 보이지만, 정작 아무것도 구성하지 않는다. 하지만 사유의 렌즈를 무화시키는 이 평면적인 오브제에서, 나는 웬일인지 날카로운 슬픔을 느낀다. 존재의 희미한 윤곽에서 묻어나는, 아주 얇고, 불투명한 슬픔을 말이다. 다시 한번 읽어보아도, 나는 그 슬픔이 무엇인지 모른다.

빗속에서 두루미 선회한다

나는 그것이 무엇인지 모른다

그가 고개를 숙이고 슬퍼할 때

나는 그것이 무엇인지 모른다

계단 위에는 제리늄 화분이 있고 니는 제라늄 잎을 만저본다

나는 그것이 무엇인지 모른다

너는 유리 앞에서 유리 안을 바라보며 섰는데

나는 그것이 무엇인지 모른다

그는 개미를 피해 발걸음을 바꾸는데

나는 그것이 무엇인지 모른다

그는 없는 그를 찾아가 문을 두드리는데

나는 그것이 무엇인지 모른다

그가 볼펜을 떨어뜨리고 아아아 소리 내는데

나는 그것이 무엇인지 모른다

너를 사랑해

나는 그것이 무엇인지 모른다

눈먼 시계 수리공

— 이영주의 「시각 장애인과 시계 수리공」

시계를 고쳐 주고 돌아섭니다

그는 창고에서 울고 있습니다 자신이 묻혀 사는 목소리를 떠나
려고

시간 밖에서 바닥에 동그라미만 그리고 있었습니다

너의 손은 매우 젊구나 가장 낯선 부분을 만지면서

때로 닫힌 눈을 생각할 때 그는 수수께끼라고 여겼습니다

철근을 붙잡고 이것은 수수께끼라고

무엇인가를 바라보는 삶은 어떤 시간입니까

돌아선 채 한 장소에 머물러 있습니다 손으로 볼 수 있는 시계
를 쥐어 주고

고대 슬라브 교회의 기도문에는 한숨이 있습니다 창고 문을 열고 소금과 감탄사, 머리카락과 눈물, 수염과 손가락들을 모아 놓은 죽은 목록을 들추어 봅니다 모든 것은 명징하고 해독할 수 없는 양식만이 남아 생활이 되었습니다 시계는 살아서 움직이고 이제 밖으로 가야 하는 것은 무엇입니까 그가 사냥해야 할 것은 무엇입니까

눈물은 멈추지 않습니다 목소리가 자신을 떠나려면
새로운 불행 속으로 들어가야 할까요 그는 고마워서
내 손을 잡으며 젊은 자의 피부란 물고기 비늘처럼 비린 것

문을 열어 두고 가렴 나는 내가 그렸던 동그라미는 아니겠지 언젠가는 공백이 되겠지 텅 빈 것이 되면 지금을 남겨 두려고 가장 낯선 손을 놓고 있습니다 바라본다는 것이 어떤 불행일지 몰라 허공을 만지고 있습니다 침묵 한가운데에서 섬세하게 시계를 만지고 있습니다

시를 읽는 즐거움 중의 하나는 인식의 무력에 도달하는 것이라 생각될 수 있다. 지혜를 사랑하는 것이 철학이라면 시는 지혜로워지지 않는 곳으로 나아감으로써 지혜의 전권을 상대화시키는 것이라는 뜻이 여기에는 들어 있다. 시는 지혜로

워지기 위해 대기하고 있는 세계의 문자들의 대열에서 빠져나오는 것이다. 이것이 이상한 짓이기는 하지만, 생각해 보면, 지혜의 즐거움만 있는 것이 아니라 지혜로워지지 않는 즐거움도 있을 것이다. 무엇이 더 큰지는 알 수 없는 일이다.

그런데 지혜로워지지 않는 것, 모르는 것에 이르는 것은 좀 복잡한 일로 여겨진다. 만약 내가 무엇을 모른다는 것을 알고 있다면, 나는 모르는 자인가, 아는 자인가. 반대로 내가 무엇을 알고 있다는 것을 모르고 있다면, 나는 아는 자인가, 모르는 자인가. 이러한 곤란함에 빠지게 되면 화살의 방향을 다시 되돌릴 수 있게 된다. 아는 것과 모르는 것은 아마도 나란히 있고 또 크게 다르지 않을 것이라고.

문제가 되는 것은 순수성이다. 순수한 것은 일방통행적이다. 지혜나 비지혜는 모두 순수해서 천상적인 냄새가 난다. 시는 순수한 것이 아니다. 시는 불순하고, 형체를 알아볼 수 없는 것이고, 그래서 지상적이다. 이렇게 말해 보고 싶다. 시는 지혜나 비지혜라기보다는, 인식을 누그러뜨리는 것이라고. 누그러뜨린다는 것은 무언가 다른 것을 섞는다는 것을 의미할 것이다. 무엇을? 죽음을.

이영주가 희화적으로 초점을 맞추는 것은 시각장애인과 시계 수리공이다. 둘을 나란히 세우는 것은 섞기 위함이지 다른 것이 아니다. 상대에게 죽음일 뿐인 관계라는 함수가 이것이다. 시각장애인은 시계를 수리하지 못할 것이고, 시계 수리공은 시각장애인이 되지 못하는 것이다. 하지만 피차에게 죽음이 되는 항목을 섞음으로써, 자신의 순수성으로부터 벗어나게 되는 운명이 여기에 있다. 시각장애인은 시계를 수리함으로써, 시계 수리공은 시각장애인이어야 함으로써, 천상의 순수성을 버리고 지상의 이 불가능한 삶을 열어 나갈 수 있다. 지상에서 살아간다는 것은 이렇게 자신이 관계하게 된, 이해되지 않는 죽음을 펼쳐 가는 것이다.

창고 문을 열고 소금과 감탄사, 머리카락과 눈물, 수염과 손가락들을 모아 놓은 죽은 목록을 들추어 봅니다 모든 것은 명징하고 해독할 수 없는 양식만이 남아 생활이 되었습니다

창고 속에 들어 있는 목록들은 이의 예들이다. 소금과 감탄사, 머리카락과 눈물, 수염과 손가락들은 각각 시각장애인과 시계 수리공이다. 이러한 마주침의 목록은 더할 나위 없이 "명징"한 것인데, 왜냐하면 이들이 섞일 수 없음으로 섞이기 때문이다. 이 섞임이 불가능 위에서 진행되기 때문이다. 그리고 이러한 "해독할 수 없는 양식"이 "생활"이 되는 것으로 인해, 아마 생활은 우리가 살고는 있지만, 포착할 수 없는 자명함으로 문드러져 있을 것이다. "철근을 붙잡고 이것은 수수께

끼"라고 여길 때, 수수께끼는 철근의 불가능한 자명함에서 오는 것이다.

이영주의 시는 이러한 명징, 즉 "해독될 수 없는" 자명함의 세계에 예의를 갖춘다. 그것은 "손으로 볼 수 있는 시계"의 세계이다. 손과 시계의 불가능한 섞임, 손의 순수성과 시계의 순수성이 사라지고, 손과 시계가 교차하는 지점에서 손으로 보는 일이 일어난다. 또한 이러한 불가능이 만들어 내는 변주에서 시계를 고치는 일이 발생한다. 손이 시계를 고치는 것은 손이 시계를 보는 일과 같이 불가능하고, 명징한 일인 것이다.

그러므로 시계를 고치는 일로부터 이 시는 시작하고 있었던 것이다.

시계를 고쳐 주고 돌아섭니다

그는 창고에서 울고 있습니다 자신이 묻혀 사는 목소리를 떠나려고

시간 밖에서 바닥에 동그라미만 그리고 있었습니다

너의 손은 매우 젊구나 가장 낯선 부분을 만지면서

(중략)

문을 열어 두고 가렴 나는 내가 그렸던 동그라미는 아니겠지

언젠가는 공백이 되겠지 텅 빈 것이 되면 지금을 남겨 두려고

가장 낯선 손을 놓고 있습니다

이영주의 시는 시계를 고치는 일의 불가능에 대해 암시하는 데 머무는 것이 아니라, 우리의 '생활'이라는 것이 이러한 불가능을 '명징'하게 진행시키고 있는 것에 대한 미세한 존재론적 반응으로 나아간다. 그 반응은 최초에 "울고 있"음으로 나타난다. "시계를 고쳐 주고 돌아"선 곳, 시계가 작동하지 않는 "창고에서", "시간 밖에서" 울고 있는 것이다. "동그라미"는 눈물의 기표일 것이다. 그리고 이후에도 이 "눈물은 멈추지 않"는다.

울음 외에 그가 감각하는 것은 낯섦이다. 시계를 고치는 손에 대해 "젊구나" 하고 여기는 것은 그 손이 "낯선" 것이라는 토로에 다름 아니다. 이러한 (비현실적인/현실적인) 느낌은 마지막에 "가장 낯선 손"이 되기까지 지속된다. 움직이는 손, '생활'의 불가능을 이루어 나가는 손은 경탄의 대상이 아니라 낯설기만 한 손이다. 이 낯선 느낌은 당연하게도 자신과 자신의 가장 민감한 반응이었던 눈물에까지 확장된다. "나는 내가 그렸던 동그라미는 아니겠지"에서 "낯선 손"을 바라보던 시선이 다시 나타난다. 자신을 이물감으로 감각할 수밖에 없는 괴리감이 시 전체에 스며 있다. 하지만 이것만이 아니다.

바라본다는 것이 어떤 불행일지 몰라 허공을 만지고 있습니다
침묵 한가운데에서 섬세하게 시계를 만지고 있습니다

울음과 낯섦의 정서는 다시 누그러진다. "허공을 만지고", "시계를 만지고", 그러면서 시각장애인과 시계 수리공이 다시 겹쳐진다. "침묵 한가운데에서 섬세하게 시계를 만지고 있"는 것은 눈먼 시계 수리공인 것이다. 섞임, 겹침, 화해되지 않는 결합이 자연스러운 운명인 것을 어찌할까.

이영주의 언어는 사고의 해리가 일어나는 곳에서 발생하는 독특한 면모를 가지고 있다. 사고가 날것으로 떨어져 있는 곳에서, 감각이 이 현상을 이해하지 못하면서 전면화될 때, 그 어긋남의 각도에 비례해 시는 드넓어진다. 그에게 시는 이해하지 못한 것을 드러내는 장소이다. 몸의 곳곳에 해결되지 않고 처리되지 않은 감각들이 서려 있다. 그는 이것들을 조심스럽게 분별하지 않으려 한다. 그러다가 난처해지고, 각별해지고, 선명하게 탈환한다. 무엇을?

이 글은 이에 대해 생각해 보느라 멈춘 짧은 순간을 풀어 본 것이다. 하지만 답은 중요하지 않을 것이다. 시는 결코 지혜로워질 수도, 지혜로워지지 않을 수도 없는 것이면서, 이 모순을 뚫고 나갈 양자의 희미한 교집합이 가능한 것도 아니어서, 탈환이라는 것 역시 불가능한 '생활'의 일부가 다시 되어 갈 것이라는 짐작이 그의 시에는 이미 들어서 있는 것이다.

관점이 소멸하는 곳에 토끼는 있다

— 김성대의 「귀 없는 토끼에 관한 소수 의견」

함구

함구는 조금씩 우리를 달리게 하는지도 모른다

함구는 조금씩 바깥에서 깊어진다

여기는 속 없는 굴속 같군

보이지 않는 곳에서 바깥을 모으는

굴은 지상으로 입을 벌리고

토끼는 반시계 방향으로 굴을 오른다

빨간 눈은 데굴데굴, 먼저 굴러가 있다

있는 힘껏 자기 자신으로부터 멀리뛰기

토끼는 자신의 눈을 보면서 달리는 것이다

자신을 함구하는 빨간 눈이 토끼의 공률이다

아버지랠리

공률 제로의 아버지는 서식지를 오염시키지 않는다

청정 지역이 되어 버린 아버지

일제히 눈을 켜고 빨간 눈을 따라간다

뒤에서 보면 무릎을 공회전하고 있다

이 눈을 좀 꺼 줘

자꾸 늘어나는 눈을 끄고 싶다지만

제로에 제로의 공률을 가속해 천문학적 사십 세에 이른다

반시계 방향의 급커브를 꺾어져서야

오래 비워 두었던 눈을 한번 감아 보는 것이다

다시 빨간 눈이 들어오고 있다

아버지는 한밤중에 그 눈을 따라간다

아랍인 투수 느씸

느씸은 공을 쥐지 않고 던진다

긴 손금으로 공에 대해 기도하고

시간 속에 공을 놓는다

공은 한없이 느리지만 시간의 결을 타고

반시계 방향으로 공회전하기 때문에

아무리 정확한 타자라도 맞출 수 없다

공에 대한 기도가 시간을 휘는 것이다

그러나 공을 받을 사람은 없고

느낌은 자신이 던진 공을 노려보느라 눈이 충혈된다

공은 젖어 가고 느낌의 눈은 폭발하고

빨간 눈이 흩어지고 흩어진 눈들이 느낌을 바라보고 있다

그가 던진 공은 눈먼 그만이 받을 수 있다

납굴증

밤의 소리들이 만질 수 없는 귀를 음각한다

귀 가득 무엇이 이리 무거울까

귀가 뜨거워질 때까지

언제까지 이러고 있어야 하는지

귀는 말라 가고 우는 토끼,

몸 안을 반시계 방향으로 돌고 있다

몸을 얻고 나서 몸 밖으로 나오기가 어려워진

이 밤은 누군가의 눈 속 같군

눈알이 염주가 될 때까지

이 밤을 모으고 있는 눈은 누구의 것인지

우는 토끼 속의 우는 토끼

돌아보는 눈까지 멈추고

한 벌 귀로 남은 밤

미결

이것은 관점의 문제가 아니다

긴 귀,

피가 미치지 않을 만큼 긴 귀가 결론을 뒤집지는 못했다

눈알을 반시계 방향으로 굴리며

관점을 덜어 내고 있는

그들의 정신만큼 안전한 곳은 없다

없는 귀 가득 명료한 결론들

정신은 없는 귀에 순응하는 것이다

귀가 좁아졌기 때문은 아닐까요?

끊임없이 자신을 듣는 귀 안쪽이 비리다

이름이 너무 길거나 붙일 수 없거나

귀의 기억만으로 그들은 자신을 기를 수 있는 것이다

귀가 없다면 계속 지켜봐야겠지만

눈이 없다면 계속 귀 기울여야겠지만

이것은 토끼에 관한 이야기이다. 토끼에 관한 묘사이기도 하고, 어떤 진술이기도 하며, 그러나 토끼를 덮는 무심한 문장들이다. 아마 문장들을 들치면 그 속에 토끼는 없을 것이다. 이것이 만약 시라면, 무엇에 대해 이야기할 줄 모르는, 그 무엇으로부터 멀어지기밖에 할 줄 모르는 시라는 뜻이겠지만,

또 한편으로 그 무엇에 붙들려 있는 멀어짐이라는 시의 곡예를 보여 주는 것이라 할 수 있다. 그러므로 이렇게 시작할 수 있다. 귀 없는 토끼라고.

김성대의 「귀 없는 토끼에 관한 소수 의견」은 토끼에 관해 말할 수 없을 때 시작되고 있다. 토끼에 관해 무엇인가를 말하려는 것이 아닐 때, 토끼의 귀는 사라진다. 그리고 토끼의 귀가 사라지고 나면 토끼가 보인다. 토끼가 물질이고 오브제임을 지속적으로 실천하는 방식이다. 이제 토끼는 듣지 못한다. 외부에 대한 두려움과 근심을 기다란 귀로 세우고 다니며 외부와 부정확하게 연결되어 있는 속악한 통념적 육체가 아니다. 귀가 없다는 것은 마치 탯줄이 잘리듯이 자신의 연원으로부터 떨어져나가 순수한 육체적 물질성을 획득하는 일이다. 토끼는 여기서부터일 것이다. 귀 없는 여기에서, 토끼는 극렬한 토끼이다. 토끼 속으로 들어올 수 있는 것은 아무것도 없는 것이다.

이렇게 생각해 볼 수 있다. 외부 세계, 타자의 음성이 없는 세계란 무엇일까. 타자를 전유하거나 타자에게 포위되는 적절한 섬망 상태의 타진이 허용되지 않는다면 할 수 있는 것이 무엇인가. 타자라는 확성기를 치웠을 때, 가장 뚜렷하게 나타나는 현상은 아마 자신의 언어를 이해할 수 없는 일일 것이다. 자신의 음성 역시 들리지 않는다. 터무니없는 언어의 번역 행위가 전무한 곳, 토끼이지만 비토끼이게 할 수 있는 타자의 버전이 침입하지 않는 곳에 토끼의 난처함이 있다.

난처함은 곳곳에서 튀어나온다. 난처함은 토끼를 맹목의 존재가 되게 한다. 토끼는 단일한 맹목을 수여받는다. "굴"은 맹목이고, "바깥"도 맹목이며, "반시계 방향" 역시 맹목이다. "청정 지역이 되어 버린 아버지", "공"과 "공회전"과 "정확한 타자" 역시 맹목이다. 이 언어들은 사뭇 진지하게 맹목의 자세를 지니고 있는데, 스스로는 이 맹목의 기획에 동원된 것을 눈치채지 못한 듯 보이기 때문이다. "우는 토끼 속의 우는 토끼"가 계속해서 펼쳐져도 '우는 토끼'는 울고 있을 뿐, 다른 '우는 토끼'를 알아보지 못하는 것이다. 그러므로 '우는 토끼'는 끝없이 태어난다. '우는 토끼'를 멈출 수 없는 것은, 우는 일이 맹목인 까닭이다.

이것은 '달리다'라는 유비로 순환된다. 우는 것은 달리는 것과 다를 바 없다. 달리는 사람은 우는 사람만큼이나 납득하기 어려운 것이다. 달리는 일의 맹목성은 이전의 이상이나 다른 선배들에게서 뛰어난 예들을 찾을 수 있지만, 김성대의 달리는 토끼는 다소의 조작을 통해 보다 물질적, 기계적 성격을 띤다.

빨간 눈은 데굴데굴, 먼저 굴러가 있다

있는 힘껏 자기 자신으로부터 멀리 뛰기

토끼는 자신의 눈을 보면서 달리는 것이다

자신을 함구하는 빨간 눈이 토끼의 공률이다

"굴러가 있"는 자신의 "빨간 눈"을 향해 달리는 토끼는 의식적이라기보다는 자동적이다. 토끼는 기계적으로 자신의 눈을 향한다. 귀가 사라진 토끼가 제한된 오브제적 성격을 유지하기 위해서 눈으로의 환치가 이루어지고 있는 것이다. 하지만 귀나 눈과 연계되어 있는 감각적 패턴의 구성은 토끼의 맹목을 편드는 전개라 할 수 있다. 토끼가 자신을 향해 달린다는 폐쇄적인 메시지를 막아서는 것은 바로 이 '빨간 눈'의 현혹이다. '빨간 눈'은 의미를 벗어난 곳에 있다. 그러므로 '빨간 눈'을 향해 움직이는 토끼는 편재하는 맹목을 반복할 뿐이다.

　이러한 토끼의 정황을 표현하는 말이 "함구"이다. 토끼는 달리면서 함구하는 것이 아니라 함구하고 있기에 달리는 것이다. "함구는 조금씩 우리를 달리게 하는지도 모른다"라는 이 최초의 물주 구문은 토끼의 최초의 초상이다. "함구"가 바로 귀 없는 토끼를 가능하게 하는 것이다. 그리고 "자신을 함구하는 빨간 눈"은 토끼의 현재성의 표지일 것이다. 토끼는 귀가 없고, 눈이 보이지 않으며, 그야말로 입을 다물고 있다. 언어가 없기에, "아랍인 투수 느낌"의 예를 빌려 "그가 던진 공은

눈먼 그만이 받을 수 있다". 그가 말을 하고 있다면, 그는 아마
도 공을 받을 수 없을 것이다.

　자신이 던진 공을 자신이 받고 마는 것은 순수한 자동적
세계의 확진을 가져오는 일이다. 일체의 다른 가능성이 소멸
되어 있는 세계, 순수한 회로의 작동만 허용되어 있는 세계인
것이다. 바로 이 세계가 귀 없는 토끼의 세계이며, 귀 없는 토
끼는 맞은편이 없는, 가상적 실재라 할 수 있다. 달리 말하면
목적도, 도달점도 없는, 타자도, 타자의 불합리도 없는, 근처
에는 아무것도 없는 이상의 꽃나무이다. 홀로 '이상한 흉내'를
내고 있는 토끼는 자명함으로 가득 차 있다.

　　눈알을 반시계 방향으로 굴리며
　　관점을 덜어 내고 있는
　　그들의 정신만큼 안전한 곳은 없다
　　없는 귀 가득 명료한 결론들
　　정신은 없는 귀에 순응하는 것이다

　인간은 관점투성이들이며, 이 속에서 우리의 정신은 허
우적댄다. 관점으로 얼룩져 있고, 관점에 사로잡혀 있기에 '정
신'은 정신의 사각지대로 내몰리는 것이다. 관점은 세계와의
소통이라기보다는 세계와의 착종의 부산물이다. 그런 점에서

"관점을 덜어 내고 있는 정신은" 정신이라기보다는 차라리 새로운 어떤 지대라 할 수 있다. 이것은 해명을 요하지 않으며 스스로 서 있는 물리적 실체이다. 스스로 불을 밝히고 있는 세계의 자명함처럼 말이다. 이 세계는 아마도 스스로 꺼져 갈 것이다.

김성대의 "귀 없는" 지대에는 "명료한 결론들"이 피어 있다. '명료한 결론들'은 문장들 위로 튀어 오르는 인간의 음성이라기보다는 "공률 제로"에 닿아 있는 환율 같은 것이다. 이 결론들은 운동하지 않으며, 무엇을 생산하거나 소비하지 않는다. 정신이 육체화한 비율과 비례, 물질성이 있을 뿐이다. 이것이 바로 토끼의 윤곽이다. 토끼는 관점이 소멸하는 곳에 있다.

김성대의 시는 마치 복화술처럼 폐쇄된 울림을 갖고 있다. 구문들은 '함구'하고 회전한다. 구문들을 따라가는 것은 어리석은 일이다. 우울한 구문들은 토끼를 비추지 않는다. 토끼를 충혈시키지 않는다. 다만 나직하게 한 문장이 다른 문장을 비호하고 에워싸고 깊어져 간다. 거부하느라 깊어진다. 그러므로 때때로 멈추어 서서 한 문장씩 내려놓고 문장을 "덜어 내고", 문장으로부터 멀어질 일이다. 새삼 정신의 '빨간 눈'을 향할 일이다.

얼굴에 대한 참회
— 넬리 작스의 「얼굴을 돌리고 나는 기다린다」

얼굴을 돌리고

나는 너를 기다린다.

살아 있는 자들로부터 멀리 떨어져

또는 가까이에서

너는 헤맨다.

얼굴을 돌리고

나는 너를 기다린다.

해방된 자들은

갈망의 올가미에

잡혀서는 안 되고

별가루의 왕관을

쓸 수도 없으므로

사랑은
불에 태워도
소멸되지 않는 모래의 풀

얼굴을 돌리고
사랑은 너를 기다린다.

인간에게 얼굴이란 무엇일까. 얼굴에 대해 긴요한 이야기를 들려주는 이는 레비나스(E. Levinas)이다. 그는 타자가 얼굴로 나에게 존재하는 것에 주목했다. 나약하고 무력한 상처받기 쉬운 타자는 그 얼굴에 주체인 내가 정의로울 것을 요구하는 신의 메시지를 담고 있다. 타자는 그 얼굴로서 나에게 신성의 체험을 가져다준다. 그것은 무한의 현현이다. 타자를 비천하고도 높은 자리에 위치시킨 레비나스의 역설이 얼굴에서 비롯되었다는 것은 흥미 있는 일이다.

하지만 레비나스의 사유는 주체의 자리에서 이루어진다. 그가 궁구했던 얼굴은 전적으로 타자의 얼굴이다. 타자는 사유의 대상이다. 타자는 나를 교정하고 나를 주체로 태어나게 하지만, 언제나 드러나는 것은 타자의 얼굴이다. 주체의 얼굴은 나타나지 않는다.

인간은 자신의 얼굴을 보지 못한다. 내가 볼 수 있는 타자의 얼굴이 신성의 근원이라면, 결코 볼 수 없는 나의 얼굴은 얼마나 절대적인 것일까. 나는 나의 얼굴이 어떠한 추상과 구체의 경계를 넘나드는지 알지 못한다. 어떠한 존재의 방류인지 알지 못한다. 그것이 절대적으로 무력하고, 절대적으로 공격적임을 알지 못한다. 나의 얼굴은 인식의 대상이 아니며, 나를 벗어나 있다. 벗어나서 타자를 향해 날아간다. 그것은 반성과 사려의 기울기를 가지고 있지 않다. 얼굴은 나와 무관한, 내가 제어할 수 없는 어떤 직접성의 노출이다. "얼굴을 돌리고/ 나는 너를 기다린다"는 것은 무엇보다도 이러한 나의 절대성, 나의 무력함, 나의 공격성으로부터 너를 보호하려는 의지의 피력이다. 그것은 얼굴에 대한 참회이다.

하지만 여기서 중요한 것이 있다. 얼굴의 자행에 희생되는 것은 우선 나라는 점이다. 얼굴은 나를 지배한다. 얼굴의 저지름은 언제나 나를 볼모로 삼는다. 나는 나의 얼굴에 갇혀 있다. 따라서 너를 보호하기 위해 나는 먼저 나를 보호해야 한다. 내가 나의 얼굴로부터 놓여나야 하는 것이다. 얼굴을 돌리는 것은 너를 피하는 것이라기보다 정확하게 말해 나를 피하는 것이다. 나의 갈망을 피하는 것이다.

얼굴은 갈망이다. 직설법이다. 무엇으로도 가릴 수 없다.

작스(N. Sachs)는 갈망을 올가미로 생각한다. 우리를 죽음으로 인도하는 것이다. 갈망은 눈이 없다. 그것은 나를 묶고, 너를 제거하는 폭력적인 힘이다. 나와 너를 동시에 쓰러뜨린다. 비록 나와 너 사이를 오가지만 갈망은 좌표를 갖지 않는다. 나를 반영하는 것도 너를 이해하는 것도 아니다. '젠주흐트(Sehnsucht)'는 근원을 알 수 없는, 대상을 지향하지 않는 이상한 힘이다. 언제나 무지 위에서 확장된다. 그것은 불명확하기에 강렬한 것이다. 나와 너의 존재는 그 속에 없다. 그것은 어딘가 다른 곳에서 불어오는 것이다. 그러므로 "갈망의 올가미"에 걸리지 않기 위해, 나는 얼굴을 돌려야 한다.

사랑은 갈망을 넘어선 곳에 있다. 사랑은 갈망보다 강한 것이다. 갈망이 불이라면, 불에 태워 모든 것을 재로 만들어 버린다면, "사랑은 / 불에 태워도/ 소멸되지 않는" 것이다. 사랑은 갈망을 이기는 것이다.

사랑이 갈망이 아니며, 갈망의 올가미에 붙잡히지 않는 것이 사랑이라는 작스의 사유는 그녀의 시를 독특하고 신비스럽게 만든다. 얼굴을 돌리고 기다리는 사랑, 자신의 갈망을 피하는 사랑, 갈망의 불모성을 꿰뚫는 사랑이야말로 작스 식의 강하고 위대한 사랑이다. 그녀는 유대인으로서 고통을 당했고 죽음과 도피 위에서 살았다. 폭력과 불모성에 희생당하는 쪽에 있었지만, 이 폭력성을 자신에게서도 찾아낼 수 있었다. 고

통이 그녀로 하여금 사유될 수 없는 것을 사유하게 만들었던
것이다.

횡렬

5부

미의 침입

― 토마스 만의 「베니스에서의 죽음」

1   나와 예술의 거리

가을과 겨울이 나란히 서 있다. 계절은 각각의 페이지가
날것이다. 날것, 직설적 존재들에 나는 잘 섞이지 못한다. 나
는 계절의 맨 얼굴을 뚜렷이 바라보지 않는다. 계절의 변화는
시선 안으로 진입하지 않고 거리를 두고 물러서 있다. 나뭇잎
들이 야단스레 색을 바꾸고 약속이라도 한 듯이 모두 떨어져
내리는 늦가을과 겨울의 부산함을 나는 지나친다. 계절은 저
만치서 스쳐 간다.

예술도 이처럼 무감하게 진행된다. 나를 섞지 않는다. 내
가 섞이지 않는다. 예술은 일정한 거리를 두고 진행된다. 내가
작업을 하고 있을 때에도 나는 예술과 한 몸이 되지 않는다.

사실상 나는 예술의 얼굴을 정확하게 볼 수 없다. 어떤 지연이 있고, 유출이 있고, 불일치가 있다. 예술은 나의 인식이 구성할 수 있는 사건은 아니다. 그것은 또한 나의 영토에서 벌어지는 일도 아니다. 예술은 영토를 좋아하지 않는다.

예술과 나와의 거리, 이 방종과 금욕을 나는 예술의 형식이라 생각한다. 예술의 형식은 예술과 내가 떨어져 있다는 증거이다. 떨어져 있음으로 내가 매혹되는 것, 매혹되는 것이 예술의 형식이다. 예술은 형식으로 거절하고, 형식으로 나에게 편입되지 않는다. 그것을 나는 손댈 수 없다. 만들 수 없다. 형식은 계절처럼, 완성된 날것이다. 나는 형식이 말을 걸어오기를 기다린다.

나는 나와 무관하게 예술을 한다. 나와 예술은 교류하지 않는다. 서로를 의식하지 않는다. 서로에게서 빠져나가지도 않는다. 무엇을 찾지 않는다. 어떤 서성거림, 홀로 뭉쳐 있음, 서로에게 흘러 들어가지 않는 표류 같은 것이 있다. 서로를 차지하지 않는 것이다. 나는 예술을 낯설어하고 예술은 나를 상관하지 않는다. 나는 예술을 성가시게 하지 않고, 예술도 나를 방해하지 않는다. 우리는 언제나 충분히 모른다. 내가 글을 쓸 때 나는 없다. 예술은 나를 비껴가고, 나보다 더 멀리 어느 곳으론가 가 버린다.

예술이 어디에 있는지 나는 모른다. 예술은 어떻게 오는가. 예술은 하나의 순간인가. 예술은 작품으로 구체적인 외형을 갖추는 순간 사라져 버린다. 예술이 사라지는 자리에 나는 들어선다. 나와 작품이 남는다. 그리고 여기서부터 예술에 대한 이야기가 비롯된다. 나는 예술의 순간에 제외되었다가 뒤늦게 자신이 출현하는 것을 목격한다. 나는 이 현장에서 가장 늦다. 나는 많은 것을 보지 못한다.

예술은 자동 기술 같은 것이다. 우연의 자동 기술이다. 순간의 확장이다. 나는 예술에 가담하지 않는다.

2   예술과 미의 거리

나와의 거리 외에도 예술은 중요한 또 하나의 거리를 갖는다. 바로 예술과 미의 거리이다. 나와 예술의 거리는, 작품 내부에 들어 있는 예술과 미의 거리와 대칭을 이룬다. 전자가 형식이라면, 후자는 내용이 된다. 예술은 미와의 거리를 통해 작품으로 탄생한다.

그런데 왜 거리인가? 예술은 미를 보전하고 미와 일체가 되는 것이 아닌가? 무엇보다도 미와의 결합에 의해서만 존재하는 것이 아닌가? 미와 거리를 갖는다는 것은 예술이 예술

이전의 미숙한 상태에 놓여 있음을 말하는 것은 아닌가?

　　예술에게 미는 처음부터 주어져 있는 것이 아니다. 미는 흩어져 있다. 예술은 미를 붙잡으려는 것이다. 하지만 잡히지 않는다. 미가 예술 속으로 끌려 들어온다 할지라도 마찬가지이다. 예술 속에 자리 잡은 순간에도 미는 완전히 포착되지 않는다. 그것은 명확한 실체가 아니다. 따라서 예술은 영원히 미를 향해 움직인다. 이 운동은 예술의 성격을 규정지어 준다. 예술은 미에의 지향인 것이다. 비록 예술이 미가 아니라 일그러지고 부서진 것에 현혹된다 해도 예술이 미를 부정하는 것은 아니다. 그것은 미의 변주에 지나지 않는다. 미를 탈환하기 위해 미를 벗어나는 것은 흔한 일이다.

　　하지만 미를 중심으로 하는 이와 같은 예술의 움직임, 미의 구현이라는 것은 역설적으로 미와의 거리에 다름 아니다. 미와 거리를 가지고 있지 않다면 예술은 움직이지 못할 것이다. 그것은 미를 이해하는 것이 아니라 미를 복사하는 데 지나지 않는다. 근친이라는 것은 거리를 전제하지 않고서는 있을 수 없다. 예술은 미와의 거리를 통해서만 미를 말하고 있는 것이다.

　　예술은 아직 미를 보지 못하는 것이다. 손을 뻗어 잡지 못하는 것이다. 미를 상상할 뿐이다. 예술이 미를 상상할 때, 예술은 강인한 것이 된다. 이때 미는 위험하기보다는 고무적인 것이다. 미는 예술을 지배자가 되게 한다. 추론과 탐색 속에서 꺼낸 미는 예술을 강화시킬 것이기 때문이다. 미는 예술을 운동하는 존새로 확산시켜 준다.

「베니스에서의 죽음」의 아셴바흐는 이와 같은 미의 구축을 통해 대가가 되었다. 그가 예술을 하는 데 있어서 미와의 거리는 필수적인 것이었다. 이 거리는 미에 대한 상상의 훈육, 뼈를 깎는 의지와 열정, 문제성과 혁신성으로 메워졌다. 바로 그가 미의 전형을 찾아 나가는 자세와 방법이었다. 이를 통해 승인된 미, 그것은 확고하고 우아한 것이었다. 하지만 엄격히 말해 그것은 아름다움을 추상함으로써 가능해진 것이었다. 예술이란 미를 조각하고 벼리는, 형상화해 내는 것으로 생각된 것이다. 이것은 예술의 아슬아슬한 이중성을 말해 준다. 예술은 미를 좇되, 미를 알지 못하는 것이다.

3 거리의 불가능성

볼 수 없고, 알 수 없고, 잡을 수도 없는 미에 대해 예술이 언제나 안정된 거리를 유지할 수 있는 것은 아니다. 이 거리가 부서지는 전격적인 일이 벌어진다. 바로 미의 침입이다.

노년에 이른 아셴바흐는 미와의 거리를 더 이상 유지할 수 없는 위기에 처하게 된다. 예술을 세공으로 알고 평생 미를 축조했던 그가 미를 직면하게 된 것이다. 살아 있는 미로서의 타지오는 예술과 미와의 거리를 순식간에 무너뜨리고 아셴바흐를 점령한다. 그는 예술의 밖에서 온다.

타지오는 미에 대한 새로운 정의이다. 미는 이제 예술의 추적과 탐구의 대상이 아니다. 각고의 노력으로 발견할 수 있는 것이 아니다. 미가 어떤 의지의 결산 같은 것이라면, 예측 안에 들어 있는 방정식에 불과할 것이다. 그 거리는 계산된 거리이다.

미의 실재는 전혀 다른 것이다. 타지오는 예술의 영역에서 탄생한 것이 아니다. 미는 스스로 존재한다. 스스로 도달되어 있다. 예술가와 무관하다. 그것은 홀로 태어난다. 예술의 도움을 필요로 하지 않으며 예술에 의해 해명될 수 있는 것도 아니다. 아셴바흐는 미의 완전함, 완전성으로서의 미를 만난 것이다.

사실 미는 완전한 것이다. 그것은 타협과 설득의 대상이 아니다. 의문이 사라지는 것이다. 아셴바흐는 자신의 정교한 솜씨에 의해서가 아니라 실재로 살아 있는 미의 현현으로서의 타지오를 만난다. 미는 이제 상상 속에서가 아니라 맨 얼굴로, 구체적으로, 눈앞에서 살아 움직인다. 정면으로 눈을 마주치기도 한다. 미는 자신을 가두는 사유와 정신, 상상과 무관하게 출현한다. 그들 주변을 태연히 활보한다. 「베니스에서의 죽음」은 예술이 바로 이 완전한 미를 직면하는 순간에 대한 기록인 것이다.

하지만 이 순간, 미의 실재 앞에서 예술은 무슨 일을 할 수 있을까? 미는 이미 완성되어 있는 것이다. 예술은 개입될 여지조차 없다. 미는 그 완전성으로 예술을 부끄럽게 만든다. 자신의 상상을 찢고 들어온 미를, 예술은 감당하지 못한다. 미와의 거리가 사라졌을 때, 아셴바흐는 무너진다.

미는 예술을 고양시키지 않는다. 예술을 파괴할 뿐이다. 미를 직면하는 것은 돌이킬 수 없는 일이다. 미는 날카로운 칼이다. 그것은 깊숙한 곳까지 파고든다. 그 어떤 것도 미만큼 치명적 상처를 남기지는 않는다. 세계는 언제든 미에 의해 파괴된다. 그것은 미 앞에서 쉽게 부서진다.

따라서 엄밀히 말해 미의 경험이라는 것은 없다. 경험이란 총체성 안으로 흡수되는 것이지만 미는 통일성 그 자체를 부수는 것이기 때문이다. 미는 미를 알지 못하는 무방비적인 유기성을 향해 날아든다. 그 중심을 무너뜨리며 복원을 허락하지 않는다. 하지만 왜 그럴까? 왜 미는 모든 것을 허물 수 있으며, 무력하게 만들 수 있는 것일까?

미에 저항하는 것은 없다. 무엇도 미와 싸우지 않는다. 미가 파괴적인 것은 완전한 동의를 얻어 내기 때문이다. 미에 대한 동의는 과도한 것이어서 동의의 주체를 붕괴시킨다. 그런 점에서 저항보다 위험한 것이 동의이다. 따라서 이렇게 말하는 것이 정확할 것이다. 아름다움만이 파괴적이다.

미는 선의를 가지고 있지 않다. 미는 영원을 불러들이는 것이 아니라 현재를 중단시킨다. 나아갈 방향을 가리키는 것이 아니라 방향을 제거한다. 미는 미적 추구라는 허울을 벗겨 버린다. 그것은 끝도 보이지 않는 정신으로의 여정을 일소하는 것이다. 정신은 없다. 미는 정지와 죽음을 선사한다.

미 앞에서 예술은 무력하다. 미를 추구하는 예술이 실제로는, 미를 견디지 못한다. 미는 항상 과도한 것이기 때문이다. 무너져 가면서 예술은 미를 향락한다. 향락은 예술을 축소시키고 또한 팽창시킨다. 예술을 일그러뜨린다. 이 일그러짐이 다시 향락이다. 미를 향락하는 것은 노년의 아셴바흐를 무너뜨린다. 그는 기다리고 있었던 듯이 쓰러진다. 미의 향락은 혹독한 것이다. 추락과 소멸이 입을 벌리고 있다. 그리고 그것을 깨닫지 못하는 마비가 거기에 있다. 예술은 타락한다.

예술은 미의 침입으로 더럽혀지는 것이다.

예술은 손상을 받은 것, 더러워진 것이다. 뒹구는 것, 뒤집어쓴 것, 무언가 잔뜩 묻어 있는 것이다. 예술은 어떤 추가적인 무게를 지고 있는 것이다. 자신을 유지하지 못하는 것, 치명적인 관여를 품고 있는 것, 휩쓸림 속에 변형된 것이다. 원형이 사라진 것이 예술이다. 예술은 몸이 없어진다. 미 속으로 파열하는 것이다.

이 파열은 예술의 발생을 인증한다. 예술은 미를 상상하고 깨우는 것이 아니라 미의 침입을 받음으로써 발생한다. 동시에 이 침입으로 예술은 소멸한다. 예술의 발생은 예술의 소멸로 나타난다.

예술은 미에 의해 대체된다.

예술은 미를 보게 된 것이다. 이제 아셴바흐는 사라지고 타지오만 남는다. 거리가 불가능해졌을 때 예술은 사라진다. 미와 결합하는 것이 아니라 미에 의해 소멸하는 것이다. 이런 위험을 예술은 본능적으로 알고 있기에, 공들여 미와의 거리를 유지해야 했던 것이다. 아셴바흐는 미와의 직면을 피해서 예술을 높이 축조해 낼 수 있었던 하나의 전형이었다. 하지만 결정적인 순간이 다가왔을 때, 그의 예술은 허물어졌다. 과연 누가 타지오의 침입을 피할 수 있을까? 예술은 미의 침입을 받아들이는 숙명적인 존재가 아니었던가?

빌보케의 장난

— 르네 마그리트론

나는 마그리트(R. Magritte) 그림의 핵심이 방울과 난간이라고 생각한다. 방울은 방울과 비슷하고 난간은 난간을 닮았다. 그리고 방울은 난간이기도 하다. 이렇게 이야기하면 내가 무슨 말을 하려는지 벌써 알아챈 사람도 있을 것이다.

1 제3의 오브제

하나의 사과를 그리는 방법은 대략 두 가지일 것이다. 사과의 색깔, 형태, 원리, 구성 등에 치중하는 조형적 재현의 방법, 그리고 사과라는 대상이 인간과 부딪쳐서, 인간을 경유하여 나오는 모습을 그리는 길이다. 실제의 사과를 어떻게 평평

한 캔버스에 옮겨 놓을 것인가 하는 고민이 전자라면, 인간의 상황에 따라, 나아가 인간의 감각의 한계를 넘어 사과가 어떻게 보이는가, 혹은 인간의 정서나 관념 따위를 말하기 위해 사과가 어떻게 동원되는가 하는 탐구가 후자이다. 고전주의, 낭만주의, 상징주의, 인상파, 큐비즘, 표현주의 등등 미술사의 크고 작은 움직임들이 대략 이 두 가지 방법 중 하나에 속한다.

르네 마그리트가 흥미로운 것은 그가 고전적인 재현에서 벗어났으면서도, 인간의 의미, 메시지들로 대상을 물들이지 않는다는 점이다. 대상들은 자신을 구성하고 있는 본질이나 형태의 원리에 집착하지 않으며, 인간을 위해 복무하지도 않는다. 그들은 제3의 가능성, 제3의 오브제이다.

초현실주의자들은 익숙한 상황에서의 상징적이고 유용한 정체성을 갖는 대상 개념을 파기하고 오브제를 재창조하는 데 몰두했는데, 이것은 관습적인 관계가 아닌 낯선 관계, 무관계를 사물들 사이에 적용시키는 일이었다. 브르통이 "오브제의 복권"이라 칭한 것은 오브제들의 이 예기치 않은 병치였다. 많은 초현실주의자들이 사물들의 이른바 '우연한 만남'을 금과옥조로 여겼다. 하지만 초현실주의의 한 구성원이었던 마그리트는 3년이라는 파리에서의 짧은 체류 이후 초현실주의와 거리를 두면서 오브제들의 이 '우연한 만남'에 역정을 내기 시작했다. "나는 결정론자가 아니지만 우연 또한 믿지 않는다.

그것은 세상에 대해 또 다른 설명을 하기 때문이다. 문제는 우연이나 결정론을 통해서는 세상에 대한 어떠한 설명도 받아들일 수 없다는 것이다."라고 그는 못 박고 있다. 우연이 설명의 방식이 되어 버리는 것이 그에게는 또 다른 자가당착의 길로 보였다.

따라서 마그리트는 우연을 위해 우연을 고안하는 일에 관심이 없었다. 에른스트(M. Ernst)의 프로타주나 콜라주, 달리(S. Dali)의 편집광적 비평 방법, 미로(J. Miró)의 순수 자동 기술법과 같은 자기 지시적 환치에 관심을 두지 않았다. 우연은 최종적인 패스워드가 아니다. 그는 우연에 의해 사물들이 재배치되는 것으로 오브제가 복권되었다고 생각하지 않는다. 어떻게 우연히 만나서 오브제들이 존재하게 되는가 하는 문제는 어떻게 오브제들이 필연적 연관을 가지고 있는가 하는 문제와 같은 정도로 단순하게 설정된 것이다. 우연을 폭넓은 잠재적 가능성이 아닌 탈환된 현실로 수용하는 것이 기계적 처리로 보였던 것이다.

2   닮는 놀이

마그리트는 우연의 배치에 머무르지 않고 오브제들이 벌

이는 존재의 놀이 쪽으로 관심을 확대시켜 나갔다. 이 과정 중에 마그리트가 발견한 것은 오브제들이 서로 닮는 놀이에 열중해 있다는 사실이었다. 오브제들은 가까이, 또 멀리 존재하는 다른 오브제들을 닮아 가고, 그것들을 열심히 흉내 낸다. 어떤 특별한 목적이나 연관을 갖고 있기 때문이 아니다. 세계 안에 존재하는 사물들은 자신의 환경이 되는 외부의 요소들이 무엇이든 간에, 그것들에 자신을 맞추어 나간다. 존재들이 서로 마주치고 반응하고 경사하는, 이 닮는 놀이는 특별히 마그리트의 흥미를 끌었다. 그는 자신의 전 작품에서 이 놀이의 양상을 추적해 나갔다.

예를 들어 산이 거대한 하나의 새로 표현되어 있는 「아른하임의 영역(Le Domaine d'arnheim)」(1962)에서 산은 산을 벗어나 새가 되어 가고, 새는 그 날개가 산자락으로 굳어져 산의 모습으로 변해 가고 있다. 산과 새는 서로를 향해 파고든다. 산이 새를 닮아 가고 동시에 새는 산을 닮아 가는 이 이상한 놀이는 「자연의 은혜(Les Grâce Naturelles)」(1948)에서 동일한 패턴으로 나타난다. 이 작품에서는 새가 나뭇잎이 되어 있다. 머리만 새일 뿐, 몸통은 나뭇잎으로 정지해 있는 이 나뭇잎-새는 새와 나뭇잎이 서로를 닮는 놀이를 벌이는 긴밀한 현장이다. 존재들의 이와 같은 변신놀이는 「유혹자(Le Séducteur)」(1953)와 「붉은 모델(Le Modèle Rouge)」(1935)에서도 찾아볼 수 있다. 「유혹자」에서는 바다 위에 떠 있는 배가 배의 윤곽만 간신히 남아 있어 배라는 것을 알 수 있을 뿐, 배 전체가 바다의 물결로 이루어져 있다. 바다 위에서만 존재하는 배는 배의 정체성을 버리고 바다가 되어 간다. 이것은 신발이 신발이기를 멈추고 자신이 덮어야 할 발을 흉내 내고 결국 발이 되어 가는 「붉은 모델」에서도 반복된다. 자기동일성, 자기 지시성은 아무런 의미가 없다. 자기 회귀적 주체는 어느 곳에도 존재하지 않는다. 동물과 식물, 생물과 무생물이 얽혀 들어 서로를 교환하는 존재의 놀이를 벌이는 것이 이 세계이다. "그들은 한데 엉켜서 그물에 남아 있었다."(파울 첼란)

마그리트의 닮는 놀이는 더 다양하게 전개되어 나간다. 오브제들은 전혀 다른 성격을 가지고 있음에도 이 놀이 속에 휘말린다. 「설명(L'Explication)」(1952)에서 맥주병과 당근은 지금 서로를 베끼는 중이다. 당근은 맥주병이 되고 있고 맥주병은 당근이 되고 있다. 「발견(La Découverte)」(1927)은 한 나부의 피부가 나뭇결의 모양으로 변해 가는 과정을 포착한 것이다. 여인과 나무의 접맥을 통해 인간도 오브제로서 이 놀이에 속한 존재임을 알 수 있다. 이렇게 친연성이 없는 오브제들 간의 베끼기놀이는 「아르곤의 전투(La Bataille de l'Argonne)」(1964)에서 절정에 이른다. 이 작품은 거대한 돌덩이가 구름과 함께 하늘에 나란히 떠 있는 모습을 잡아낸 것이다. 구름은 중력의 법칙이나 돌로서의 광물의 성질을 무시하고 구름의 흉내를 내고 있으며, 이 흉내 내기에 드디어 성공해서 구름처럼 가볍게 떠 있다. 돌덩어리는 구름처럼 가볍고, 구름처럼 무겁다.

　마그리트의 가장 유명한 작품으로 생각되는 「이것은 파이프가 아니다(Ceci n'est pas une pipe)」(1929)도 이 놀이의 변주이다. 파이프를 그려 놓고 파이프가 아니라고 말하는 것을 어떻게 이해할 수 있을까. 이 작품의 또 다른 버전인 「두 가지 신비(Les deux mystères)」(1966)를 살펴볼 필요가 있다. 「두 가지 신비」에는 파이프가 두 개 나온다. 하나는 파이프가 허공에 떠 있고, 또 하나는 이젤로 세워진 캔버스 속에 그려져 있다. 캔버스 속에 그려진 파이프 밑에는 역시 "이것은 파이프가 아니다."라고 쓰여 있다. 두 개의 파이프를 어떠한 상황과 관련지어도 좋다. 허공의 파이프를 개념이나 관념, 이데아, 환상, 욕망, 무의식, 기의의 파이프라 하고, 캔버스 속의 파이프를 현실, 실재, 의식, 기표의 파이프라고 하자. 아니면 두 개의 파이프를 정반대로 설명하여 허공의 파이프가 현실의 파이프이고 그림 속의 파이프가 이데아라 해도 상관없다. 중요한 것은 어느 쪽이 A이고 어느 쪽이 B라고 구별 짓는 것이 아니다. 관념이 실재를 만들어 낸 것인지, 실재가 관념을 만들어 낸 것인지도 따질 일이 아니다. 두 개의 파이프가 그렇게 대립적이고 자족적인 것이 아니라 서로에게 출몰하고 난입한다는 것이 문제이다. 두 개의 파이프는 서로를 바라보며 서로를 의식한다. 그리고 닮아 있다. 이들의 부단한 교차는 파이프라고 확정된 순간을 거부하도록 만든다. 존재하는 것은 두 파이프의 끝없는 베끼기를 통한 지속적인 변형과 그 과정이다. 파이프는 한 순간도 하나의 파이프인 적이 없다. 파이프의 여러 존재와 정황이 있을 뿐이며, 부유하는 파이프들의 이동과 교환이 있을 뿐이다.

무의식은 의식을, 의식은 무의식을 흉내 낸다. 나아가 무의식은 의식이 흉내 내는 무의식을 다시 흉내 낸다. 의식 역시 이와 같은 과정을 경유한다. 의식이 흉내 내는 것은 의식인 것이다.

허공의 파이프는 캔버스 속의 파이프뿐만 아니라 자신을 흉내 내고 있으며, 캔버스의 파이프도 마찬가지이다. 파이프는 파이프를 흉내 낸다.

> 벌판한복판에꽃나무하나가있소.근처(近處)에는꽃나무가하나도
> 없소.꽃나무는제가생각하는꽃나무를열심(熱心)으로생각하는것
> 처럼열심으로꽃을피워가지고섰소.꽃나무는제가생각하는꽃나
> 무에게갈수없소.나는막달아났소.한꽃나무를위(爲)하여그러는
> 것처럼나는참그런이상스러운흉내를내었소.
>
> ──이상,「꽃나무」

마그리트의 그림에서 파이프는 파이프로 확정된 순간에 이르지 못하며 따라서 파이프가 아니듯이, 이상에게서 꽃나무는 꽃나무라는 순간에 도달할 수 없다. 열심히 꽃을 피우는 꽃나무의 행위만 있을 뿐이다. 꽃나무를 닮는 놀이를 펼치는 이 꽃나무라는 존재, 이것은 꽃나무가 아니다.

3 이중 이미지

동일성이라는 것은 인간의 편에 서 있는 개념이다. 동일성과 차이는 인간의 의식이 작동할 수 있는 기제이며 조건이다. 이 유익한 기제를 통해 인간은 세계를 변별하고 이해한다. 하지만 사유의 대상이 되는 사물들은 사실 결코 동일하지 않다. 동일하지 않은 사물들을 동일성으로 이해하는 것은 인간의 의식이 더 세분화될 수 없는 한계 지점을 가리키는 것이다. 동일성은 인간의 눈이 식별할 수 있는 차원에서 벌어지는 이야기가 아니다. 그것은 사실에 대한 판단이라기보다는 추상적으로 범주화된 개념이다.

마그리트는 이 추상성을 제거한다. 숙달된 눈에 의해 보이고, 숙달된 눈 때문에 보지 못하는 인조 세계를 거부한다. 추상적인 동일성이 사라진 세계, 동일성의 담론을 걷어 버린 세계가 마그리트가 바라본 세계이다. 마그리트의 오브제들이 닮는 놀이를 한다는 것은 바로 그들이 동일하지 않다는 것을 전제로 한 것이다. 그들은 다르기 때문에 흉내 내는 것이다. 마그리트는 동일성이라는 연역적 정치경제학을 차라리 하나의 무작위적인 놀이로 만들어 버린다. 사물들은 자유로운 짝짓기를 통해 닮는 놀이를 즐기는 것이다.

이 닮는 놀이는 그 자체로 모호한 특성을 지니고 있다. 오브제들은 서로를 쫓아가는 이 놀이의 연장 속에서 결국은 어느 하나의 존재로 귀착되지 않는다. 새로운 정체성을 확보하는 존재의 응고는 일어나지 않는 것이다. 놀이는 정지되지 않는다. 오브제들은 서로에게로의 지속적인 침투 과정이 최종적인 합일화에 이르는 것은 아니라는 것을 본능적으로 깨달은 듯이 보인다. 이들은 서로가 동일하지 않다는 최초의 출발점을 무한정 반복한다. 오브제들의 결합은 서로의 이질성을 제거하는 방향으로 진행되지 않는다. 차라리 이 이질성을 즐기고 이질성 위에서 끝없이 이동한다.

앞에서 논의된 작품을 보면 새가 산의 모습을 하고 산이 새의 모습을 하는 경우, 이 상황은 어느 한쪽으로의 귀결로 마무리되지 않은 채 진행형인 상태로 존재한다. 새는 산이 되어 지상의 거대한 배후가 되려 하지만 산은 새가 되어 여기에서 벗어나려 한다. 서로를 흉내 내는 두 오브제의 긴장 속에서 산과 새의 이질성은 소멸되기는커녕 선명하게 부각된다. 이것은 「설명」이나 「발견」에서도 마찬가지이다. 맥주병과 당근, 나부와 나무는 서로 닮는 놀이를 하고는 있지만 완전히 동화되는 것은 아니다. 맥주병은 아마 영원히 당근이 되지 못할 것이며 이것은 당근도 마찬가지이다. 나부는 나무로 변하고 있지만 나무가 되지는 않으며 나무의 침투는 나부를 완전히 삼키지는 못할 것이다. 이들이 서로 존재의 경계를 넘나들고 있다 할지라도 그것은 단지 멈추지 않는 흐름이며 동요의 과정일 뿐이다. 존재의 정지는 일어나지 않는다. 이 동요와 놀이는 이질성을 제거시켜 나가는 것이 아니라 오히려 서로의 이질성을 품고 강화시켜 나가는 가운데 진행되며 이질성이 크고 날카로울수록 놀이는 더 큰 역동성을 얻는 것이다.

두 오브제가 서로를 표절하는 마그리트 작품의 모티프에서 동반적으로 나타나는 이러한 이질성이 보다 전면적으로 개시되는 작품들이 있다. 「헤겔의 휴일(Les Vacances de Hegel)」 (1958)은 활짝 펴진 검은 우산 위에 물이 담긴 컵이 놓여 있는 작품이다. 물컵과 우산은 닮는 놀이의 오브제들처럼 직접적인 상호 침투를 하지 않는다. 상대를 베끼거나 흉내 내지 않는 것이다. 둘 사이의 경계는 엄격하게 지켜지고 있다. 이와 비슷한 것으로 「은혜의 상태(L'état de grâce)」(1959)가 있다. 「은혜의 상태」에서는 타 들어가고 있는 커다란 시가 위에 자전거가 놓여 있다. 이 작품에서도 시가와 자전거의 경계는 완강하고 둘 사이의 거리는 좁혀지지 않는다. 「향수(Le Mal du Pays)」(1941) 또한 이질성이 강렬하게 대두되는 작품이다. 커다란 검은 날개를 달고 있는 한 남자가 난간 아래를 내려다보고 있고, 그에게 등을 돌린 자세로 사자가 한 마리 앉아 있다. 서로 등 돌리고 있는 이 남자와 사자는 무슨 까닭으로 한 공간에 존재하게 된 것일까. 둘 사이의 거리는 수수께끼로 남는다.

세 작품에 등장하는 오브제들은 모두 다른 존재를 파고들지 않는다. 흔들리는 존재의 일탈을 경험하지 않는 것이다. 대신 초연하게 변신놀이에 가담하지 않고 자신의 형체를 유지한다. 그렇다면 이들은 완벽하게 이질적이고 서로 다른 오브제들일까. 초현실주의자들의 용어처럼 우연히 만난 것뿐일까.

물질세계의 고립과 독단성을 인정하지 않는 마그리트의 성향에 미루어 볼 때, 이들의 독립성은 다른 해석의 여지를 남긴다. "이름 없는 오브제들이 있을 수 있다.", "오브제는 그 뒤에 다른 오브제가 있다는 것을 암시할 수 있다.", "오브제는 자신의 이름이나 이미지와 똑같은 기능을 수행하지 않는다."라는 그의 생각들을 유추해 보면, 오브제란 반드시 개별적인 사물 개체와 일치하는 것은 아니다. 한 사물이 두 개의 오브제로 나타날 수 있다. 오브제는 통일적인 한 오브제로만 집약되는 것은 아니고 여러 개의 이미지로 출현할 수 있는 것이다. 오브제, 이미지, 이름, 형상에 대한 마그리트의 복잡한 사고는 이들이 필연적이거나 독자적인 대응을 이루지 않고 있음을 시사한다. 대신할 수는 있지만 일치하지는 않는 다면적인 관계와 상황이 항상 존재한다.

마그리트의 오브제에 대한 생각, 오브제가 하나이면서 동시에 두 개일 수 있다는 상상은 그의 작업의 또 다른 축을 형성한다. 사물은 이중으로 존재한다. 이중 이미지를 갖는다. 물컵과 우산으로, 자전거와 시가로, 사자와 한 남자로 나타난다. 어느 쪽도 다른 쪽을 떠맡지 않는다. 두 장소에서, 두 시간대에, 두 개의 오브제로 동시에 존재하는 것이다. 그리고 오브제의 이중성은 바로 존재의 가역성을 말해 준다. 거리와 차이를 유지하면서 오브제들은 다른 오브제를 통해 회복된다. 그 어떤 오브제도 고립된 실체가 아니다. 그것은 어딘가에 서로 닿아 있는 것이다. 그 어딘가는 아직 명명되지 않은 오브제일 것이다. 이 이름 없는 오브제는 처음이나 끝이 아니라 그림자가 아니라 이중의 오브제들과 동시에 나타나 동시에 떠돈다. 동일성과 차이는 순간의 놀이에 지나지 않는다.

우리는 서로 부서져 나갔다.

우리는 다시금 하나로 부스러졌다.

──파울 첼란, 「이슬」 부분

첼란(P. Celan)은 그것을 서로 부서져 나간 존재들로 보았다. 이중으로 존재한다는 것, 그것은 하나로 부서지는 것이다.

4 빌보케

보이는 것과 보이지 않는 것, 정의된 것과 정의되지 않은 것, 유사한 것과 다른 것, 명확한 것과 불명확한 것 사이에서 벌어지는 오브제들의 가능태와 현실태를 탐구했던 마그리트의 작업은 오브제들의 세계를 해명하는 데 있지 않았다. 오브제들의 이동과 동요는 설명되지 않은 채 이해할 수 없는 상태로 펼쳐진다. 랭보가 "이해할 수 없는 것의 문을 부쉈다."(폴 구스)면, 마그리트는 이해할 수 없는 것의 문을 만들었다고 할 수 있다.

마그리트는 의미를 파악할 수 없는 어떤 불가사의한 이미지들 속에서만 오브제들이 살아 있는 것을 느꼈다. 그가 매료되었던 신비감은 이름 붙여지지 않은 많은 오브제들의 존재를 알게 해 주었다. 「공간의 목소리(La Voix des airs)」(1931), 「모나리자(La Jaconde)」(1960)나 「수태고지(L'Annonciation)」(1930)를 위시하여 여러 작품에 등장하는 크고 작은 둥근 방울들은 과연 무엇일까. 「길 잃은 기수(Le Jockey perdu)」

(1940)와 「비밀 경기자(Le Joueur secret)」(1926), 「어려운 횡단(La Traversée difficile)」(1926), 「대화의 기술(L'Art de la conversation)」(1950) 등등에 반복적으로 출현하는, 나무가 아닌 이상한 난간(마그리트는 빌보케(bilboquet)라 불렀다.) 모양의 기둥은 또 무엇일까. 이것들은 설명되지 않으며 무엇인지 알 수 없는 것이다. 빌보케는 어떤 때는 눈을 가지고 있기도 하고, 다른 곳에서는 인간을 압도하고 가로막는 거대한 기둥의 사원을 형성한다. 빌보케는 인간을 목격하고 인간을 숨긴다. 그것은 난간의 모양을 하고 있지만 얼마든지 다른 형체를 지닐 수 있다. 난간이 아니라 마그리트가 즐겨 그리는 창이나 불일 수도 있다. 빌보케는 바로 인간 자신이기도 하다. 중산모를 쓴 남자, 그는 과연 무엇이란 말인가. 그는 괴이한 난간처럼 떠 있거나,(「모험 정신(L'Esprit d'aventure)」(1960)) 심지어 하늘에서 비처럼 쏟아진다.(「골콩드(Golconde)」(1953))

우리는 오브제를 이해하고 해명하려 하고, 그것을 재현하거나 우리의 경험에 맞추어 설정함으로써 세계를 축소시킨다. 전달 체계를 수립하는 것이 언제나 관건이며 오브제들을 특정한 부호로 유통시키는 것이다. 마그리트에게서는 모든 오브제가 정의되지 않은 채 빌보케로 존재하는 측면이 있다. 이질성, 이중 이미지, 닮는 놀이와 같은 오브제들의 유희는 명명을 거부하는 빌보케의 장난이다. 빌보케는 살아 있는 모든 오브제들의 이합집산 그 자체이다. 빌보케가 구체적일 때도 그것은 추상적이며, 정확한 형상을 지니고 있지 않을 때에도 그것은 현실이다. 우리는 이 장난에 속는다. 빌보케의 노출은 빌보케를 구원하는 듯이 보이는 것이다.

선은 인간을 깨운다

— 베르나르 브네론

"미술의 역사를 바꾸는 것이 아니라면 미술이 아니다."

— 베르나르 브네

  브네(B. Venet)의 전시회*가 열리는 국립현대미술관을 찾은 날은 장마가 한창이던 7월 초였다. 전철역에서 셔틀버스를 타고 미술관 입구에 내렸을 때 나를 맞은 것은 야외에서 비를 맞고 있는 그의 조각 작품들이었다. 강철의 선들이 뒤엉켜 빗속에 잠겨 있었다. 「비결정적인 선(Indeterminate Line)」들이었다.

---

* 국립현대미술관에서는 브네의 평생의 작업을 다섯 단계로 나누어 전시하고 있다. 1) 초기, 자아와의 거리 두기, 2) 단의성의 실현, 3) 각들과 호들, 4) 포화 그림, 5) 비결정적인 선이 그것이다. 초기부터 현재까지의 65점을 전시하고 있으며, 개봉 퍼포먼스 「선과 흔적」을 녹화한 것을 방영하고 있다.

1   타르와 석탄 더미

카드보드지(紙)나 캔버스를 세워 타르가 그 위를 서서히 흘러내리며 굳어지게 했다면, 작품을 완성한 주체는 누구일까. 색채도 이미지도 없이 시커멓게 굳어 버린 티르 덩어리를 완성한 것은 무엇인가. 중력이나 풍력이라면 그것은 인간과 무엇이 다른가.

브네는 그의 예술적 이력이 시작되는 스무 살 초기부터 자신이 무언가 손을 대는 것을 싫어했다. 물질을 조작하고 변형하고 이름 부르는 것을 하지 않았다. 그는 싸우지 않았다. 자신과, 또 오브제들과. 단지 쓰레기 더미 속에 1~2분 누워 쓰레기가 되거나,(「타라스콘에서의 쓰레기 속 퍼포먼스(Performance in Garbage, Tarascon)」(1961)) 테이프 레코더를 손수레의 선반 위에 올려놓고 수레가 끌리는 소리를 녹음하거나,(「자갈 타르의 소리 작업 레코딩(Recording of the sound composition)」(1961~1963)) 석탄 더미를 한 무더기 쌓아 두기만 했다.(「석탄 더미(Coal Pile)」(1963)) 그는 아무것도 하지 않음으로써 예술을 공격했다.

예술은 자신의 미학으로 물질을 밀어낸다. 미학은 개념이다. 그것이 바로 모든 예술이 사물을 끌어당기면서 놓치는 이유이다. 예술가의 미에 대한 각종의 태도와 이념은 어떤 것이든, 물질을 비껴간다. 물질은 자신을 읽어 주는 방식 속에 존재하지만, 동시에 그것을 벗어난다. 서양 미술사는 그 자체로 미를 거대한 장식품으로 만든다. 브네는 이 장식을 거절한다. 예술은 이상도, 재현도 아닌, 부패이며, 혼돈이고, 그 과정이다. 그는 자신을 섞는 대신 산업용 타르가 그저 흘러가도록 내버려 둔다. 물질을 미학으로 대체하지 않는다.

1963년에 브네는 「검은 거울(Black Mirror)」이라는 작품을 내놓는다. 검게 페인트칠되어 서 있는 플렉시글라스는 아무것도 보여 주지 않는다. 아무것도 의미하지 않는다. 그것은 타르 덩어리가 굳어 버린 것과 다를 바 없다. 우리는 이 거울 앞에 서서 인간의 끈질긴 미학적 탐욕을 성사시킬 수 없다. 이 거울에는 인간이 없는 것이다. 인간에게 회귀하고야 마는 각종의 회로들이 모두 사라져 버린 것이 검은 거울이다. 아무것도 비추지 않는 검은 플렉시글라스이다.

브네에게 예술이란 질문을 멈추는 것이다. 질문을 멈추고 물질을 보는 것이다. 브네는 물질의 표면에 닿고 싶어 한다. 표면이야말로 물질이 현존하는 곳이다. 하지만 우리는 언제나 보이지 않는 것을 보려 한다. 인간의 암시 속으로 소멸되는 것이다. 보이는 것을 보고자 하는 것, 그것이 그가 원하는 것이다. 그는 우리에게 시커먼 타르 덩어리를, 자갈 구르는 소리를, 석탄 더미를 가리킨다. 물질은 거기서 인간의 미학을 벗

어나 순간적이고, 비정형적이고, 우연적이며, 형태나 크기조
차 일정치 않다.

2 튜브와 튜브의 설계도면

작품에서 인간을 배제하려는 그의 의지는 돌이킬 수 없
는 지점에까지 나아간다. 브네의 '단의성'은 예술의 성립 자체
를 공략하는 것이라기보다는, 예술과 관련 없는 어떤 행위로
까지 보인다. 직접적인 사물성 외에는 아무것도 존재하지 않
는다. 「튜브(Tube)」(1966)는 바닥에 놓인 것과, 벽에 걸린 설계
도면으로 이루어져 있다. 튜브와 튜브의 설계 도면은 오브제
와 오브제의 자기 지시성이다. 이들의 폐쇄 회로는 해석과 상
징의 어떠한 틈도 허용하지 않는다. 인간은 여기 끼어들 수 없
다. 그 누가 튜브를 만들든, 설계도에 따라 똑같은 튜브를 만
들어 낼 수 있을 뿐이다.

브네의 단의성이라는 전무후무한 금욕주의는 수학, 물리
학, 기상학, 증권시장의 영역들에서 본격화된다. 「사다리꼴 관
통(Trapezoidal Threading)」(1966), 「페놀 분자 이미지(Image of
the Molecule of Phenol)」(1966), 「핵물리학 도표(Neclear Physics
Diagram)」(1967), 「주가 등락(Ups and Downs)」(1969), 「집

합 이론(Theory of Sets)」(1969), 「월 스트리트 기사(Wall street Pieces)」(1969)에서 그는 숫자, 기호, 도표, 그래프들을 그대로 제시함으로써 인간을 제거하는 그의 오랜 숙원 사업을 완성하기에 이른다. 그 철저한 비타협성은 차라리 순수한 고행에 가까워서 그의 비범한 지성을 가리는 듯이 보일 정도이다. 이제 인간은 사라지고 인간의 끊임없는 자기 복제와 팽창도 사라진다.

현대 예술의 반인간주의는 전통적인 붓의 터치를 거부하는 것으로부터 뒤샹의 레디메이드에 이르기까지 다양한 맥락을 가지고 있지만 브네의 단의성은 예술의 종말을 고하는 극단적 처방이다. 도표와 수식과 그래프 뒤로 자취를 감추어야 했던 인간과 함께 예술도 사라져 버렸다. 경험과 감각과 쾌락이 지식으로 대체되어 기호들의 투명한 순수성만이 전면화된다. 이것은 또 다른 예술인가. 유추와 상징을 벗어난 어떤 절대의 영역에의 탐사는, 기존의 미학들을 제압하는 새로운 미학인가.

브네의 작품들은 이에 대해 아무런 답도 유도하지 않는다. 하지만 사진으로 확대 촬영된 그의 숫자와 수학기호들은 인간을 끌어들이지 않고, 아무 소리도 내지 않고, 아름답다. 인간으로부터 해방되는 것, 브네는 극지를 통과한다. 서른 무렵에 그는 인간의 상징이라는 포장을 모두 걷어 냈다.

3 움직이는 선

예술을 증발시킨 침묵의 시기 이후 브네는 강철을 가지고 돌아왔다. 처음에는 나무를 쓰기도 했지만 자신의 오브제가 강철이라는 것을 깨달았다. 비교적 조심스레 각들과 호들이 출현했다. 「60도와 120도 두 개의 각(Two Angles of 60° and 120°)」(1976), 「172.2도와 176.5도 두 개의 각(Two Angles of 172.2° and 176.5°)」(1976), 「274.5도의 호와 마주보는 두 개의 현(Two Chords subtending Arcs of 274.5°)」(1978)에서 실재의 각도를 정확하게 구사하고 있는 견고한 각들과 호들은 일차적으로는 이전의 단의성을 실현시켜 주고 있었지만, 변화가 감지되었다. 각들과 호들이 배치를 통해 서로 관계를 가지는 미적 욕구가 작동되기 시작한 것이다.

다양한 각의 포즈를 취하던 각들과 호들은 나무와 강철 모두에서 어느 순간 각의 결정성을 녹여 버리는 비약을 하게 되는데, 이것이 브네 작업의 절정을 이루는 「비결정적인 선」들의 출현이다. 각은 인간이 훼손시킬 수 없었던 순결한 단의성이다. 각을 지키기 위하여 예술은 희생되었던 것이다. 이 각이 사라져 버리고 미학이 스며든다. 선들이 움직이기 시작한 것이다.

하지만 브네의 「비결정적인 선」들은 인간의 미학이 아닌

선의 미학이다. 움직이는 선들은 비정형적으로, 어떠한 조직적 구성도 무화시키면서, 온전히 현재에만 속한다. 현재를 이해하는 것이 아니라 현재를 작동시킨다. 선은 각(角)과는 다른 의미의 순결성을 지니고 있다. 각이 단의적 순결이라면 선은 다의적 순결이다. 그것은 쾌락에 저항하지 않는다. 쾌락을 만들어 낸다. 아무것도 결정되어 있지 않은 선들은 아무것도 고려하지 않는다. 선들은 멈추지 않는다.

　이것은 브네가 자신이 몰아냈던 인간을 불러들였음을 뜻하지 않는다. 그러한 생각은 지나치게 소박한 것이다. 「비결정적 선의 무작위한 조합(Random Combination of Indeterminate Lines)」(1991)은 전부 800킬로그램이 넘는 강철선들이 쏟아져 있는 작품이다. 선들은 비틀거리고, 흘러가고, 흩어지면서 확산된다. 이것은 세계를 건드리는 행위이다. 선은 주체이다. 주체로서 세계를 깨운다. 인간을 깨운다. 선에 인간적 요소를 첨가하는 것이 아니라 선이 인간을 만들어 내는 이 신화적 현장은 브네가 물질에 인간적 혐의를 씌우지 않고도 인간을 만날 수 있는 곳이다. 브네가 만나는 인간은 하나의 이데올로기로서의 인간과 단절되어 있다. 브네는 인간을 굳이 몰아낼 필요가 없음을 깨달았다. 인간은 이데올로기로서만 존재해왔을 뿐 실제로는 존재하지 않았던 것이다. 인간은 비결정적 선에 의해 이제 존재를 시작하는 것이다.

세간의 오해와 달리 브네의 비결정적인 선의 작업은 초기와 달라진 것이 아니다. 선의 미학은 초기의 금욕과 대치되지 않는다. 그는 초기 작업에서 물질에 어떤 인간적 변형을 가하는 것보다 물질 자체의 순결을 더 의미 있게 생각했다. 인간이라는 안전핀을 빼 버리고 그 너머로 나아가고자 했다. "예술가는 종종 쓸모없어 보이기도 하는 새로운 아이디어에 흥미를 갖는 그의 독단적인 태도를 버려야 한다. 그는 그 이상을 상상해 내고 이성이 위험에 처한 듯한 곳을 향해 나아가야만 한다. 예술가의 연구는 그가 알고 있는 것, 결과적으로 그가 누구인지를 확인하는 일을 목표로 삼아서는 안 된다." 브네의 말은 자기 환원적인 예술의 독을 빼 버리는 것이 예술의 의무임을 선언하는 것이다.

각이 사라져 버린 선들은 인간적 변형의 산물이 아니다. 그들은 예술가의 손아귀에 사로잡혀 있지 않다. 강철의 선들은 스스로의 물질성과 열에 의한 압력으로 예측할 수 없는 곳에서 휘어진다. 이 구부러짐은 우연적이고 비결정적이다. 인간과 결합하지 않은 것이다. 물질의 자유와 쾌락이 여기 있다. 이것은 절대적이다. 물질은 주어이다. 선은 스스로의 힘을 가지고 있다. 예술은 이것을 이해하는 데까지 나아가야 한다.

물질의 자유와 쾌락을 보다 감각적으로 긍정하는 것은 색이 가미된 포화 그림이다. 최근의 작업을 보면 브네의 이전의 수식과 기호들은 이제 자기 지시성 속에 은거하지 않고 화려한 색으로 치장하고 외출한다. 「중앙에 녹색 O가 있는 노란 포화(Yellow Saturation with Green O in the Center)」(2003), 「중앙에 빨간 점이 있는 금포화(Gold Saturation with Red Dot in the Center)」(2003), 「큰 화살표가 있는 진주 포화(Pearl Saturation with a Large Arrow)」(2003) 그들은 단의적인 틀 속에 머무는 것이 아니라 움직이면서 무한한 증식을 하는 우주의 기표들이다. 부호들은 그 누구에 의지하지 않고, 심지어는 자신의 논리에 구애됨이 없이 미지를 향해 손을 내미는 알 수 없는 암호의 모습을 하고 있다. 포화 그림은 암호로 대화에 열중하고 있는 존재들의 풀리지 않는 방정식이다. 나는 서서 잠시 그 대화를 지켜보았다.

나는 늘 자신으로부터 달아난다

— 마르셀 뒤샹론

어떤 의미에서 보면 모든 예술가들은 전위이다. 항상 새로운 것을 찾아 가장 멀리 나아가는 부류의 사람들이기 때문이다. 그들은 인생의 한 시기를 자신을 사로잡은 기존 예술의 완성된 형식을 실험하고, 그 실험이 끝난 후에는 실험실을 빠져나오게 된다. 실험실을 나온다는 것은 그들이 어떤 곳에서든 전통의 부정이라는 역학 위에 서야 하는 운명임을 예고하는 것이다. 실험실 밖에서 예술가들은 자신만의 새로운 감각, 새로운 방법, 새로운 미학을 수립하는 데 일생을 바친다. 그것은 때로 새로운 색상을 찾는 일과 같은 측정할 수 없는 작업에서부터 빛의 산란과 사물의 형상을 추적하는 보다 미시적인 방향, 또는 색과 형체를 일그러뜨리거나 극도로 단순화시킴으로써 스스로 극지에 이르게 되는 경향과 같은 여러 갈래가 있을 수 있다. 그리고 이 모든 작업이 각자의 방식에서 전위라는 프리즘을 통해 나타날 수 있다.

하지만 이들에게 공통된 것이 있다면 그것은 전통을 부정한다는 것이지, 예술을, 회화를 부정한다는 것은 아니다. 그들에게는 아름다움을 느끼는 방식의 부정, 즉 존재와 대상을, 시간과 공간을, 거리와 관계를 기록해 온 관습의 부정이 문제가 되는 것이며, 회화 자체가 문제가 되는 것은 아니다. 따라서 수많은 예술가들에 의해, 새로운 시대의, 새로운 회화의 차원이 이루어지기 위해, 회화는 끊임없이 복구된다. 예술가들은 자신이 서 있는 곳을 표시하기 위해 물감이, 붓이, 캔버스가 여전히 필요하다. 어떠한 실험도 이 기본적인 매체의 독재를 벗어나서 이루어지지는 않는다. 이 독재를 벗어난다는 것은 마치 언어가 없는 시나, 음이 없는 음악과도 같이 불가능한 일로 여겨지는 것이다.

그런데 이 불가능해 보이는 일이 실제로 일어났다. 예를 들어 케이지(J. Cage)는 「4.33」이라는 곡목에서 무대에 올라가 가만히 있다가 4분 33초 만에 퇴장했다. 워홀(A. Warhol)은 「서른은 하나보다 낫다(Thirty Are Better Than One)」에서 상투적인 똑같은 모습의 모나리자를 복제하여 연속적인 화면으로 제시했다. 이런 일들을 어떻게 설명할 수 있을까? 분명히 이것은 전통에 대한 단순한 부정으로만 치부될 수 없는 혁명적 사건들임이 틀림없다. 금세기에 이루어진 이러한 혁명의 출발점, 그곳에 마르셀 뒤샹이 있다.

'다다의 아버지', '팝아트의 예언자', 나아가 '포스트모더니즘의 선구'라는 여러 호칭을 얻은 뒤샹은 20세기 다양한 현대미술의 장르, 즉 키네틱아트, 옵아트, 팝아트, 신사실주의, 미니멀리즘, 해프닝, 플럭서스, 퍼포먼스, 개념 미술 등등으로 그 영향을 끼치지 않은 곳이 드물 정도이다. 많은 장르의 현대미술이 각자의 방식으로 뒤샹에게서 영감을 얻었으며, 뒤샹의 실험들을 더 발전시켜 나갔다. 예컨대 뒤샹의 회전하는 자전거 바퀴는 키네틱아트나 옵아트를 예고하였고, 팝아트 같은 경우는 뒤샹이 레디메이드에서 선보인 대량 생산품을 자신의 영역 안으로 끌어들인 것에서 출발했다. 또한 예술과 삶을 분리시키지 않고, 그 장벽을 허물어 버린 그의 행위들은 해프닝이나 퍼포먼스로 이어졌으며, 많은 논란을 불러일으키면서 언뜻 보기에는 작품으로 여겨지지 않는(?) 그의 작품들은 예술의 관습적인 군더더기를 버리고 예술이란 무엇인가에 대한 정의나 예술의 기본적인 사상에 집중하게 만든 개념 미술의 선구가 되었다.

사실, 모든 예술가들이 색과 형체를 통해 대상을 어떻게 바라보고 표현할 수 있는가에 골몰해 있는 동안, 수백 년간 지속되어 온 유화를 버리고 1913년 뒤샹이 등받이 없는 의자에 「자전거 바퀴(Roue de bicyclette)」를 올려놓았을 때, 이 최초의 레디메이드는 뒤샹 자신뿐만 아니라 현대미술이 자신의 정체성과 방향을 끝이 보이지 않는 실험대 위에 올려놓게 된 중요한 계기였다. 뒤이어 「병걸이(Egouttoir)」, 「부러진 팔에 앞서서(En prévision du bras cassé)」, 「덫(Trébuchet)」, 「여행자 소품(…pliant, …de voyage)」, 「모자 걸이(Porte chapeau)」, 「빗(Peigne)」, 「숨은 소리와 함께(A bruit secret)」, 「샘(Fontaine)」, 「수표(Tzanck Check)」, 「파리의 공기(Air de Paris)」로 이어지는 수많은 레디메이드들과, 「에나멜을 칠한 아폴리네르(Apolinère Enameled)」, 「L.H.O.O.Q)」, 「왜 로즈 셀라비는 재채기하지 않는가?(Pourquoi ne pas éternuer Rose Sélavy?)」, 「현상금 2000달러(Wanted, $2,000 Reward)」 등의 약간의 손질을 가미한 수정 레디메이드들, 「몬테카를로 차용 증서(Monte Carlo Bond)」 같은 콜라주들, 그의 대표작이며 유리판 위에 제작된 「심지어, 자신의 독신자들에 의해서도 발가벗겨진 신부(La mariée mise à nu par ses célibataires, même)」에서 보여진 것 같은 오브제 작업들, 마지막 작품이었던 「주어진 대로(Étant donnés)」의 핍쇼 등을 통해 뒤샹의 실험은 그야말로 무궁무진하게 전개되었다.

이 모든 작품들을 통해 뒤샹은 예술과 비예술, 반예술의 경계를 넘나들었다. 그가 작품 속으로 끌어들여 온 대량 생산물은 예술적 대상에 대한 미학적 논쟁을 종식시킨 동시에, 예술가가 작품의 생산자라는 불변의 법칙을 가볍게 허물어 버린 것이었다. 그는 생애 말년에 가까운 사람들을 통해, 자신이 선정했던 레디메이드들을 한정판으로 주문생산하여 팔거나 소장하게 했다. 그것은 작품의 대상뿐 아니라 그것의 출처가 되는 자신의 권위와 특권까지 모두 철거해 버린 행위였다. 이를 어떻게 설명할 수 있을까? 예술에 대한 지독한 모독이며 농담, 익살이라는 표현은 뒤샹을 떠올리게 하는 그나마 적절한 말에 불과할 것이다.

무엇보다도 뒤샹이 매력적으로 다가오는 것은 아마 이 지독한 농담을 가능하게 하는 그의 무중력과 같은 정신의 진공상태일 것이다. 그가 종잡을 수 없고, 해석할 수 없는 일면을 가졌다고는 하지만, 사실 그는 수학적 체계만큼이나 엄격한 질서를 가지고 있는 체스 게임에 자신의 압도적인 시간을 할애했다. 그의 두뇌는 체계에 매료되어 있었으며, 체스의 체계를 연구하는 데 거의 평생을 바쳤다. 실제로 그는 국제 체스 대회에 프랑스 대표로 여러 번 출전하였으며, 크고 작은 체스 대회에 참가하는 것이 그의 주요한 관심사였다. 그러면서도, 논리 게임의 극단의 추구 속에서도, 그는 존재하는 모든 체계와 질서가 사라진 곳에 거주했다. 공기처럼 가벼운 시선으로, 무관심으로, 자유로, 그는 붙들림 없는 생을 살았으며, 그의 정신은, 미학을 부정한 그의 미학(?)은 주소가 없는 그것이었다. 그의 작품들은 마치 진공 속에서 튀어나온 듯 보이기 때문에, 가볍고 발랄하고, 모든 용도와 관계를 벗어나 비로소 자유를 얻은 듯이 보이는 것이다.

따라서 그가 변기를 「샘」이라 명명하여 전시장 안으로 들여놓았을 때, 대가의 권위가 살아 있는 모나리자에 수염을 붙여 「L.H.O.O.Q」(그녀는 엉덩이가 뜨겁다)라는 제목을 달아 놓았을 때, 그것은 물론 일차적으로 인습의 파기나 조롱, 권위의 희화화, 익살, 또는 어떤 아이러니를 느낄 수 있게 한다. 하지만 그보다 중요한 것은 이 작품들이 그동안의 관습적인 대상이나 대상화된 존재들을 자유롭게 해 주었고, 작품을 만들어 낸 자나 읽는 자나 다 같이 이 자유에 동참할 수 있는 가능성을 제시하고 있다는 점이다. 사람들은 이제 변기 외에 식기나 다른 공구들로 장난을 할 수 있게 되었고, 모나리자의 머리를 밀어 버리거나 앉은 채로 춤을 출 수 있게 할 수 있을 것이다. 모든 것이 가능해진 것이다. 이로써 역설적으로 보일지 모르지만, 예술은 자신의 전통적인 경계를 허물어 버리고 비예술로 나아가는 동시에, 자신의 영역을 무한히 확장할 수 있는 새로운 계기를 맞게 된 것이다.

새로운 유희, 새로운 존재의 놀이를 찾아내는 것, 뒤샹이 몰두했던 것은 아마 이것이 아닐까? 입체주의가 형체들을 쪼개고 재현하면서, 빛의 방향과 보는 각도의 차이를 끌어들여 존재의 놀이를 벌였다면, 그들을 향해 "내 그들의 기타를 부수리라"라고 공언한 미로는 추상화된 존재들과 기호들을 분산시킴으로써 초현실적인 자신만의 놀이를 개발해 냈다. 하지만 뒤샹은 애초부터 서로 밀고 당기며 발전해 온 미술사의 여러 조류와는 근본적으로 다른 새로운 놀이를 찾아낸 것이다. 그것은 이를 테면 존재를 벗어난 놀이, 존재 밖의 놀이, 경계의 놀이라 할 수 있다. 자전거 바퀴는 여전히 자전거 바퀴이지만, 의자 위에 세워져 실제로 자전거 바퀴라 할 수 없게 되었으며, 변기는 변기인 채로 모습은 남아 있지만, 전혀 다른 환경에서, 새로운 이름이 부과된 다른 존재로 나타났다. 자전거 바퀴와 변기는 유일하지도, 창작된 것도, 새로운 것도 아니면서 예술의 대상이 되어 버렸다. 혹은 자신의 비예술적 특성으로 예술에 개입하면서 예술이라는 분야를 폭파시켜 버렸다. 그리고 어느 쪽이든 예술과 비예술을 넘나드는 이 경계의 놀이는 유쾌한 유희와도 같이 신선하고, 전례 없는 매혹으로 예술사를 뒤흔든 것이다.

자신의 시대가 울타리 치고 있는 경계의 밖으로 한 예술가가 나가게 되는 것, 이로 인해 모든 사람이 함께 그 안에 있을 때는 보이지 않던 경계를 그가 넘어섬으로써 보게 되고, 더 중요하게는 인식조차 할 수 없을 정도로 확고하게 뿌리내린 그 경계를 흔들어 버리게 되는 것은 역사상 흔한 일은 아니다.

그것은 마치 식물이 태양의 뒷면을 향해 가는 것만큼이나 무모하고도 불가능한 일로 여겨진다. 태양의 뒷면으로 향하기 위해서 식물은 자신을 양육한 토양을 버리고, 뿌리를 들어 올려야 한다. 그것은 일차적으로 생존에 위협이 되는 일이며, 무엇보다도 태양의 뒷면은 동일한 태양임을 확인해야 하는 절박한 순간이 기다리고 있을지도 모르는 일이다. 아니, 어느 순간에 이르면 태양의 뒷면이라는 것도 곧 태양이라는 것이 확실해지고 마는 것이다. 하지만 뿌리를 들어 올림으로써 그는 다른 길을 가게 되었다. 이 행위는 아무런 의미가 없는 것일지라도, 역설적으로 모든 것을 의미한다. 이제 자신이 몸담았던 경계가 흔들린 것이다.

뒤샹이 걸어간 길이 그러하다. 그는 어느 인터뷰에서 다음과 같이 말하고 있다. "나는 그저 나 자신을 표현하기보다는 정말이지 발명하고 싶었습니다. (중략) 나는 미학적 거울에 나 자신을 비추어 보는 일에 결코 관심이 없습니다. 나의 의도는 비록 내가 나 자신을 이용하고 있다는 것을 잘 알지만 늘 나 자신으로부터 달아나는 것입니다. 그것을 '나'와 '나 자신' 사이의 작은 게임이라고 불러야 할 것입니다."

전구를 발명하고, 비행기를 발명하고, 컴퓨터를, 가상공간을, 그리고 신을 발명하듯이, 그러한 발명들이 모두 이전과는 근본적으로 다른 새로운 차원을 열어 준 것처럼, 자신을 발

명하는 것 또한 새로운 세계로의 입문이요, 새로운 세계의 창
조임에 틀림없다. 그것은 기존의 미학적 거울에 자신이 어떻
게 비춰지는가 하는 데 관심을 기울이는 것과는 출발부터 다
르다. 자신을 발명한다는 것은 어느 한 시기의 시대적 존재일
수밖에 없는 자신의 인식 안에 서식하는 자신으로부터 달아나
서, 달아나고 달아나는 그 지속적인 벗어남을 통해, 세계의 모
든 구획과 경계의 너머로 자신을 창조하는 것이 아닐까? 그리
고 이것이야말로 진정한 예술가가 꿈꾸는 것이며, 바로 뒤샹
이 소망했고 또 해냈던 것이 아닐까?

발표지면

1부 횡단

「말한다는 것, 그리고 쓴다는 것」,《미네르바》2010년 가을호

「시론 1」,《시와반시》2001년 가을호

「시론 2」,《시와사상》2002년 여름호

「시는 미지의 언어」,《서정시학》2004년 가을호

「시는 쓰일 수 없는 시의 징후이다」,《시와반시》2002년 봄호

「소통되지 않는 시간과 공간들의 이상한 집합 ― 내 시 속의 시공
    의식」,《시와반시》2004년 가을호

「두 개의 비유」,《시와반시》2002년 여름호

「고양이가 나를 훔쳤어요」,《현대시학》2003년 8월호

「우리에겐 더 많은 분산과 상극, 고립이 필요하다」,『제2회 박인환
    문학상 수상 작품집』(예맥, 2001)

「우리는 영원히 미끄러진다」,《현대문학》2001년 8월호

2부 횡선

「1950년대 초현실주의의 운명 ― 김구용의 시와 그 위상」,《리토피

아》2010년 겨울호

「우리는, 투명한 자들은, 더 멀리 나아갈 것이다 ─ 1990년대의 시
　　에 대한 소고」,《작가세계》1999년 봄호

「미래파를 위하여」,《문학선》2009년 봄호

「비로소 모든 뚜껑을 열고 ─ 21세기 우리 시는 무엇인가」,《문학
　　선》2010년 여름호

「한국 아방가르드 시의 계보에 대한 노트」,《시와세계》2011년 봄
　　호

3부 횡보

「직선을 그을 수 있는 무한 ─ 김구용 시인과의 가상 인터뷰」,《대
　　산문화》2010년 가을호

「누가 비누를 보았는가 ─ 이승훈의『이것은 시가 아니다』」,《시와
　　세계》2007년 가을호

「빈 과일 바구니를 뜯어 먹는 벌레의 꿈 ─ 최승호의『모래인간』」,
　　《현대시》2001년 1월호

「죽음 놀이, 질문하지 않는 방식 ─ 홍신선의『우연을 점 찍다』」,
　　《미네르바》2009년 겨울호

「잠들지 못하는 세계의 눈 ─ 김민정의『날으는 고슴도치 아가
　　씨』」,《문예중앙》2005년 가을호

4부 선회

「흙냄새를 맡으며 비스킷을 ─ 전봉건의「BISCUITS」」,《현대시
　　학》2009년 1월호

「뼈 없는 뿔 ─ 김춘수의 「처용단장 3부-40」」,《시와반시》 2005년 봄호

「상처와 꽃 ─ 이성복의 「무언가 아름다운 것」」,《시평》 2002년 겨울호

「'그것'의 불가능성 ─ 이준규의 「모른다」」,《현대시학》 2011년 2월호

「눈먼 시계 수리공 ─ 이영주의 「시각 장애인과 시계 수리공」」,《현대시학》 2011년 3월호

「관점이 소멸하는 곳에 토끼는 있다 ─ 김성대의 「귀 없는 토끼에 관한 소수 의견」」,《현대시학》 2011년 1월호

「얼굴에 대한 참회 ─ 넬리 작스의 「얼굴을 돌리고 나는 기다린다」」,《현대시》 2008년 1월호

5부 횡렬

「미의 침입 ─ 「토마스 만의 「베니스에서의 죽음」」,《한국문학》 2007년 겨울호

「빌보케의 장난 ─ 르네 마그리트論」,《현대한국시》 2008년 여름호

「선은 인간을 깨운다 ─ 베르나르 브네論」,《현대문학》 2007년 8월호

「나는 늘 자신으로부터 달아난다 ─ 마르셀 뒤샹論」,『네 정신에 새로운 창을 열어라』(민음사, 2002)

인명 찾아보기

횡단

1판 1쇄 펴냄 2011년 5월 25일
2판 1쇄 펴냄 2019년 8월 2일
2판 2쇄 펴냄 2022년 7월 27일

지은이 이수명
발행인 박근섭·박상준
펴낸곳 (주)민음사

출판등록 1966. 5. 19. 제16-490호
서울시 강남구 도산대로 1길 62(신사동)
강남출판문화센터 5층(06027)
대표전화 02-515-2000 | 팩시밀리 02-515-2007
홈페이지 www.minumsa.com

ISBN 978-89-374-4354-1 (03810)